HERMANN BAUER

Mordsmelange

SCHANIGARTENTRAGÖDIE Für eine Lesung im Rahmen der Eröffnungsfeier des neuen Schanigartens vor dem Café Heller engagiert Frau Heller den ehemaligen Star der Anzengruber-Festspiele in Wolkersdorf, Nikolaus Bischof. In der Nacht vor dem Fest wird die frühere Regieassistentin bei der Anzengruberhöhe in Wolkersdorf erschlagen. Dies erinnert Oberkellner Leopold an einen ungeklärten Mord an einer Schauspielerin vor zwölf Jahren, bei dem Bischof Hauptverdächtiger war. Als der Schauspieler nach seiner Lesung plötzlich Reißaus nimmt und kurze Zeit später erstochen in der sogenannten »Gruam« aufgefunden wird, beginnt für Leopold eine dramatische Suche nach dem Täter und dessen Geheimnis. Wie hängt dieser Mord mit den beiden anderen zusammen? Leopold ermittelt fieberhaft und bekommt unerwartet charmante Unterstützung …

 *Hermann Bauer wurde 1954 in Wien geboren. Dreißig wichtige Jahre seines Lebens verbrachte er im Bezirk Floridsdorf. Bereits während seiner Schulzeit begann er, sich für Billard, Tarock und das nahe gelegene Kaffeehaus, das Café Fichtl zu interessieren, dessen Stammgast Bauer lange blieb. Von 1983 bis Anfang 2019 unterrichtete er Deutsch und Englisch an der BHAK Wien 10. Als Herman Bauer 1993 seine Frau Andrea heiratete, verließ er ihr zuliebe seinen Heimatbezirk. Im Jahr 2008 erschien sein erster Kriminalroman »Fernwehträume«, dem elf weitere Krimis um das fiktive Floridsdorfer Café Heller und seinen Oberkellner Leopold folgten. »Mordsmelange« ist der zwölfte Kaffeehauskrimi des Autors.*

Bisherige Veröffentlichungen im Gmeiner-Verlag:
Mord im Hotel (2018)
Stiftertod (2017)
Kostümball (2016)
Rilkerätsel (2015)
Schnitzlerlust (2014)
Lenauwahn (2013)
Nestroy-Jux (2012)
Philosophenpunsch (2011)
Verschwörungsmelange (2010)
Karambolage (2009)
Fernwehträume (2008)

HERMANN BAUER

Mordsmelange

Wiener Kaffeehauskrimi

GMEINER SPANNUNG

Immer informiert

Spannung pur – mit unserem Newsletter informieren wir Sie
regelmäßig über Wissenswertes aus unserer Bücherwelt.

Gefällt mir!

Facebook: @Gmeiner.Verlag
Instagram: @gmeinerverlag
Twitter: @GmeinerVerlag

Besuchen Sie uns im Internet:
www.gmeiner-verlag.de

© 2019 – Gmeiner-Verlag GmbH
Im Ehnried 5, 88605 Meßkirch
Telefon 0 75 75 / 20 95 - 0
info@gmeiner-verlag.de
Alle Rechte vorbehalten
1. Auflage 2019

Lektorat: Claudia Senghaas, Kirchardt
Herstellung: Mirjam Hecht
Umschlaggestaltung: U.O.R.G. Lutz Eberle, Stuttgart
unter Verwendung eines Fotos von: © Anatoliy Babiychuk /
shutterstock.com
Druck: CPI books GmbH, Leck
Printed in Germany
ISBN 978-3-8392-2457-1

KAPITEL 1

Nacht von Montag, 14. Mai auf Dienstag, 15. Mai

Oberkellner Leopold wachte mitten in der Nacht auf. Das Zimmer, in dem er lag, kam ihm fremd vor. Das Mondlicht schien schwach durch das geöffnete Fenster, allerdings von links und nicht wie gewohnt von rechts. Zu Füßen seines Bettes richtete sich ein schwarzes Ungetüm bedrohlich entlang der Wand auf. Panik überfiel ihn. Seine Kehle war trocken, doch er traute sich nicht aufzustehen und ein Glas Wasser zu trinken. Was war los? Wo befand er sich?

Er schnappte nach Luft. Von draußen kam ein erfrischender Windstoß herein. Es fühlte sich an wie seine gute, heißgeliebte Floridsdorfer Luft. Das beruhigte ihn ein wenig. Doch es änderte nichts an der Tatsache, dass er sich an einem ihm unbekannten Ort befand. »Wo bin ich?«, rief er heiser in die Dunkelheit.

Daraufhin bewegte sich jemand neben ihm. Es war seine Lebensgefährtin Erika Haller. Wenigstens etwas, das dem gewohnten Bild entsprach. »Schrei nicht so«, wies sie ihn zurecht. »Die Nacht ist zum Schlafen da!«

»Wie kann ich schlafen, wenn ich nicht weiß, wo ich bin?«, protestierte Leopold verwirrt.

Erika seufzte. »Du bist in unserer neuen Wohnung, Schnucki«, klärte sie ihn auf. »Hast du das denn vergessen? Komm, leg dich hin und mach die Augen zu. Dann bist du gleich wieder sanft entschlummert.«

»Aber dieses finstere Monstrum …«

»Ist der Kasten, in dem deine ganzen Unterhosen liegen, Schnucki! Und unser sonstiges Gewand auch. Du hast ihn mit mir zusammengebaut. Na, dämmert's jetzt?«

Leopold griff sich an den Kopf. »Natürlich! Entschuldige bitte!« Langsam kam die Erinnerung zurück. Nach langen Diskussionen hatte er eingewilligt, mit Erika in eine gemeinsame Wohnung zu ziehen. Die Entscheidung war ihm nicht leichtgefallen. Doch nachdem Erika zugestimmt hatte, sich in Floridsdorf niederzulassen, konnte er nicht mehr Nein sagen. Zuerst hatte sie dieser Idee kaum etwas abgewinnen können. Dann aber hatten sie etwas im Bezirksteil Jedlesee gefunden, in einer Gegend, die ihr auf Anhieb sympathisch war. Man wohnte nahe der Donau und den Resten eines Auwaldes, der Schwarzlackenau. Siedlungen mit kleinen Häusern und dazugehörigen Gärten breiteten sich hier aus. Das laute und verbaute Bezirkszentrum und die großen Wohntürme der neuen Mietskasernen waren Gott sei Dank weit weg. Da ließ es sich aushalten. Außerdem wäre es Erika wohl nie gelungen, Leopold aus seinem Heimatbezirk wegzulotsen. Deshalb war sie zufrieden und fühlte sich rundum wohl.

Nach Wochen des Übersiedelns war dies nun die erste Nacht in der neuen Wohnung. Eine unheimliche Nacht für Leopold. Geister erschienen ihm in Form von fremden Möbelstücken und unheimlichen Lichtspielen. Er musste sich erst an alles gewöhnen und zur Kenntnis nehmen, dass er einen Teil seines alten Lebens unwiederbringlich verloren hatte. Das, was er dafür bekommen hatte, zu schätzen, würde noch einige Zeit in Anspruch nehmen.

Ein Trost blieb ihm: sein Arbeitsplatz, das Café Heller. Dort standen die Einrichtungsgegenstände noch, wo sie hingehörten, und die meisten Gäste saßen an ihrem angestammten Platz. Man hatte den Eindruck, dass sich die Zeit hier jeden Tag ein wenig ausruhen wollte. Die Zeiger der Wanduhr neben dem Eingang bewegten sich nur mit äußerster Anstrengung vor.

Doch auch im Kaffeehaus bahnten sich entscheidende Veränderungen an.

*

Dienstag, 15. Mai

»Na, wie gefällt es Ihnen?« Stolz zeigte Frau Heller auf eine voll besetzte Reihe von Tischen links und eine ebensolche rechts vom Lokaleingang.

»Wirklich recht ordentlich«, lobte Herr Wondratschek, ihr künstlerischer Berater für kulturelle Veranstaltungen, den neuen Schanigarten. Er blinzelte dabei in die kräftig herunterbrennende nachmittägliche Sonne und fügte hinzu: »In der schönen Jahreszeit ist so etwas ein Muss, da wollen die Leute heraußen sitzen. Ich habe Sie bereits des Öfteren darauf hingewiesen.«

»Es hat lange gedauert, bis ich meinen Mann überzeugen konnte, aber letztendlich ist es mir gelungen«, erklärte Frau Heller. »Im Sommer waren wir ja oft sehr schwach besucht.«

»Wie Sie sehen, lohnt sich die kleine Investition!«

»Ja, und damit es sich tatsächlich lohnt, damit die Leute darauf aufmerksam werden, dass es bei uns eine Freiluftsaison gibt, würde ich Sie bitten, Vorschläge bezüglich eines entsprechenden Events zu machen, mit dem wir den Garten offiziell eröffnen.«

Wondratschek schmunzelte. »Muss ich Ihnen da wirklich auf die Sprünge helfen, meine Liebe? Die Sache liegt doch auf der Hand!«

Frau Heller schaute ihn prüfend an. »Sie meinen ein Bierfest?«, fragte sie.

»Das macht den meisten Sinn«, bestätigte Wondratschek. »Man beginnt am frühen Nachmittag mit einer Happy Hour mit Freibier, serviert später deftige Würste und lädt abends zu ländlicher Musik ins Lokal.«

»Deftige Würste? Ländliche Musik?« Frau Heller hob erstaunt die Augenbrauen. »Im Kaffeehaus?«

»Natürlich«, klärte Wondratschek sie auf. »Die Eröffnung des Schanigartens bietet die Chance, durch eine zünftige Fete neue Kundenschichten für das Café Heller anzusprechen. Deswegen wird der rustikale Charakter von besonderer Bedeutung sein.«

»Wir sind in Wien. Da hören die Leute gern Wienerlieder und trinken dazu ein Glaserl Wein«, blieb Frau Heller skeptisch.

»Nicht unbedingt! Wir haben hier eine Gruppe von Migranten in beachtlicher Größe«, erläuterte Wondratschek. »Wien erlebt seit Langem einen ungebremsten Zuzug aus dem ländlichen Raum, denken Sie nur etwa an die Binnenwanderung aus Niederösterreich, dem Burgenland, der Steiermark und Kärnten. Diesen Menschen ist unsere raunzerisch dem Jenseits zugewandte Lebensart ein Gräuel. Sie sprühen vor Lebenslust. Wenn es uns deshalb gelingt, den Hauch der Atmosphäre eines

Zeltfestes zu schaffen, ist schon viel gewonnen. Auch viele Wiener fühlen sich in einem solchen Ambiente wohl. Weshalb fahren sie denn auf Schiurlaub? Wegen der Schihütten und der Gaudi! Das können sie bei uns auch haben!«

Langsam fand Frau Heller Gefallen an der Idee. »Wir bräuchten eine zweite Zapfstelle für Bier«, überlegte sie. »Ein Griller lässt sich problemlos beschaffen. Für die Musik nehmen wir einen Harmonikaspieler und dazu einen Gitarristen, das ist nicht so laut und stimmt die Nachbarn friedlich. Bleibt die Frage, ob die Inneneinrichtung des Kaffeehauses dazu passt.«

»Die Stühle und die kleinen, runden Marmortische müssen für diesen einen Tag weg«, befand Wondratschek. »Stattdessen besorgen wir Langtische und Bänke. Die sind dann das Tüpfelchen auf dem I!«

Die beiden hatten sich in eine derartige Begeisterung für das kommende Ereignis hineingesteigert, dass sie Leopold nicht bemerkten, der im Begriff war, seinen Dienst anzutreten, und die letzten Sätze mitverfolgt hatte. »Ist dann vielleicht auch Selbstbedienung? Das wäre mir sehr recht, denn da bräuchte ich gar nicht zu kommen«, bemerkte er sarkastisch.

»Auf Sie als Oberkellner können wir keinesfalls verzichten«, merkte Wondratschek an.

»Lederhose besitze ich dafür leider keine«, maunzte Leopold.

»Aber das macht doch nichts! Natürlich soll die Kaffeehausstimmung nicht zu kurz kommen, und da brauchen wir Sie und Herrn Waldbauer in Ihrer normalen Berufskleidung«, redete Frau Heller auf ihn ein.

»Eigenartig! Jetzt reden Sie wieder von Kaffeehaus. Zuerst haben Sie so getan, als fände das Ganze auf einer Festwiese statt«, grummelte Leopold weiter. »Ich mache Sie darauf aufmerksam, dass unsere räumlichen Möglichkeiten äußerst eingeschränkt sind. In einem Kaffeehaus gibt es nämlich deswegen kleine Tische, weil für große gar kein Platz ist. So, wie Sie sich das vorstellen, wird das nicht gehen. Das wird ein Spießrutenlauf erster Güte zwischen den Bänken durch. Vor allem, weil die Gscherten, die Sie bei dieser Veranstaltung erwarten, keine Ahnung haben werden, wie man sich im Kaffeehaus benimmt, und überall im Weg herumstehen werden.«

»Das Wort *Gscherte* möchte ich nicht gehört haben«, wies Frau Heller ihren Oberkellner zurecht. »Sie reden von Menschen, die vielleicht auf dem Lande geboren und aufgewachsen sind, aber schon lange in unserer schönen Stadt leben und sich hier vollständig integriert haben.«

»Menschen mit österreichischem Migrationshintergrund und Nichtwiener Muttersprache. Da wird's wohl auch Verständigungsschwierigkeiten geben«, murrte Leopold.

Frau Heller rang ihre Hände. »Sie machen wirklich aus allem ein Drama«, stieß sie genervt hervor.

»Aus allem nicht, aus diesem Fest schon«, beharrte Leopold. »Spätestens wenn die Gsche… – also die geschätzte Landbevölkerung – zu viel intus hat, wird ein Chaos ausbrechen.«

»Kassieren müssen Sie natürlich gleich beim Servieren«, belehrte Wondratschek ihn.

»Das wird mit unserer langsamen Registrierkassa eine besondere Freude werden.«

»Ach was, Registrierkassa! Das ist nicht so wichtig! Da werden wir improvisieren«, tat Frau Heller diesen Einwand ab.

»Wenn es Herrn Leopold im Lokal zu eng ist, soll er die Leute draußen bedienen«, schlug Wondratschek vor.

»Draußen?«, reagierte Leopold empört. »Davon bitte ich abzusehen. Seit es diesen Schanigarten gibt, mache ich Sie, Frau Sidonie, darauf aufmerksam, dass er eine beträchtliche Arbeitserschwernis darstellt. Jeder Gang nach draußen bedeutet zwei Stufen hinunter, auf dem Rückweg renne ich wieder zwei Stufen hinauf. Bei so einem Fest laufe ich den ganzen Donauturm einmal hinauf und hinunter. Ich bin Oberkellner und kein Leistungssportler!«

»Jetzt beruhigen Sie sich doch endlich einmal«, bat ihn Frau Heller. »Wir werden unsere bisherigen Events evaluieren und das Ergebnis für die Organisation unseres Schanigartenfestes heranziehen.« Sie bemerkte Leopolds skeptische Miene. »Was haben Sie? Was passt Ihnen nun schon wieder nicht?«, wollte sie wissen.

»Bei unseren letzten Veranstaltungen hat es leider jedes Mal einen Mord gegeben«, bemerkte Leopold trocken.

*

Eigentlich bereiteten die zwei Stufen Leopold keine Schwierigkeiten. Genau genommen bemerkte er sie gar nicht, wenn er diensteifrig nach oben schritt, um die Speisen und Getränke herzurichten, und wenig später mit ihnen zu den Gästen hinuntertänzelte. So etwas war für einen Kaffeehausober eine Kleinigkeit. Aber er hatte seinem Ärger Luft machen müssen.

Die festgefügte Ordnung im Café Heller war gerade jetzt, wo er mit Erika in eine neue, unbekannte Wohnung eingezogen war, für ihn besonders wichtig. Doch die verrückte Idee seiner Chefin mit dem ländlichen Gartenfest würde alles durcheinanderbringen. Die kleinen, runden Marmortischchen wurden einfach gegen unförmiges Inventar aus einem Bierzelt getauscht. Dazu Würstelgrill, Bierzapfstellen und Menschen, die von den Sitten und Gebräuchen in einem Kaffeehaus keine Ahnung hatten.

Wie sollte man dem einfachen, in der Provinz verwurzelten Volk klarmachen, was hier erlaubt war und was nicht? Wie die übertriebene Leutseligkeit und laute Unterhaltung dieser Menschen eindämmen? Das *Heller* würde für einen Tag zur Dorfschenke verkommen, und jeder, der die Ruhe und Gemütlichkeit eines Kaffeehausbesuches schätzte, würde danach wohl nie wieder seinen Fuß über die Schwelle dieses Lokals setzen. Die Situation war vertrackt.

In solche Gedanken verloren, wischte Leopold mit einem Bierdeckel über einen eben im Garten frei gewordenen Tisch, um herabgefallene Baumblüten zu entfernen. Er überlegte dabei, ob er im Stammpublikum des *Heller* jemanden kannte, der auf dem Land etwas weiter weg von Wien aufgewachsen war. Gab es so jemanden überhaupt?

»A Flaschl Bier, Leopold, oba rosch«, rief ihm da eine ungeduldige männliche Stimme über die Schulter zu.

Das war wieder typisch. Jemand, der nicht warten

konnte. Der wie ein kleines Kind, das zu schreien anfing, wenn ihm etwas wehtat, einfach herausplärrte, sobald ihn der Durst plagte. Leopold drehte sich um und besah sich den Mann genauer. Da hatte er schon ein Exemplar dieser Spezies: Robert Almer, einen vor etlichen Jahren nach Wien gezogenen Steirer Mitte 40 aus der Nähe des Stubenbergsees. Notdürftig gekämmt, die kleine Hornbrille auf der Nasenspitze herunten, eine Zigarette im rechten Mundwinkel, saß er mit Dreitagesbart da und wartete darauf, dass er bedient wurde.

»Einen Augenblick, komme sofort«, versuchte Leopold Zeit zu gewinnen und putzte den Tisch fertig ab. »Loss die Flankerln und kümmer di um deine Gäst', bevor's verdursten«, ließ ihm Almer jedoch keine Ruhe.

Genau diese egoistische Unbeherrschtheit machte nach Leopolds Meinung den Provinzler aus. Er eilte die zwei Stufen hinauf und knallte kurz darauf eine Flasche Bier mit dem dazugehörigen Glas vor Almer hin. »Kannst es wieder einmal nicht erwarten«, beanstandete er dabei.

»Wenn a Oabeiter bei solche Temperaturen hoamkimmt, is er austrocknet wie a Bacherl in der Wüste«, erklärte Almer ihm. Dabei befeuchtete er seinen rechten Zeigefinger, tauchte ihn in den Flaschenhals und zog ihn blitzschnell wieder heraus, sodass ein lautes *Plop* zu hören war. Dann führte er die Bierflasche an seinen Mund und trank sie mit wenigen Schlucken zur Hälfte aus.

Leopold rollten sich bei dieser Aktion die Fußnägel auf. »Hör bitte sofort damit auf, im Kaffeehaus Bier aus der Flasche zu trinken, Robert«, wies er Almer zurecht. »Das gehört sich nicht! Wir sind ja kein Vorstadtlokal!«

»Des verstehst du ned, Leopold! Wenn an Schepfa der Durst plogt, schmeckt's aus der Floschn am besten. Außerdem sitz i jo heraußen«, verteidigte Almer sich.

»Draußen ist in diesem Fall drinnen, weil der Schanigarten zum Kaffeehaus gehört«, ereiferte sich Leopold.

»I woaß ned, wos di dran so ärgert. I sitz jo gern bei eich, aber manchmoi kemmen mir eure Regeln a wengal verstaubt vua. Wo liegt der Föhla? Es Glasl muasst woschn, die Floschn ned!«

»Es ist ein Gebot der Höflichkeit und eine Frage der guten Erziehung, aus dem Glas zu trinken.«

»Mi hobn's hoid mit der Floschn aufzogn«, ließ sich Almer nicht beirren.

»Wer bei uns in Wien in ein Kaffeehaus geht, muss sich den dortigen Regeln anpassen«, setzte Leopold ihm auseinander.

»Wiasd maanst«, entgegnete Almer achselzuckend. »Eure Chefin sicht des a bissl lockerer. Die mocht jo demnächst a großes Festl, hob i grod gheat. Do kemmen mia olle! Du wirst's ned leicht hobn!«

»Alle?«, reagierte Leopold mit säuerlicher Miene. »Was heißt das?«

»Na olle, die gaunze Blosn hoid«, klärte Almer ihn auf. »Des wird a richtiger Steirernochmittog!« Er führte die Flasche wieder an den Mund, besann sich aber im letzten Moment eines Besseren und schenkte das Bier in sein Glas. »Jetzt is nur hoib so guat«, klagte er, nachdem er getrunken hatte.

Leopold hatte genug. Er wollte dem steirischen Gast nicht länger zuschauen und zuhören. Was er erfahren hatte, reichte ihm. Wenn Almer tatsächlich mit einem

Haufen integrationsunwilliger Landsleute bei Frau Hellers Schanigartenfest auftauchte, würde das unweigerlich zu einer Reihe bedenklicher Situationen führen. Dabei stand zu befürchten, dass es nicht die einzigen schwierigen Gäste bei der Veranstaltung sein würden.

*

Dienstag, 15. Mai, abends

Am Abend verlagerte sich das Geschehen wieder zusehends ins *Heller* hinein. Nun herrschte eine Leopold vertraute Atmosphäre. An den zwei Billardtischen wurde eifrig gespielt. Obwohl die legendäre Tarockpartie (der Herr Kammersänger, der pensionierte Kanzleirat, der Herr Adi und der Herr Hofbauer) heute fehlte, waren auch die Kartentische gut besetzt. Im vorderen Teil um die Theke herum ging es gemütlich zu. Die Gäste saßen in Gruppen beisammen, tranken und plauderten, alles jedoch in gemäßigtem Ton und ohne Auffälligkeiten. Die Dinge liefen in geordneten Bahnen ab, weil sich die Leute zu benehmen wussten. Auch wer schon einiges an Alkohol konsumiert hatte, verwechselte das Kaffeehaus nicht mit einer Trinkhalle.

Frau Heller hatte es sich hinter der Theke gemütlich gemacht und beobachtete aufmerksam die Szene. Man wusste dabei nicht so genau, ob sie ihre Besucher im Auge hatte oder sich bereits in Gedanken ausmalte, wie sich im Lokalinneren eine rustikale Stimmung für ihr Fest schaffen ließ. Plötzlich fuhr sie wie von einer Tarantel gestochen in die Höhe und kam eiligen Schrittes aus ihrem

Refugium hervor. »Der Schauspieler«, rief sie entzückt. »Sie sind doch der Schauspieler!« Damit steuerte sie auf den hintersten Fenstertisch zu, an dem sich zwei Herren und eine Dame mittleren Alters angeregt unterhielten.

Irritiert drehte sich ein blonder Mann mit Vollbart aus der Gruppe um, der mit dem Rücken zu ihr saß. »Schauspieler? Welcher Schauspieler?«, fragte er.

»Sie natürlich«, sprach Frau Heller ihn an. »Ich habe Sie einmal bei den Sommerspielen in Wolkersdorf gesehen. Ludwig Anzengruber wurde gegeben, *G'wissenswurm* hieß das Stück oder so ähnlich. Es ging um einen Mann, den wegen eines unehelichen Kindes schwere Gewissensbisse plagten, und Sie haben ihn gespielt.«

Ludwig Anzengruber war ein österreichischer Autor von Romanen und Volksstücken aus der zweiten Hälfte des 19. Jahrhunderts, der sich darin realistisch mit den Sorgen und Nöten der ländlichen Bevölkerung auseinandersetzte. Der an sich in Wien lebende Dramatiker schrieb den *G'wissenswurm* in dem etwa 15 Kilometer nördlich von Floridsdorf liegenden Städtchen Wolkersdorf. Aus diesem Grund gab es dort in unregelmäßigen Abständen auch heute noch Aufführungen seiner Werke.

Der schon leicht angeheiterte Vollbärtige lachte. »Sie haben recht, ich hatte damals die Rolle des Grillhofer inne. Aber das ist ja schon eine Ewigkeit her, mindestens zwölf Jahre. Dass Sie sich noch daran erinnern!«

»Was Kultur betrifft, habe ich ein phänomenales Gedächtnis«, beteuerte Frau Heller. »Das ist meine große Leidenschaft. Sie sind der Herr Bischof!«

»Ganz richtig«, nickte Bischof anerkennend. »Vielleicht kennen Sie dann auch meine beiden Freunde. Der

Herr beim Fenster heißt Andreas Rohringer und spielte den bösen Schwager Dusterer, und die Dame neben mir, Frau Vera Kuttin, war die Horlacherliesl. Durch einen Zufall sind wir alle drei heute hier zusammen.«

»Das ist ja eine himmlische Fügung«, konnte Frau Heller ihr Glück nicht fassen. »Drei Schauspieler bei mir auf einem Fleck!«

Bischof amüsierte Frau Hellers Betragen ungemein. »Wir sind eigentlich gar keine Schauspieler«, klärte er sie auf. »Die Anzengruber-Festspiele in Wolkersdorf wurden von einem Amateurensemble bestritten, dem wir damals angehört haben.«

»So genau ist das doch nicht«, zeigte sich Frau Heller unbeeindruckt. »Wir weihen demnächst unseren Schanigarten mit einem großen Fest ein. Da darf die Kultur nicht zu kurz kommen. Und was würde besser zu dieser zünftigen Feier passen als ein paar Gustostücke von Anzengruber? Ich engagiere Sie vom Fleck weg!«

»Seien Sie mir nicht böse, aber davon halte ich nicht viel«, wurde Bischof nun ernst. »Wir sind aus der Übung. Wir würden uns und Ihnen keine Freude machen. Außerdem: Was von Anzengruber stellen Sie sich vor? Man kann doch nicht ein ganzes Stück aufführen.« Er lächelte säuerlich.

Frau Heller schaute ihrem illuminierten Gegenüber herausfordernd in die Augen. »Alles geht, wenn man den guten Willen hat«, konstatierte sie. »Sie sind ein intelligenter Mensch, Ihnen wird schon was einfallen. Die Darbietung soll ja nur etwa zehn Minuten dauern.«

»Gib ihr deine Karte, Niki«, meldete sich nun Vera Kuttin, eine schlanke Frau mit strengen Gesichtszügen, zu Wort. »Sie soll dich anrufen.« Und, nach einer Pause: »Also, ich würde es machen. Da findet sich schon was Passendes.«

»Wenn du meinst, Vera!« Widerwillig zog Nikolaus Bischof eine Visitenkarte aus seinem Jackett und überreichte sie an Frau Heller. »Melden Sie sich bei mir, dann können wir ausführlicher darüber sprechen. Leider müssen wir jetzt gehen!«

Frau Heller wollte den Künstlern noch eine Runde spendieren, doch Bischof drängte seine Kollegen zum Aufbruch. »Ich hatte in den letzten Tagen nur wenig Schlaf«, entschuldigte er sich. »Meine Freunde ebenso!«

»Ein andermal«, tröstete Vera Kuttin Frau Heller, ehe sie das Lokal verließen. »Vielleicht sehen wir uns ja wirklich bei Ihrem Fest.«

»Was für nette Menschen«, war Frau Heller entzückt. »So ganz ohne Starallüren.«

»Sind ja, wie Sie soeben selbst bemerkt haben, keine Stars, nur Hobbyschauspieler«, bremste Leopold ihre Euphorie.

»Jedenfalls genau das Richtige für unser Fest«, beharrte sie.

Plötzlich wurde Leopold ernst. Seine Stirn legte sich in Falten. »Da bin ich leider anderer Meinung«, teilte er seiner Chefin mit. »Erinnern Sie sich an den sogenannten Anzengrubermord?«

»Anzengrubermord? Was soll denn das schon wieder?«

»Vor etwa zwölf Jahren wurde im Sommer während der Anzengruber-Festspiele in Wolkersdorf im Hochleithenwald bei der Anzengruberhöhe am Morgen von einer

Spaziergängerin die Leiche einer jungen Frau gefunden, die dem Ensemble angehörte. Sie wurde erschlagen. Der Mord ist bis heute nicht aufgeklärt worden.«

»Sie haben recht, dunkel entsinne ich mich, dass da etwas war. Aber das hat doch nichts mit unseren lieben Gästen von vorhin zu tun«, winkte Frau Heller ab.

»Nikolaus Bischof zählte damals zu den Hauptverdächtigen«, merkte Leopold an.

»Na und? Ist er vielleicht eingesperrt worden?«, entgegnete Frau Heller.

»Beinahe!«

»Beinahe zählt nicht! Es gilt die Unschuldsvermutung! Er war es sicher nicht, und damit basta«, wehrte sich Frau Heller entschieden gegen die Kritik ihres Oberkellners. »Überall sehen Sie Gespenster und Mörder, Leopold. Selbst bei so schönen Dingen wie der Kultur fallen Ihnen grausige Geschichten ein. Das ist in höchstem Maße bedenklich!«

»Sie werden dann schon sehen, was bedenklich ist«, warnte Leopold sie. »Nämlich dass Sie eine äußerst zwielichtige Person zu einer Darbietung in unserem Kaffeehaus eingeladen haben. Kennen Sie den Herrn etwa so genau, dass Sie ihm die Stange halten? Wer weiß, was das für einer ist. In Wolkersdorf hat er jedenfalls den Weisel gehabt und nicht mehr auftreten dürfen.«

»Wahrscheinlich nur deswegen, weil die meisten Menschen so mit Vorurteilen behaftet sind wie Sie«, wies Frau Heller ihn zurecht. »Ich lasse mir von Ihnen keine Ratschläge erteilen! Der Herr wird von mir engagiert, ob es Ihnen passt oder nicht. Unser Fest wird ein Event vom Feinsten, den ich mir nicht von Ihnen und Ihren abgründigen Weltanschauungen verderben lasse!«

Sie strafte Leopold mit einem grimmigen Blick, ehe sie durch die kleine Küche nach hinten und dann nach oben in ihre Wohnung verschwand.

KAPITEL 2

Dienstag, 22. Mai

Frau Heller setzte die Veranstaltung an dem drei Wochen später folgenden Donnerstag an. Nach Rücksprache mit Herrn Wondratschek bot sie Bischof ein anständiges Honorar, sodass er innerhalb kurzer Zeit zusagte. Damit war für sie einmal alles in bester Ordnung, und sie konnte sich mit der weiteren Organisation beschäftigen.

Leopold hingegen hatte die Erinnerung an das Verbrechen neugierig gemacht. Er hatte zwar noch immer Defizite bei der Arbeit mit dem Computer, doch Erika half ihm, und so begann er, im Internet über den Anzengrubermord zu recherchieren. Einen Vormittag verbrachte er sogar in der Österreichischen Nationalbibliothek, um dort in alten Zeitungen über den Fall zu lesen.

Dabei traten folgende Fakten zutage: Am 8. August 2006 frühmorgens entdeckte eine Spaziergängerin mit Hund in der Nähe der Anzengruberhöhe im Hochleithenwald die Leiche der 29-jährigen Lucia Berlakovics. Die Frau war von hinten erschlagen worden, vermutlich mit einem Stein. Sie hatte – ebenso wie Nikolaus Bischof, Vera Kuttin und viele andere – in diesem Sommer in dem Anzengruber-Stück *Der G'wissenswurm* mitgespielt. Bei der Obduktion stellte sich heraus, dass Berlakovics im dritten Monat schwanger war.

Bischof war zu dieser Zeit mit Lucia Berlakovics liiert,

jedoch nicht der Kindesvater. Am Abend des 7. August hatten die beiden nach der Theateraufführung einen heftigen Streit. Deshalb fiel der Verdacht zunächst auf Bischof. Der schwieg bei der Einvernahme beharrlich, ehe er der Polizei am darauffolgenden Tag ein Alibi präsentierte. Er behauptete, die Nacht bei Vera Kuttin verbracht und sich mit ihr und einer größeren Menge Alkohol getröstet zu haben. Auf die Frage, weshalb er das nicht gleich gesagt habe, antwortete er, zum einen habe er sich für sein Verhalten geniert, zum anderen Vera nicht in die Sache hineinziehen wollen. Als später ein Zeuge angab, Bischof in derselben Nacht ungefähr zur Tatzeit bei einem Zigarettenautomaten in der Nähe von Vera Kuttins Wolkersdorfer Wohnung gesehen zu haben, musste die Polizei dem Verdächtigen wohl oder übel glauben.

Weder die Spuren am Tatort noch die Untersuchung der Leiche ergaben zielführende Hinweise. Das einzig Auffällige war das Fehlen von Lucias Geldbörse, doch ein Raubmord schien ausgeschlossen. Welcher Räuber lauerte an dieser einsamen Lichtung am Waldrand des Nachts auf vorbeikommende Frauen? Die Medien trauten dies eher einem Lustmörder zu und erfanden zu diesem Zweck die ›Bestie von Wolkersdorf‹. Doch auch diese Theorie wirkte an den Haaren herbeigezogen. Außer der tödlichen Verletzung fanden sich am Mordopfer keine Spuren von Gewaltanwendung, und für lange Zeit blieb es das einzige Kapitalverbrechen in der Gegend.

Die Polizei trat bei ihren Ermittlungen auf der Stelle. Eine lokale Tageszeitung fasste die Situation am 16. August mit den folgenden Worten zusammen:

Derzeit sieht es nicht so aus, als könnten die vielen offenen Fragen im Mordfall Lucia Berlakovics rasch beantwortet werden. Die Indizien gegen den Hauptverdächtigen, ihren Lebensgefährten und Schauspielkollegen Nikolaus Bischof, reichen nicht aus.

Wer aber war es dann? Wen hatte Lucia Berlakovics bei der Anzengruberhöhe getroffen und warum? War sie allein oder mit ihrem Mörder hinaufgegangen? Das Ensemble des gefeierten Anzengruber-Stückes ›Der G'wissenswurm‹ war nach der Vorstellung noch im Gasthof ›Zur gemütlichen Jause‹ zusammengesessen. Dabei kam es zu der Auseinandersetzung Bischofs mit seiner Freundin. Bischof verließ die Runde vorzeitig, der Rest brach um ca. 23 Uhr auf. Die Todeszeit wird von der Polizei mit etwa ein Uhr früh angegeben. Darüber, was in der Zwischenzeit geschehen ist, herrscht vor allem, was das Mordopfer betrifft, völlige Unklarheit. Niemand will die Frau mehr lebend gesehen haben.

Eine Überprüfung aller eventuell für das Verbrechen in Frage kommenden Personen – Ensemblemitglieder, Freunde, Verwandte – führte zu keinen brauchbaren Ergebnissen. War Lucia durch einen fatalen Zufall wirklich nur zur falschen Zeit am falschen Ort? Daran will keiner recht glauben. Und an die Version von einem Raubmörder oder Psychopathen schon gar nicht.«

Nach dem Mord wurden die Anzengruber-Festspiele vorzeitig beendet. Wenig später verschwand Bischof aus Wien in Richtung Salzkammergut auf das ländliche Anwesen seines Bruders Lothar. Das Verbrechen wurde nie aufgeklärt. Wann war Bischof wieder zurückgekommen? Und gab es dafür einen bestimmten Grund?

Mit dieser Überlegung beendete Leopold seine Nachforschungen. Er zeigte sich zufrieden. Gerade rechtzeitig vor Frau Hellers Feierlichkeiten war ihm dieser mysteriöse Fall wieder in Erinnerung gekommen. Er musste Nikolaus Bischof dabei im Auge behalten. Nicht überführt hieß noch lange nicht nicht schuldig. Und wer weiß, was ein solcher Mensch im Schilde führte!

Man musste froh sein, wenn beim Schanigartenfest nicht wieder ein Mord passierte.

⁎

Mittwoch, 23. Mai

Felix Kupka saß im Morgenmantel beim Frühstück und blätterte in der Zeitung. Sein Stoppelbart leuchtete weiß, er hatte sich noch nicht rasiert. Alles zu seiner Zeit. Ihm lief jetzt im Ruhestand nichts davon.

»Noch Kaffee?« Bereitwillig griff seine Frau Christine nach der Kanne. Vor allem aber wollte sie ihn mit dieser Frage zum Reden bringen. Nichts hasste sie mehr als sein allmorgendliches Schweigen.

»Ja, bitte!« Kupka stierte weiter in die Zeitung und würdigte sie keines Blickes.

Christine schenkte dienstergeben ein, weiterhin hoffend, dass er mit irgendetwas herausrückte. Manchmal war ein Artikel, den er gerade las, der Anstoß, manchmal ein unbedeutendes Ereignis der letzten Tage. Manchmal schwieg ihr Mann auch, bis er sich ins Badezimmer begab.

»Nikolaus Bischof ist in Wien«, sagte Kupka plötzlich, als Christine schon gar nicht mehr auf den Beginn eines Gespräches zu hoffen wagte.

»Woher willst du das wissen? Steht es etwa in der Zeitung?«, fragte Christine, über deren Gesicht sich sofort ein Schatten legte, beunruhigt.

»In die Presse dürfte es Nikolaus vorerst nicht schaffen«, antwortete Kupka verächtlich. »Aber er hat die Frechheit, wieder aufzutreten. Ich habe das Plakat vorn am Eck beim Kaffeehaus gesehen. Er wirkt dort, wie es scheint, bei einem vulgären Fest mit.«

»Wieso ist er da? Lebt er etwa wieder hier?« Die Spannung war Christine an den von zahllosen Falten umrahmten Augen abzulesen.

»Offensichtlich! Weißt du übrigens, was er zum Besten gibt? Anzengruber! Eine Geschmacklosigkeit sondergleichen!«

Christine Kupka begann, den Tisch abzuräumen. Sie musste etwas tun, um ihre Aufregung in den Griff zu bekommen. »Du meinst, das hat etwas zu bedeuten, und die alten Dinge werden wieder aufgewärmt?«, forschte sie.

»Das steht zu befürchten!« Missmutig faltete Kupka die Zeitung zusammen und legte sie neben seine noch halb volle Kaffeeschale. »Wir müssen mit allem rechnen! Ich muss so schnell wie möglich mit Anita reden!« Hastig trank er aus.

»Und was, wenn er nur so da ist? Weil er Sehnsucht nach seiner alten Heimat hatte?«

»Das glaube ich nicht! Der Kerl führt etwas im Schilde!«

»Du bist immer gleich in der Höhe! Es muss gar nicht so sein.«

»Es hat keinen Sinn, sich das einzureden«, belehrte Kupka seine Frau. »Wir dürfen nicht darauf warten, dass er etwas unternimmt. Wir müssen selbst die Initiative ergreifen.«

»Und wie?«, wollte Christine wissen. Dann dämmerte es ihr. »Du willst doch nicht zu dieser Feier gehen?«, fragte sie ihren Mann irritiert.

»Und ob ich das will! Es wird mir gar nichts anderes übrig bleiben«, antwortete Kupka. »Es ist die beste Gelegenheit für eine Konfrontation. Dort kann er mir nicht ausweichen. Ich muss ihn überraschen.«

»Wenn das nur gut geht«, bangte Christine.

»Es wird gut gehen, weil ich mich gut darauf vorbereite«, setzte Kupka ihr auseinander. »Verlass dich nur auf mich.«

Felix Kupka blickte kurz über den leeren Tisch und entfernte ein paar Brösel. Dann erhob er sich und verschwand im Badezimmer. Christine Kupka hörte nur mehr das Summen seiner elektrischen Zahnbürste.

*

Dienstag, 5. Juni

Der Tag des Schanigartenfestes rückte näher. Immer wieder tauchten neugierige, Leopold unbekannte Leute im Kaffeehaus auf und ließen sich von Frau Heller über das Ereignis informieren. Viele dieser Gäste kamen aus dem ländlichen Raum. Ihr lautstarkes, ungeniertes Auftreten und der Klang verschiedener Mundarten stellten Leopolds Nerven gewaltig auf die Probe. Als von einem Gartentisch sogar nach ihm gepfiffen wurde, war er nahe daran, die Arbeit hinzulegen und nach Hause zu gehen.

»Spielen Sie nicht gleich die beleidigte Leberwurst«, ermahnte ihn Frau Heller. »Diese Menschen haben eben etwas Natürliches an sich, das uns Stadtbewohnern leider verloren gegangen ist. Auf mich wirkt es wohltuend erfrischend. Wenn es Sie nervös macht, gehen Sie hinein. Da sitzt der Herr Bocek mutterseelenallein und macht ein Gesicht wie sieben Tage Regenwetter.«

»Der Herr Bocek ist da?«, fragte Leopold überrascht. »Der hat uns doch schon jahrelang nicht beehrt. Ich hab geglaubt, er ist woanders hingezogen oder gar verstorben. Griesgrämig dreinschauen tut er? Das ist seltsam! Früher war er immer ein so lustiger, draufgängerischer Kerl!«

»Ich weiß auch nicht, was mit ihm los ist. Mit seiner derzeitigen Laune passt er jedenfalls zu Ihnen. Vielleicht gelingt es Ihnen beiden, sich gegenseitig aufzuheitern. Ich kümmere mich einstweilen um die lustige Gesellschaft heraußen.« Damit begab sich Frau Heller wieder zu ihren potenziellen Festgästen.

Matthias Bocek war in früheren Zeiten im Café Heller beinahe täglich ein und aus gegangen. Bei diversen Billardpartien hatte er nicht nur seine Mitspieler, sondern auch die umstehenden, teilweise extra wegen ihm gekommenen Zuschauer mit seinem Schmäh unterhalten und seinem Ruf als Stimmungskanone alle Ehre gemacht. Dabei konnte ihm nie jemand böse sein, auch wenn er von ihm noch so aufgezogen wurde. War er einmal nicht da, blieb auch manch anderer Gast aus. Und dann, von einem Tag auf den anderen, war dieser überaus beliebte Mann verschwunden, ohne dass jemand wusste, warum. Jetzt saß er auf einmal wieder da, aber so teilnahmslos und missmutig, dass ihn Leopold kaum wiedererkannte. Das Gesicht war schmal, die Wangen eingefallen. Betrübt schaute er zum Fenster hinaus.

»Meine Verehrung, Herr Bocek! Schön, dass Sie wieder einmal bei uns sind«, sprach ihn Leopold nach einer Schrecksekunde an. »Warum sitzen Sie denn so einsam hier herinnen? Wollen Sie gar nicht unseren Schanigarten ausprobieren?«

»Lass mich herinnen sitzen, so bin ich's gewohnt«, seufzte Bocek. »Ich wollte mir ja nur das Kaffeehaus noch einmal anschauen. Vielleicht ist es schon bald zu spät!«

»Zu spät?« Leopold traute seinen Ohren nicht. Was faselte der früher so heitere Bocek da zusammen?

»Jawohl! Wir leben in Saus und Braus dahin, ohne auch nur ein einziges Mal darüber nachzudenken, wie schnell es mit uns aus sein könnte«, erläuterte Bocek mit schwacher Stimme. »Plötzlich wird einem schwarz vor den Augen, und man ist nicht mehr.«

»Gehn S', Herr Bocek! Sie waren doch immer so ein lustiger Mensch! Und jetzt reden S' auf einmal vom Tod, kaum dass wir uns wiedersehen. Was haben S' denn?«, versuchte Leopold ihn aufzuheitern.

Bocek hüstelte. »Schauen Sie mich doch an! Mir geht's nicht gut! Ich werde bald sterben«, bekannte er.

Leopold wusste nicht so recht, was er darauf sagen sollte. »Sind Sie denn krank?«, fragte er vorsichtig.

»Krank ist gar kein Ausdruck«, erwiderte Bocek mit

einer wegwerfenden Handbewegung. »Mein körperlicher Zustand ist desaströs! Ich bin schwach, dass es nicht zum Aushalten ist, mir schmeckt nichts mehr, und wenn jemand eine Stelle meines Körpers berührt, verspüre ich einen dumpfen Schmerz. Meine Tage sind gezählt, das kann ich dir sagen!«

Leopold war erleichtert. So ernst schien es also nicht zu sein. »Trinken Sie doch ein Glaserl Wein statt dem Tee«, schlug er vor. »Das hat Sie früher auch immer bei Kräften gehalten.«

Matthias Bocek machte nun so große Augen, dass es aussah, als würden sie aus den Höhlen seines abgezehrten Gesichtes treten. Dazu machte er ein Geräusch, als müsse er sich übergeben. »Wein? Schon bei dem Gedanken daran wird mir schlecht«, protestierte er. »Das sind die Laster des Lebens. Sie legen sich zuerst auf den Magen, dann auf die Brust. Deine schweren Sünden fressen dich von innen her auf, sodass am Ende nichts anderes übrig bleibt als deine äußere Hülle, Haut und Knochen.« Leise fügte er hinzu: »Ich habe Unrechtes getan, Leopold! Ich muss sterben!«

»Ich hab einige Sünder gekannt, die haben sehr lange gelebt und waren kreuzfidel bis zum Schluss«, erwähnte Leopold.

»Bei denen waren es vielleicht nur lässliche Sünden. Bei mir ist aber eine große dabei, eine wirklich schlimme!«

»So schlimm ist es meistens auch wieder nicht.«

»Ich habe einem Menschen Leid zugefügt, Leopold, und dieses Leid strahlt jetzt auf mich zurück«, entgegnete Bocek bedrückt.

Die Jammerei schlug sich langsam auf Leopolds Gemüt. »Sie reden ja gerade so, als ob Sie jemanden umgebracht hätten«, merkte er an.

»So gut wie«, sprach Bocek weiter in Rätseln. »Es ist schlimm, wenn man im Nachhinein weiß, was man nicht hätte tun dürfen, dann, wenn sich nichts mehr ändern lässt. Nachts wache ich regelmäßig auf und kann nicht einschlafen, weil mich die Geister der Vergangenheit heimsuchen.«

»Wollen Sie nicht übermorgen zu unserem Schanigartenfest kommen?«, unterbrach Leopold seine Klagen. »Das bringt Sie auf andere Gedanken. Da geht's lustig zu, wie Sie es früher gewohnt waren, bevor Sie Ihre Wehwehchen bekommen haben.«

»Das sind keine Wehwehchen«, protestierte Bocek. »Das ist eine ernsthafte, unheilbare Krankheit. Dagegen lässt sich mit unmäßigen Feiern nichts ausrichten, das bringt mich höchstens noch früher ins Grab. Wenn ich ein Weilchen länger leben möchte, muss ich nach Hause, mich ins Bett legen.« Er hüstelte, während er auf seine Uhr blickte. »Es ist Zeit zu gehen«, kündigte er an. »Meine Cousine wird schon auf mich warten. Sie kümmert sich ja so aufopferungsvoll um mich.«

»Beehren Sie uns trotzdem bald wieder«, ermunterte Leopold ihn zum Abschied. »Im Kaffeehaus haben Sie sich immer so wohlgefühlt!«

»Vielleicht, wenn ich einigermaßen bei Kräften bin.« Umständlich bewegte sich Bocek in Richtung Tür. »Ich fühle mich schwach. Ich war zu lange draußen«, stöhnte er dabei. »Höchste Zeit, dass ich nach Hause komme.«

Beim Tisch mit den Zeitungen blieb er kurz stehen und schaute. Dabei sah es so aus, als würde sich sein griesgrämiges Gesicht noch um eine Nuance verfinstern. »Das ist aber seltsam«, grummelte er vor sich hin.

»Was denn, Herr Bocek?« Neugierig steuerte Leopold auf ihn zu.

»Da liegt eine alte Zeitung«, meldete Bocek. »Die gehört nicht hierher!«

Es war ein *Wolkersdorfer Kurier* vom August 2006. Die Schlagzeile des Titelblatts lautete: *Mord bei der Anzengruberhöhe. Schauspielerin brutal erschlagen.*

Irgendjemand musste diese Zeitung vor Kurzem unter den anderen, täglich frisch hier liegenden Blättern, die zum Inventar eines guten Kaffeehauses gehörten, platziert haben. Aber wer und warum? Offenbar wollte dieser Jemand mit seiner Aktion an den Anzengrubermord erinnern. Und das vor dem Auftritt von Nikolaus Bischof, dem Hauptverdächtigen damals.

Leopold wusste nicht, was dies in weiterer Folge zu bedeuten haben würde. Er wusste einstweilen nur, dass er bei dem Fest auf der Hut sein musste.

KAPITEL 3

Mittwoch, 6. Juni, abends

»Heute sperren wir früher zu, Leopold! Morgen ist ein anstrengender Tag«, teilte Frau Heller ihrem Oberkellner mit. »Sie sind sicher auch froh, wenn Sie zeitiger ins Bett kommen.«

»Froh bin ich erst morgen nach dem Fest, wenn alles gut verlaufen ist«, erwiderte Leopold mit einem herzhaften Gähnen. Es überfiel ihn meist dann, wenn das Ende seines Dienstes bereits abzusehen war.

»Unken Sie nicht wieder«, wies Frau Heller ihn zurecht. »Warum soll es nicht gut laufen? Es ist alles bestens organisiert. Und so viele nette Leute werden da sein, die mir in den letzten Tagen ihr Kommen zugesagt haben. Aufrichtige, naturbelassene Menschen, die Gott sei Dank noch nicht so verdorben sind wie wir aus der Stadt. Sie werden Gefallen an unserem Kaffeehaus finden, wieder und wieder kommen, und wer weiß: Vielleicht sehnt sich der eine oder andere in der Folge nach einem Kaffeehaus in seinem Bergdorf und begeistert seine Freunde oder Verwandten so sehr dafür, dass eines Tages auch in der Einschicht eins seine Türen öffnet. Dann haben wir unsere Kultur bis in die hintersten Winkel unseres Landes getragen. Mehr darf man wirklich nicht verlangen«, steigerte sie sich in eine Begeisterung hinein.

Leopold versuchte sich vorzustellen, wie zwei Bauern während ihrer Heuernte ein Päuschen einlegten, um eine Partie Billard zu spielen, oder nach der Stallarbeit in Stiefeln und dem schmutzigen, einen leichten Fäkaliengeruch verströmenden Arbeitsgewand ins Café gingen, um die *Neue Züricher Zeitung* zu lesen. Würde das funktionieren? Wohl eher nicht. »Solange die Leute eine Ruhe geben und die gebotene Ordnung einhalten, soll mir alles recht sein«, bemerkte er nur ausweichend und gähnte erneut.

»Jedenfalls wird das Gartenfest würdig an unsere bisherigen Veranstaltungen anschließen«, legte sich Frau Heller fest.

»Wenn's so ist, herrschen sicher wieder Chaos, Mord und Totschlag«, gab Leopold zu bedenken.

Frau Heller setzte zu einer giftigen Replik an. Doch da öffnete sich die Tür, und ein später Gast trat ein. Es war Nikolaus Bischof. Auf seinem blonden Haar, dem Vollbart und der beigen Jacke konnte man ein paar Tropfen erkennen. Offenbar hatte es draußen leicht zu regnen begonnen.

Mit ein paar unsicheren Schritten bewegte sich Bischof zur Theke. »Bedaure, wir schließen gleich«, informierte Leopold ihn.

»Ach so?« Bischof blickte um sich und richtete sich dabei die Hose. Sein Blick streifte die letzten Gäste, die sich gerade ans Gehen machten. Er wirkte stark alkoholisiert. »Eigentlich wollte ich nur …«

»Lieber Herr Bischof, wie schön, dass Sie zu dieser späten Stunde bei uns vorbeischauen«, begrüßte ihn Frau Heller jovial. »Bitte lassen Sie sich durch unseren

Oberkellner nicht irritieren. Selbstverständlich dürfen Sie noch etwas trinken. Es ist mir sogar eine besondere Freude! Was soll es denn sein?«

»Ein … Achterl Weiß«, kam es unschlüssig aus Bischofs Mund.

»Bitte sehr, bitte gleich!« Leopold merkte, dass er zu früh gegähnt hatte, und machte sich ans Einschenken. Bischof umklammerte sein volles Glas und machte einen neuen Anlauf, etwas zu sagen: »Ich …«

»Wundern Sie sich nicht, wenn morgen hier herinnen alles anders aussieht«, fiel ihm Frau Heller gleich wieder ins Wort. »Aber es wird genau die richtige Stimmung für Ihren Vortrag erzeugen: ausgelassen und doch feierlich, rustikal und doch voll Kultur. Haben Sie unsere kleine Bühne schon gesehen? Dort steht dann ein Tisch mit Sessel, Mikrofon und Lampe. Benötigen Sie sonst noch etwas?«

»Ich …«

»Ja? So spucken Sie's doch aus!«

»Ich … ich glaube, ich kann morgen gar nicht lesen«, stieß Bischof hervor. »Es ist mir unmöglich …«

»Das geht nicht, lieber Herr Bischof«, wurde Frau Heller sofort ein wenig bestimmter im Ton. »Sie wurden auf allen Plakaten angekündigt. Da können Sie jetzt nicht einfach kommen und mir absagen. Wie stehe ich denn vor meinen Gästen da?«

»Mir ist etwas dazwischengekommen«, beteuerte Bischof.

»Egal! Ich habe Ihre feste Zusage«, beharrte Frau Heller.

Bischof wand sich: »Schauen Sie, ich bin erst seit kurzer Zeit wieder in Wien. Es ist noch zu früh. Zu einem späteren Zeitpunkt wäre es leichter.«

»Feig«, sagte ihm Leopold da auf den Kopf zu.

»Bitte mischen Sie sich nicht in unsere geschäftlichen Angelegenheiten«, wies ihn Frau Heller sofort zurecht.

»Herr Bischof weiß genau, was ich meine«, führte Leopold aus. »Er traut sich nicht! Er hat Angst! Er möchte sich nicht in der Öffentlichkeit zeigen! Feig und noch einmal feig!«

Nikolaus Bischof trank hastig aus seinem Weinglas. Er wirkte unentschlossen. »Es ist nicht so, wie es aussieht«, begann er zögernd.

»Wie ist es denn dann?«, nagelte ihn Leopold fest.

Frau Heller übernahm wieder die Gesprächsführung, ohne auf eine Antwort zu warten. »Lassen Sie, Leopold, ich weiß genau, worauf Herr Bischof hinauswill«, bemerkte sie. Dabei umspielte ein süffisantes Lächeln ihre Lippen. »Er versucht, mit seinem Zögern sein Honorar aufzubessern. Eine beliebte Taktik unter Künstlern. Also gut! Meinetwegen sollen Sie einen Zuschlag von 20 Prozent haben. Mehr ist nicht drin. Ich hoffe, Sie nehmen das Angebot an.«

»Nun ja …«

Für einen Augenblick stand Frau Heller die Verständnislosigkeit ins Gesicht geschrieben. »Sie werden doch nicht ablehnen, oder?«, versicherte sie sich.

»Nein, ich denke nicht«, sagte Bischof geistesabwesend. »Was bin ich schuldig?«, fragte er schließlich mit einem Blick auf sein Glas, das er inzwischen ausgetrunken hatte.

»Nichts, lieber Herr Bischof, Sie sind eingeladen«, ließ

Frau Heller ihn wissen. »Dafür kommen Sie morgen pünktlich und bemühen sich, damit es ein unvergesslicher Abend wird.«

»Natürlich«, grummelte Bischof. Dann begab er sich genauso schweren Schrittes, wie er hereingekommen war, zur Tür hinaus.

Leopold zögerte kurz. Er warf seiner Chefin einen entschuldigenden Blick zu, ehe er Bischof nacheilte.

*

Der Regen wurde stärker, und die Tropfen setzten sich wie kleine Perlen auf Leopolds Smoking. Er merkte jedoch gar nicht, dass er nass wurde. Bald hatte er Bischof eingeholt. Der zuckte zusammen, als er Leopold neben sich wahrnahm. »Was ist? Habe ich etwas vergessen?«, erkundigte er sich unwirsch.

»Ja! Sie haben vergessen, den wahren Grund zu nennen, weshalb Sie Ihre Lesung absagen wollten«, bedrängte Leopold ihn. »Ich wiederhole meinen Vorwurf: Sie haben Angst! Aber vor wem und warum? Ich tippe stark, dass es mit dem Mord damals bei der Anzengruberhöhe zu tun hat.«

»Lassen Sie mich bitte mit dieser alten Geschichte in Ruhe«, wehrte Bischof sich. »Es ist bewiesen, dass ich damit nichts zu tun hatte.«

»Weshalb sind Sie dann plötzlich weggezogen?«, traktierte ihn Leopold weiter. »Ins Salzkammergut, zu Ihren Eltern und Ihrem Bruder?«

Bischof grinste: »Das ist meine Heimat. Da komme ich her.«

»Und weshalb sind Sie jetzt zurückgekommen?«, wollte Leopold wissen.

»Muss ich einen Ortswechsel nach zwölf Jahren mit Ihnen besprechen? Ich glaube nicht«, antwortete Bischof schroff und stellte seinen Kragen auf. »Ich komme aus Fuschl, habe aber lange hier gelebt«, sagte er dann doch. »Noch Fragen?«

»Ich sage Ihnen einmal, was ich mir denke, Herr Bischof«, setzte Leopold ihm auseinander. »Sie wollten damals nach dem Mord in Wolkersdorf – den Sie Ihrer Aussage nach nicht begangen haben – fort, bis Gras über die Sache gewachsen war. Nach einigen Jahren sind Sie, aus welchen Gründen auch immer, zurückgekommen. Sie haben gehofft, von möglichst wenigen Leuten erkannt zu werden. Da engagierte Sie unsere Chefin für den kleinen Auftritt bei unserem Schanigartenfest morgen. Sie haben ein wenig belustigt zugesagt, sich vielleicht geschmeichelt gefühlt, als Schauspieler angeredet zu werden. Doch dann haben Sie die Plakate gesehen und plötzlich Panik bekommen. Es hat Ihnen gedämmert, dass möglicherweise viele Leute erfahren, dass Sie wieder da sind. Und irgendetwas ist es, das Sie in der Hinsicht fürchten. Deshalb haben Sie sich betrunken und wollten Ihre Lesung absagen.«

Nikolaus Bischof wirkte nun nüchterner, wohl aufgrund des Regens und der kühler gewordenen Luft. »Kann Ihnen das nicht alles egal sein?«, tat er Leopolds Überlegungen ab. »Ich werde meine Zusage einhalten und Anzengruber lesen, Ihre Chefin braucht sich diesbezüglich keine Sorgen zu machen.«

»Hören Sie, ich kann mich gut in Sie hineinversetzen und habe nicht vor, Sie als Feigling abzustempeln«, versuchte es Leopold nun mit einer anderen Taktik. »Ich merke halt, dass Sie Befürchtungen haben, und überlege, wie man Ihnen helfen kann. In solchen Dingen bin ich nicht ganz unerfahren. Ich könnte bei dem Fest meine Augen offen halten, wenn Sie mir einen Tipp geben, worauf ich aufpassen soll.«

Bischof grinste breit. »Meine Freunde haben mir schon gesagt, dass Sie ein Schnüffler sind«, machte er Leopold aufmerksam. »Tun Sie mir bitte den Gefallen und gehen Sie ganz normal Ihrer Arbeit nach, als ob überhaupt nichts wäre. Wenn wirklich etwas passiert, sind Sie der Letzte, der es verhindern kann.«

»Ich fühle mich für Ihre Sicherheit verantwortlich«, ließ Leopold nicht locker.

»Dann viel Spaß! Lassen Sie mich wenigstens allein zu meinem Zug?«, fragte Bischof, als sie sich dem Floridsdorfer Bahnhof näherten.

»Nur ungern«, konzedierte Leopold.

»Gehen Sie lieber zurück in Ihr Café Heller, sonst verkühlen Sie sich«, riet Bischof ihm. »Sie sind ja ganz nass!« Damit verschwand er grußlos durch den Bahnhofseingang in Richtung Rolltreppe.

Leopold spürte erst jetzt, wie ihm die unangenehme Feuchtigkeit über den Hals in den Hemdkragen und über die Socken in die Schuhe kroch. Er war tatsächlich patschnass geworden. Er eilte zurück ins Kaffeehaus, wo ihn Frau Heller bereits ungeduldig erwartete.

»Ich weiß nicht, was Sie bei dem Wetter mit Ihrem Smoking auf der Straße zu suchen haben«, begrüßte sie ihn. »Versuchen Sie nur ja nicht, sich vor dem morgigen Fest zu drücken, indem Sie krank werden. Ich brauche Sie, auch wenn Sie wieder einmal nichts als Flausen im Kopf haben.«

»Haben Sie denn nicht bemerkt, was mit Bischof los ist?«

»Ich habe es Ihnen bereits erklärt«, erinnerte ihn Frau Heller. »Die Tricks diverser Künstler habe ich im kleinen Finger. Da macht mir keiner was vor. Ich habe das Honorar von Herrn Bischof absichtlich ein wenig niedriger angesetzt, damit ich es nachbessern konnte. Das war nämlich los mit ihm. Mehr Geld wollte er haben!«

»Das glaube ich weniger. Er hat Angst vor etwas«, blieb Leopold bei seiner Theorie.

»Lassen Sie mich mit Ihren wirren Gedanken in Frieden und gehen Sie nach Hause. Ich möchte zusperren«, beendete Frau Heller das Gespräch. Sie war sichtlich bemüht, eine weitere Debatte mit ihrem Oberkellner zu vermeiden.

Der aber beschloss, bei der Schanigartenfeier sehr wohl ein Auge auf Bischof zu werfen.

*

Leopold nahm ein mitternächtliches Bad im schmuck verfliesten Badezimmer der neuen gemeinsamen Wohnung. Auf der Nachhausefahrt war ihm ganz schön kalt geworden, sodass er sich auf diese Art aufwärmte. Während er in der Wanne plätscherte, dachte er über Bischof und sein Auftauchen im *Heller* nach. Verfolgten ihn wirklich die Geister der Vergangenheit, oder bildete sich Leopold das nur ein? Seinem Dafürhalten nach gab es drei Möglichkeiten:

Möglichkeit eins: Bischof war doch der Mörder von der Anzengruberhöhe. Zur Sicherheit hatte er sich für ein paar Jahre aus dem Staub gemacht. Jetzt, wo er wieder zurück war, wollte sich jemand an ihm rächen, dem Lucia Berlakovics etwas bedeutet hatte.

Möglichkeit zwei: Bischof war zwar nicht der Mörder, wurde aber von jemandem dafür gehalten. Die Auswirkungen waren dieselben: Diese Person wollte an ihm Vergeltung üben.

Möglichkeit drei: Bischof war unschuldig, kannte aber den wahren Täter. Dadurch war er für ihn nach seiner Rückkehr zur Gefahr geworden und sollte aus dem Weg geräumt werden. Vielleicht erpresste er ihn sogar.

Besonders klare Gedanken konnte Leopold allerdings nicht mehr fassen, er döste vielmehr vor sich hin. Erika weckte ihn aus seinem Sekundenschlaf. »Wenn du nicht bald ins Bett gehst, verkühlst du dich wirklich noch und das Fest läuft ohne dich ab«, warnte sie ihn. »Komm schlafen, Schnucki, sonst siehst du in der Nacht wieder Gespenster.«

Mit müden Bewegungen hievte sich Leopold aus der Wanne und trocknete sich ab. »Wäre gar nicht so schlecht, morgen zu Hause zu bleiben«, überlegte er. »Das wird ein Wirbel! Und das ungehobelte Landvolk noch dazu!«

»Das redest du dir schon die ganze Woche ein. Wenn du es positiver sehen würdest, würde dir die Arbeit leichter fallen.«

»Du hast leicht reden! Du musst keinen Hindernislauf zwischen sperrigen Tischen und Bänken machen, die Frau Sidonie extra aufstellen lässt, um uns Oberkellnern das Leben zu erschweren.«

»Komm, krieg dich wieder ein! In Wahrheit magst du es ja, wenn was los ist. Und ein Opfer für deine kriminalistische Spürnase hast du mit diesem Herrn Bischof auch schon gefunden.«

»Besuchst du mich?«, fragte Leopold, bereits im Pyjama.

»Ich schaue nach der Arbeit im Geschäft bei einer Freundin vorbei. Wir könnten dann zu zweit kommen«, teilte Erika ihm mit. Dabei fiel ihr Blick auf den Küchentisch. »Hast du diesen Brief dahingelegt?«, wollte sie wissen. »Er sieht ziemlich feucht aus.«

»Ach ja!« Leopold erinnerte sich daran, dass ihm Frau Heller den Brief mit der Bemerkung, er sei für ihn abgegeben worden, bei seinem Dienstantritt am Nachmittag ausgehändigt hatte. Da gerade viel zu tun gewesen war, hatte er ihn in die Innentasche seines Sakkos gesteckt. Erst beim Umziehen vor dem Nachhausegehen hatte er ihn bemerkt und gedankenverloren mitgenommen.

»Wer schreibt dir denn, Schnucki? Ist es etwa gar ein Liebesbrief?«, erkundigte sich Erika scherzhaft.

»Mach ihn auf, dann siehst du es gleich selber«, reagierte Leopold mit wenig Interesse.

Erika öffnete das Kuvert und nahm einen schlichten, mit Hand beschriebenen Bogen Papier sowie ein Foto heraus. »Wer ist das, Schnucki?«, fragte sie ihn.

Leopold warf einen Blick auf das Bild. Es zeigte das Gesicht eines hübschen jungen Mädchens von etwa 20 Jahren mit schulterlangem, dunklem Haar, schmalen Lippen und Brille. »Keine Ahnung«, murmelte er nur. Ihm war schon sehr nach Schlafen zumute.

»Wirklich?«, hakte Erika nach. »Dann ist es aber komisch, was sie da schreibt. Hör zu:

Lieber Leopold!

Die auf dem Foto bin ich. Am Donnerstag, beim Fest in Deinem Kaffeehaus, werden wir uns endlich sehen. Ich habe mir einfach gedacht, das es eine wunderbare Gelegenheit dazu ist. – Sie schreibt ›das‹ mit einem ›s‹, Schnucki! – *Ich freue mich schon sehr darauf, Dich kennenzulernen. Du sollst ja ein ganz toller Typ sein! Einstweilen umarme ich Dich mit tausend Küssen!*

Deine Sabine

Fällt dir noch immer nichts zu ihr ein?«

»Nein«, beteuerte Leopold. »Ich möchte jetzt schleunigst ins Bett!«

Erika zeigte leise Anzeichen von Unruhe. »Weich mir nicht aus«, forderte sie ihn auf. »Es erscheint mir äußerst merkwürdig, dass du, dessen detektivischer Spürsinn sonst durch die geringste Kleinigkeit wachgerufen wird, diesen Brief so einfach abtust. Da muss etwas dahinterstecken!«

»Hätte ich dich gebeten, ihn zu lesen, wenn ich Heimlichkeiten hätte?«

»Du hast wohl nicht damit gerechnet, dass ich es tue, weil ich mich sonst auch nicht in deine Privatangelegenheiten mische. Das ist kein Argument!«

Leopold wollte der Debatte ein Ende bereiten. »Es wird sich alles aufklären, Erika«, versicherte er ihr. »Das ist sicher eine von den vielen verrückten Gscherten, die momentan bei uns im Kaffeehaus herumlaufen. Da siehst du, was denen alles einfällt. Darum bin ich ja so nervös vor dem Fest morgen.«

»Vielleicht bin ich überempfindlich«, seufzte Erika und zuckte mit den Achseln. »Du kannst dir jedenfalls sicher sein, dass ich auf einen Sprung vorbeikomme und mir die Dame anschaue.«

»Wenn sie überhaupt auftaucht«, zweifelte Leopold. Um den häuslichen Frieden vor dem Zubettgehen sicherzustellen, gab er Erika einen Gutenachtkuss und streichelte ihr zärtlich über die Wange. »Mach dir nicht zu viele Gedanken«, bat er sie nur.

Bevor er einschlief, musste er an den Brief und das Mädchen namens Sabine denken. Dass sie ihn für einen tollen Typ hielt, machte sie ihm schon einmal sehr sympathisch.

KAPITEL 4

Donnerstag, 7. Juni

Der Wettergott meinte es gut mit dem Schanigartenfest. Der Regen hörte noch in der Nacht auf, die Wolken verzogen sich, und als es losgehen sollte, lachte die Sonne vom Himmel. Die Temperaturen hielten sich im angenehmen Bereich: nicht zu heiß, nicht zu kühl. Am Vormittag war das Café Heller noch wegen der zahlreichen Vorbereitungen geschlossen gewesen, doch am frühen Nachmittag wurde die Veranstaltung mit dem Anstich des ersten Bierfasses eröffnet.

»Keine unnötigen Komplikationen, meine Herren! Damit alles flott geht, macht ihr bei den Getränken eine einfache Stricherlliste«, unterwies Herr Heller seine beiden Oberkellner Leopold und Waldemar ›Waldi‹ Waldbauer. »Sonst dauert alles zu lang. Wir tippen das erst nachher in die Registrierkassa ein. So genau muss es schon nicht hergehen.« Dabei streichelte er über seinen in letzter Zeit deutlich größer gewordenen Bauch.

»Der Chef hat's leicht«, raunte Waldi daraufhin Leopold zu. »Der holt sich sein Trinkgeld von der Steuer. Mir kannst du nicht erzählen, dass er den ganzen Umsatz in die Kassa eingibt. Wir müssen auch schauen, dass wir zu unserem Schmattes kommen. Am besten, wir animieren die Leute zum Trinken, dann werden sie spendierfreudiger.«

»Das halte ich für keine gute Idee! Wenn s' b'soffen sind, machen s' nur Schwierigkeiten«, gab Leopold zu bedenken. »Gerade heute müssen wir davon ausgehen, dass ein Großteil unseres Publikums keine Ahnung davon hat, wie man sich in einem Kaffeehaus benimmt, und äußerst integrationsunwillig ist. Da reicht es, wenn sie nüchtern herkommen und halbwegs nüchtern wieder gehen.«

»Geh, die sind doch eh alle lieb«, versuchte Waldi diesen Einwand zu entkräften. »Aber bitte, jeder nach seinem Dafürhalten. Mach mir dann nur bitte keinen Vorwurf, wenn ich mit ein bisserl mehr Geld in der Tasche nach Hause gehe als du!«

Leopold hörte gar nicht mehr hin, sondern flüchtete aus dem mit Bänken und langen Tischen voll geräumten Innenraum des Heller, wo er schon zweimal gegen eine Kante gestoßen war, nach draußen. Dort fanden sich bereits die ersten erwartungsfrohen Gäste ein. Er wusste, dass es von jetzt an zügig gehen musste, und holte eine Ladung Bier von der wie immer bei solchen Gelegenheiten aushelfenden Tochter des Hauses, Doris Heller. Sie war Gott sei Dank sehr geschickt im Zapfen. Aber als er das Tablett nahm und schwungvoll zu seinem Empfänger bringen wollte, stellte sich ihm jemand in den Weg: Robert Almer mit Anhang. »Do is er«, rief er triumphierend.

»Wer?«, kam es beinahe gleichzeitig aus vielen neugierigen Mündern.

»Na, der Leopold, mei Freind, der Ober, von dem i eich scho so vül erzählt hob«, erklärte Almer. »Eine Seele von einem Menschen, nur maunxmol a bisserl frech! Leopold, derf i dir unsere steirische Hautevolee vorstölln? Des do is der Alois, unser Wöltmoasta im Biertrinken! Kimm her, Alois, sog schee griaß Gott!«

»Griaß Gott!«

Alois machte lachend einen Schritt vor, zeigte seine blitzweißen Zähne und wollte Leopold die Hand geben. Doch der stand nur mit seinem vollen Tablett da und wusste nicht, was er tun sollte.

»Oba ned aus der Floschn trinken, des mog er goa ned, der Leopold! So, do hamma jetzt den Max und sei Freindin, die Kathi«, fuhr Almer unerbittlich fort.

»Griaß Gott!«

»Griaß Gott!«

»Die Bianca, unsere Autogrammjägerin!«

»Griaß Gott!«

Bianca, eine vollbusige Mittvierzigerin mit stark rot gefärbten Haaren, hatte bereits Kugelschreiber und Autogrammbuch gezückt und stand kampfbereit da. Leopold war mittlerweile von der Almer-Partie umringt und konnte weder vor noch zurück. Genauso hatte er es sich vorgestellt: arglose Menschen, die ihn auf die naivste Weise massiv behinderten. »Robert«, hub er an.

Aber er hatte keine Chance. »Brauchst koa Aungst ham, heit trink ma aus'n Glasl«, versicherte Almer und klopfte ihm dabei so kräftig auf die Schulter, dass er Mühe hatte, sein Tablett zu halten. »Heit samma olle brav! Des do is der Joschi!«

»Griaß Gott!«

Im selben Moment hatte Bianca in der Schar der herbeiströmenden Gäste offenbar Nikolaus Bischof entdeckt. »Der Bischof is do! I hol mir glei sei Autogramm, dann hob i's scho amoi«, verkündete sie und verschwand mit einem lauten »Hallo, Herr Bischof, kemmen S' kurz zuwi« in der Menge. Leopold nützte das dadurch entstandene Loch und bahnte sich eine Gasse zu dem Tisch, der die Getränke bestellt hatte. Endlich konnte er das Tablett abstellen.

Er kassierte und wischte sich den Schweiß von der Stirn. Noch mehr solcher Überraschungen konnte er nicht gebrauchen. Aber was machte Bischof bereits da? Weshalb mischte er sich schon am Nachmittag unter die Gäste? Das war seltsam. Vielleicht hatte sich Bianca auch geirrt. Wie das jedoch in dem immer größer werdenden Getümmel überprüfen? Gerade jetzt, wo er alle Hände voll zu tun hatte?

Da lief ihm bei seinem nächsten Gang zur Theke sein Freund Thomas Korber, Lehrer für Deutsch und Geschichte am benachbarten Gymnasium, über den Weg und fragte: »Na, wie geht's?«

Statt einer Antwort drückte ihm Leopold das nächste Krügel Bier, dessen er habhaft werden konnte, in die Hand. »Da, nimm! Heut geht's zu«, raunte er ihm dabei ins Ohr. »Bleibst du länger?«

»Klar! Ich hab Ausgang«, zwinkerte ihm Korber zu. Das war in seiner Beziehung zur resoluten Christa Wohlfahrt nicht selbstverständlich, aber Korbers Trinkverhalten hatte sich nach einer Krise deutlich gebessert, und so war die Lage wieder entspannter.

»Bis zur Lesung?«, wollte Leopold wissen.

»Wegen der bin ich ja in erster Linie da«, informierte Korber ihn. »Ehrlich gesagt bin ich gespannt, wie es dieser Bischof zuwege bringt, dass ihm die Leute zuhören.

Sie werden schon einiges getrunken haben, und Anzengruber ist keine leichte Kost.«

»Angeblich treibt er sich bereits hier herum«, berichtete Leopold mit bedeutungsvoller Miene.

»Ich glaube, ich habe ihn schon gesehen«, nickte Korber zustimmend. »Zumindest jemanden, der dem Foto auf dem Plakat sehr ähnlich schaut.«

»Könntest du ein wenig auf ihn aufpassen?«, schoss Leopold seinen Freund direkt an.

»Geht das schon wieder los?«, fragte Korber verärgert. »Ich bin hier, um mich zu unterhalten. Pass selber auf ihn auf, wenn du irgendwelche kriminalistischen Vorzeichen zu erkennen glaubst!«

»Es ist wichtig, Thomas«, redete Leopold auf ihn ein. »Ein bisschen später habe ich alles im Griff und mehr Zeit, aber momentan …«

»Auf keinen Fall«, lehnte Korber strikt ab.

»Kannst du zumindest schauen, wo er sich derzeit aufhält? Ich erkläre dir nachher alles«, bat Leopold, während ihm Doris Heller ein volles Tablett mit Bierkrügeln in die Hand drückte.

»Ich denke nicht daran«, reagierte Korber eingeschnappt.

Erbost trug Leopold das Tablett in den Schanigarten. Plötzlich ertönte ein Aufschrei aus weiblicher Kehle: »Halt! Bleib stehen, du Wüstling!« Es war Biancas Stimme. Die Umstehenden unterbrachen ihre Unterhaltung, um herauszufinden, was los war. Da tauchte sie auch schon mit hochrotem Kopf vor Leopold auf. »Der soll si heit auf d' Nocht no oamoi hertraun«, beschwerte sie sich fuchsteufelswild.

»Wer?«, erkundigte sich Leopold und stellte dabei schnell sein Tablett ab, damit er nicht wieder in dieselbe dumme Situation wie vorhin kam.

»Na, der Bischof«, echauffierte Bianca sich. »Beim Autogrammgeben hod er no liab plaudert, oba wia er mia des Biachl zruckgebn hod, hod er mia auf die Brust griffn, der Perversling!«

Jetzt waren auch Almer und der Rest der Partie zur Stelle. »Auf die Brust?«, wiederholte Max empört.

»Jo, schau her, genau a so!« Bianca nahm seine beiden Hände und drückte sie ungeniert auf ihren vollen Busen, während ihr Tränen der Empörung aus den Augen rannen. »So hod er's gmocht!«

»Des genügt scho«, rief Kathi und riss ihren Freund schnell weg von ihr.

»Und wo is er jetzt?«, wollte Robert Almer wissen.

»Wahrscheinlich über alle Berge«, schätzte Alois.

»I hob g'schrian, i hob eam beim Ärmel pockt, oba er is oafoch weggrennt«, schilderte Bianca heulend. »So a unsittlicher Hashtag-metoo-Haberer, so a bleda!«

»Er kimmt jo wieder«, mischte sich nun Joschi in die Debatte ein. »Und dann ham man!«

»Wird er zum Opfer seiner Triebe, wird er von uns bestraft mit Hiebe«, reimte Alois grammatisch nicht ganz korrekt.

»Den haun ma blau, die Sau«, ergänzte Max.

»Meine Herrschaften, so geht das nicht«, sah sich Leopold gezwungen einzuschreiten. »Gerade hast du mir noch versprochen, dass ihr euch tadellos benehmen werdet, Robert! Und jetzt wollt ihr raufen wie auf einem Dorffest!«

Almer zuckte mit den Achseln. »An Steirer geht so wos hoid glei ins Bluat«, rechtfertigte er die allgemeine Wut. »Wer soi so oan Perversling obstrofn, waun ned mia?«

»Für Recht und Ordnung sorgt bei uns immer noch die Polizei«, entgegnete Leopold, wohl wissend, dass er selbst es mit dieser Regel manchmal nicht so genau nahm.

»Waunsd die Polizei brauchst, is nia do«, gab Joschi zu bedenken.

Im selben Augenblick erspähte Leopold einen großen Sombrero in der Menge. »Das würde ich nicht behaupten«, merkte er mit einem Lächeln an. »Da vorn sehe ich meinen Freund, Oberinspektor Juricek von der Mordkommission.«

Als sie das hörten und Juricek wahrnahmen, waren Robert Almer und seine Freunde plötzlich sehr still und taten so, als ob nichts gewesen wäre. Sie zogen sich auf ihre Plätze zurück. Gelegt hatte sich ihre Aufregung jedoch keinesfalls.

٭

»Servus, Richard! Du hast ein paar Leuten gerade einen gehörigen Schrecken eingejagt«, begrüßte Leopold seinen ehemaligen Schulkollegen.

»Sehe ich etwa so furchterregend aus?«, fragte Juricek und klopfte Leopold dabei auf die Schulter.

»Sie haben eine Mordswut auf unseren heutigen literarischen Vortragenden Nikolaus Bischof, weil er angeblich eine Dame aus ihrer Runde sexuell belästigt hat. Da habe ich dich als Hüter von Recht und Ordnung angekündigt, und schon haben sie sich aus dem Staub gemacht.

So dramatisch wird's also nicht gewesen sein«, gab Leopold Auskunft.

»Ist Bischof etwa schon da?«, wollte Juricek sofort wissen.

»Er war es offenbar, hat es aber nach seiner Begegnung mit der Dame vorgezogen zu verschwinden«, berichtete Leopold.

»Dann hoffen wir, dass er zu seinem Auftritt wiederkommt«, bemerkte Juricek und warf dabei einen bedeutungsvollen Blick auf seinen Begleiter, einen Mann mit rotblondem, bereits leicht angegrautem Haar, der bis jetzt schweigend neben ihm gestanden war. Der Mann nickte.

»Bist du so sehr an seinem Vortrag interessiert? Und kommt deine Frau Hannelore auch zu dem Fest?«, erkundigte sich Leopold weiter.

»Hannelore kommt nicht«, antwortete Juricek. »An ihrer Stelle begleitet mich heute Chefinspektor Frank vom LKA Niederösterreich. Hör zu, Leopold, du könntest mir einen großen Gefallen tun. Ruf mich bitte sofort an, wenn Bischof wiederkommt!«

Leopold wurde hellhörig. »Natürlich, Richard, gerne«, nickte er. »Du weißt doch, ich bin immer für dich da, wenn du mich brauchst! Was möchtest du denn von ihm?«

»Das können wir Ihnen leider nicht sagen«, bemerkte Frank schroff in Leopolds Richtung.

Juricek überlegte kurz. »Leopold ist ein guter Freund von mir«, teilte er Frank dann mit. »Er ist verschwiegen und hält seine Augen offen. Außerdem hat er mir schon das eine oder andere Mal geholfen. Ich denke, wir können ihn einweihen. Nicht weit von der Anzengruberhöhe bei Wolkersdorf wurde ein Mord begangen.«

»Ich weiß, niemand konnte damals Bischof etwas anhängen«, zeigte sich Leopold wissend. »Habt ihr neue Beweise gegen ihn?«

»Der Mord, von dem ich spreche, ereignete sich gestern in der Nacht«, berichtigte Juricek. »Das Opfer heißt Karoline Wasner. Sie wurde mit einem stumpfen Gegenstand, vermutlich mit einem Stein, erschlagen.«

Leopold war aus dem Häuschen. »Was, ein neuer Mord?«, rutschte es ihm heraus.

»Bitte nicht so laut, dass es alle Leute gleich hören«, ersuchte Juricek ihn. »Es gibt jedenfalls, wie dir sicher aufgefallen ist, Parallelen zum ersten Mord. Darüber hinaus war Frau Wasner damals Regieassistentin bei den Anzengruber-Festspielen. Ein merkwürdiger Zufall, nicht wahr?«

»Das heißt, Bischof ist wieder der Hauptverdächtige«, schloss Leopold.

Juricek drückte sich um eine klare Antwort. »Wir müssen ihn sprechen, dann sehen wir weiter«, war alles, was er sagte.

»Wann ist denn der Mord geschehen?«, wollte Leopold wissen. »Bischof war nämlich gestern Abend hier!«

Juricek zog seine Augenbrauen in die Höhe. »Interessant! Um welche Uhrzeit?«

»Etwas nach 22 Uhr«, berichtete Leopold. »Er war nicht gut drauf, hatte getrunken und wollte seine heutige Lesung absagen. Die Chefin hat ihm dann klargemacht, dass das nicht geht, und ihn mit einer kleinen Aufbesserung seines Honorars getröstet. Dann schien alles in

Ordnung zu sein. Aber ich bin der festen Überzeugung, dass Bischof vor etwas oder jemandem Angst hatte.«

»Wann ist er gegangen?«

»Nach etwa 20 Minuten. Zum Bahnhof. Ich habe ihn dorthin begleitet.«

Juricek grinste: »Eskorte?«

»Nein, Neugier«, korrigierte Leopold. »Leider habe ich aus ihm nichts Brauchbares herausgebracht. Und dann … Er könnte in den Zug nach Wolkersdorf gestiegen sein!«

»Bei ihm zu Hause ist er jedenfalls nicht«, erklärte Juricek. »Und auch sonst derzeit nicht erreichbar. Deshalb die Idee von uns, ihn hier zu befragen. Das scheint nun auch unsicher.« Er schaute seinen niederösterreichischen Kollegen an und sagte dann zu Leopold: »Wir kommen später wieder. Sollte Bischof in der Zwischenzeit auftauchen, melde dich bitte wie gesagt sofort bei mir!«

»Selbstverständlich, Richard!«

Während Juricek und Frank aus seinem Gesichtsfeld verschwanden, begann Leopolds Gehirn zu arbeiten. Es war also, nicht lange nach Bischofs Rückkehr aus dem Salzkammergut, ein zweiter Anzengrubermord geschehen, in der Nacht vor seinem Auftritt im Café Heller. Das Opfer hatte zur Theaterproduktion vor zwölf Jahren gehört. Reiner Zufall? Wohl sicher nicht!

*

Am späten Nachmittag waren das Café Heller und der Schanigarten bereits zum Bersten voll. Inzwischen hatte auch die Musik zu spielen begonnen. Das *Berg und*

Fels-Duo – Johann Berg und Peter Fels – unterhielt das Publikum mit ländlich-fröhlichen Klängen. Es wurde geklatscht, geschunkelt und gesungen. Die Stimmung erreichte ihren ersten Höhepunkt.

Inmitten des ganzen Trubels und doch einsam und allein saß Matthias Bocek. Er ließ den Kopf so hängen, dass es aussah, als schliefe er. Doch in unregelmäßigen Abständen richtete er sich ein wenig auf und nippte von seinem Tee. Die gute Laune der anderen registrierte er gar nicht.

»Schön, dass Sie da sind, Herr Bocek«, machte Leopold einen Versuch, ihn aufzuheitern. »Jetzt sind Sie ja doch zu unserem Fest gekommen. Und Sie sitzen sogar heraußen, in der Sonne.«

»Im Schatten«, betonte Bocek. »Ich wäre viel lieber drinnen auf meinem gewohnten Platz, aber da ist ja alles verstellt und besetzt.«

»Leider ist heute alles ein bisserl anders«, bedauerte Leopold, dem das Drüber und Drunter im Lokal bereits selbst ordentlich auf die Nerven ging.

»Es ist egal«, brummte Bocek. »Jemand wie ich hat sowieso an nichts mehr eine Freude.«

»Jetzt entspannen Sie sich doch ein wenig. Früher wäre so eine Veranstaltung genau nach Ihrem Geschmack gewesen«, redete Leopold auf ihn ein.

»Früher ist lange her«, seufzte Bocek. »Ich kann mich schon gar nicht mehr daran erinnern.«

Da kam eine korpulente Dame mit auffällig dunkelrot geschminkten Lippen, die so aussah, als sei sie gerade beim Friseur gewesen, auf Bocek zu. Das musste seine Cousine sein. »Was tust du hier?«, fuhr sie ihn an. »Ich habe dir doch gesagt, du sollst beim Bahnhof auf mich warten.«

»Das Kaffeehaus zieht ihn halt immer noch an«, erklärte Leopold beinahe entschuldigend.

»Ach, Unsinn! Wir haben das zu Hause ausführlich besprochen«, japste die durch ihr flottes Tempo ein wenig außer Atem geratene Cousine. »Es reicht, dass er gestern hier war. Danach ging es ihm sehr schlecht. Die vielen Leute, der Trubel, das ist Gift für ihn.«

»Wünschen Gnädigste etwas zu trinken?«

»Nein danke, wir brechen sofort auf!« Die Cousine wischte sich ein paar Schweißperlen von der Stirn. »Komm, Matthias!«

Doch Bocek blieb sitzen. »Heute Abend findet hier doch eine Anzengruber-Lesung statt«, merkte er plötzlich an. »Die interessiert mich.«

»Was fällt dir ein? Du kannst in deinem Zustand doch nicht hier bleiben«, regte sich die Cousine sofort auf. »Schlage dir diesen Gedanken gleich wieder aus dem Kopf!«

»Ich glaube, ich kenne den Vortragenden«, ließ Bocek nicht locker.

»Weißt du, was ich glaube? Du solltest auf deine Cousine hören und nicht irgendwelchen Hirngespinsten nachjagen. Sonst kannst du dir jemand anders suchen, der sich um dich kümmert! Dann bist du schnell in einem Heim!«

»Warum lassen Sie ihn denn nicht hier?«, wunderte sich Leopold.

Die Cousine warf ihm einen bösen Blick zu. »Mischen Sie sich bitte nicht ein«, ordnete sie an. »Sie wissen nicht, was aus Matthias geworden ist! Sie haben keine Ahnung, was ich mitmache.«

»Da ist nämlich gestern die Zeitung dagelegen … eine alte Zeitung mit einem Bericht über einen Mord«, sinnierte Bocek. »Ich glaube, ich kann mich jetzt erinnern. Der Fall hat damals ziemliches Aufsehen erregt.«

»Der Anzengruber-Mord«, ließ Leopold bedeutungsvoll anklingen.

»Richtig, so hat man ihn genannt«, bestätigte Bocek. Er wirkte nun sehr nachdenklich, so als müsse er eine Reihe von Dingen in einen logischen Zusammenhang bringen.

Die Cousine wurde noch aufgebrachter. »Bist du jetzt endlich so weit?«, forderte sie Bocek auf.

»Ich möchte mir die Lesung anhören, Anita«, ersuchte er sie.

»Ausgeschlossen«, erwiderte sie kühl. »Du bleibst zu Hause, und wenn ich dich einsperren muss.«

Seufzend stand Bocek auf. Dann folgte er seiner Cousine wie ein Hund seinem Herrn. Dabei wirkte er unter den vielen ausgelassenen Menschen wie ein Fremdkörper.

»Ist das nicht der Bocek?«, fragte jemand hinter Leopold. Es war Thomas Korber, der den beiden befremdet nachschaute.

»Ja«, antwortete Leopold. »Er steht total neben sich. Wenn ich nur wüsste, was er hat.«

*

Leopold weihte Korber kurz in seine jüngsten Begegnungen mit Bocek ein. Korber schien sofort alles klar zu sein. »Schuldgefühle hat er?«, tat er wissend. »Dann hat er irgendwo angebaut und ist unsanft davon in Kenntnis gesetzt worden.«

Leopold wirkte nicht sehr überzeugt. »Das allein kann's nicht sein. Das ist doch kein Grund, so griesgrämig dreinzuschauen und zu tun, als ob man mit einem Fuß im Grab stünde.«

»Warum nicht? Die Mutter des Kindes wird ihn vermutlich unter Druck setzen«, kombinierte Korber. »Moralisch und finanziell. Es wird ihn eine Stange Geld kosten, und dass er sich nie um seinen Nachwuchs gekümmert hat, wird er sich auch anhören müssen.«

»So etwas kann passieren, das ist heutzutage beinahe normal«, widersprach ihm Leopold. »Das wirft keinen so schnell aus der Bahn, da steht man als Mann doch irgendwie darüber. Da steckt mehr dahinter! Und Boceks Cousine terrorisiert ihn geradezu!«

»Das tun Verwandte immer, weil sie glauben, dass sie alles besser wissen«, behauptete Korber.

»Nicht einmal zur Lesung will sie ihn lassen«, meinte Leopold kopfschüttelnd. Plötzlich hatte er ein Aha-Erlebnis. »Ich kann mir auch schon denken, warum! Bocek hat erwähnt, dass er sich an Bischof erinnert. Durch eine alte Zeitung, die gestern mysteriöserweise im Kaffeehaus aufgelegen ist, ist ihm auch die Geschichte mit dem Mord wieder eingefallen. Die Sache interessiert ihn mehr, als er zugibt. Es würde mich nicht wundern, wenn sein bedauernswerter Zustand mit den damaligen Ereignissen zu tun hat.«

»Was sind denn das wieder für Phantastereien?«, lästerte Korber. »Was für ein Mord?«

»Der Anzengruber-Mord. Du erinnerst dich doch?«

»Ah, jetzt wird mir alles klar! Das ist der Fall, in den Bischof auch lange Zeit verwickelt war. Deshalb also dein Interesse an ihm. Aber über die Sache ist doch längst Gras gewachsen. Da kannst du den armen Bocek nicht hineinziehen.«

»In der Nacht von gestern auf heute ist bei der Anzengruberhöhe wieder ein Mord passiert«, tat Leopold geheimnisvoll.

Korber blieb gelassen. »Und ein Großteil des Publikums hier ist deiner Meinung nach ziemlich verdächtig, ihn begangen zu haben«, bemerkte er nur spöttisch.

»Du willst offenbar nicht begreifen! Da braut sich was zusammen«, bedrängte Leopold ihn. »Bischof war nach dem Mord lange in Fuschl im Salzkammergut bei seinem Bruder. Kaum ist er wieder da, geht alles von vorn los. Diesmal wurde die Regieassistentin der damaligen Produktion umgebracht. Noch dazu hat sich Bocek heute so verhalten, als ob er etwas wüsste.«

»Deine Indizien sind so dünn wie die Luft am Mont Blanc«, befand Korber.

»Indizien sind es natürlich noch nicht, es ist nur so ein Gefühl, das immer bestimmter wird«, ließ sich Leopold nicht verunsichern. »Aber dieses Gefühl hat die Polizei offenbar auch, sonst wäre Richard Juricek nicht hier gewesen und hätte sich nach Bischof erkundigt. Das kann ja ein spannender Abend werden! Ich flehe dich an, mir zu helfen, Thomas. Sobald Bischof auftaucht, behältst du ihn im Auge!«

»Ich habe dir vorhin schon gesagt …«, versuchte Korber sich zu wehren, doch er kam nicht dazu.

»Inzwischen beobachtest du unauffällig die Steirer-partie um den Almer Robert, damit die keinen Blödsinn machen«, fuhr Leopold unbarmherzig fort. »Du hast ja bemerkt, dass sie heiß auf Bischof sind, weil er eine von ihnen angeblich unsittlich berührt hat.«

»Aber du …«

»Ich würde das natürlich gern selber tun, aber ich muss mich leider um die Gäste kümmern«, beendete Leopold die einseitige Debatte.

Korbers einzige Chance, sich Leopolds Wünschen zu widersetzen, wäre gewesen, auf der Stelle kehrtzu-machen und nach Hause zu gehen. Aber er wollte die Atmosphäre des Festes genießen und war überdies an der Lesung interessiert. So erschien es ihm als das geringere Übel, für Leopold die Augen offen zu halten. Es musste ja nicht immer gleich etwas Schlimmes passieren.

KAPITEL 5

Donnerstag, 7. Juni, abends

Lange Zeit geschah auch nichts, denn Bischof tauchte nicht wieder auf. Frau Heller begann, sich Sorgen zu machen. »Ich verstehe das nicht«, grübelte sie. »Ich habe ihm doch einen Aufschlag auf sein Honorar versprochen! Künstler sind wirklich sehr anstrengende Menschen.«

»Warten wir noch ein bisschen«, schlug Wondratschek vor und tat so, als habe er die Situation im Griff. »Immerhin läuft bis jetzt alles wunderbar. Die Leute unterhalten sich prächtig.«

Tatsächlich steuerte die Stimmung ihrem Höhepunkt zu. Nach dem Verkosten diverser Würste und Fleischstücke vom Grill lauschten die Gäste nun andächtig den einprägsamen Melodien des *Berg und Fels-Duos*. Die einfachen Texte luden zum Mitsingen ein. Gerade erklang *Die schöne Burgenländerin*:

>»Drunt im Burgenland
>steht ein Bauernhaus,
>so hübsch und fein.
>
>Drin wohnt ein Mägdelein,
>sie soll mein eigen sein!
>Die schö-hö-ne Bu-hur-genländerin …«

Der Refrain des Liedes brach aus unzähligen sangesfreudigen Kehlen hervor und hallte mit quälender Dissonanz in Leopolds Ohren. Er hatte sich gerade erneut an den Ecken der Tische und Bänke blaue Flecken geholt und suchte den Weg zur Theke. Da stellte sich ihm eine junge Frau in den Weg. Sie war klein und hatte ein wenig Speck um die Hüften, aber sonst tadellose Formen. Ihr dunkles Haar trug sie schulterlang. Das Gesicht mit den vollen Lippen und wachen Augen wirkte aufgeweckt und äußerst hübsch. »Hallo! Ich bin auch eine schöne Burgenländerin«, redete sie ihn an.

»Mag sein! Auf jeden Fall sind Sie nicht aus Luft«, gab Leopold nervös zurück.

»Gott sei Dank«, erwiderte die Frau. »Mein Körper kann sich nämlich sehen lassen!« Dabei warf sie sich vor ihm aufreizend in Pose.

»Sie stehen mir im Weg«, reagierte Leopold ungeduldig. »Bedaure, aber ich muss nach vorn Getränke holen.«

Er versuchte, die Frau sanft zur Seite zu schieben, aber kaum berührte er ihre Schulter, hing sie an seinem Hals und drückte ihm einen Kuss auf die Wange. »Sei doch lieb zu deinem Sabinchen«, flüsterte sie ihm dabei ins Ohr. »So lang hab ich warten müssen, bis ich dich endlich zu Gesicht bekommen habe.«

»Was ist denn da los?«, hörte man im selben Moment die irritierte Stimme von Erika Haller, die gerade mit ihrer Freundin eingetroffen war. »Das gefällt mir aber gar nicht, Schnucki!«

»Mir auch nicht«, verteidigte Leopold sich achselzuckend, während er vergeblich versuchte, sich aus der Umklammerung zu befreien.

»Sei nicht so kratzbürstig zu deinem Sabinchen«, beschwerte sich die junge Frau. »Hast du denn meinen Brief gar nicht gelesen?«

Jetzt dämmerte es Leopold. Es musste sich um jenen Brief handeln, den ihm jemand ins *Heller* gebracht und den Erika dann in ihrer neuen gemeinsamen Wohnung geöffnet und gelesen hatte. Er ahnte nun, dass dieses Schreiben nichts Gutes für ihn bedeutete. »Der Brief«, beanstandete Erika auch schon. »Ich habe gewusst, dass es etwas damit auf sich hat, sonst hättest du gestern nicht so herumgedruckst. Was steckt dahinter? Ich bitte um Aufklärung!«

»Ich bin die Tochter von der Rosi«, sprach Sabine weiter in Rätseln. »Die Rosi aus Halbturn am Neusiedler See ist meine Mama. Na? Erinnerst du dich?«

Wer sollte die Rosi aus Halbturn sein? Entweder wurde Leopold von seinem Gedächtnis im Stich gelassen, oder diese junge Frau log ihn genauso frech an, wie sie sich ihm an den Hals geworfen hatte. Er überlegte, wie er die Szene rasch und ohne Aufsehen beenden konnte. »Wer ist denn diese Rosi? Komm, sag es uns«, forderte Erika in der Zwischenzeit vehement. »Aber erzähl mir keine Märchen!«

»Im Augenblick kann ich euch leider allen nicht weiterhelfen. Die Gäste sind durstig«, versuchte Leopold sich aus dem Dilemma herauszumanövrieren.

»Wirklich nicht?« Jetzt, im ungünstigsten Augenblick, war auch Waldi Waldbauer zur Stelle. »Also ich weiß noch recht genau, dass du mir einmal von einer burgenländischen Rosi erzählt hast, die ein Prachtweib gewesen sein soll. Das muss diese Rosi gewesen sein. Und wenn sie nur halb so gut ausgesehen hat wie ihr Töchterl jetzt, seien dir alle Sünden mit ihr verziehen.«

»Also …«, setzte Leopold zu einem Protest an, aber er kam nicht weit.

»Na siehst du«, atmete Sabine erleichtert auf. »Wenigstens dieser liebe Herr kennt sich aus. Meine Mama und du, ihr habt euch ein paar Wochen lang recht gern gehabt. Und ich bin das Sabinchen, das Kind eures Glücks!«

»Das reicht! Komm, Beate, gehen wir etwas trinken«, sagte Erika, verschwand mit ihrer Freundin in der Menge und ließ Leopold sprichwörtlich im Regen stehen.

Dem brach dermaßen der Schweiß aus, dass es tatsächlich so aussah, als wäre er in einen Wolkenbruch gekommen. Denn die Erinnerung kam langsam, aber unbarmherzig wieder. In jener Zeit, als Leopold nach dem unglücklichen Ende einer Beziehung noch einmal das flüchtige Abenteuer gesucht hatte, war er in der schönen Jahreszeit öfter ins Burgenland Richtung Neusiedler See gefahren, wo die Strukturen und die Gedankengänge der weiblichen Bevölkerung noch relativ unkompliziert waren. Mit einer Rosi hatte er damals ein Pantscherl gehabt. Aber konnte es sein, dass es derartige Folgen gezeitigt hatte?

»Ist es … Ich meine, sind Sie sich da sicher?«, stammelte er.

»Hundertprozentig! Glaubst du, sonst wäre ich da?«, antwortete Sabine mit gekonntem Augenaufschlag. »Meine Mama hat mir nämlich bis vor Kurzem verheimlicht, wer mein Vater ist. Hat gemeint, ich brauche von dem Haderlumpen nichts zu wissen. Aber ich habe sie so lange gelöchert, bis sie mir einmal alles erzählt hat. Und jetzt bin ich da, weil ich dich kennenlernen möchte.«

»Fesch«, befand Waldi in Richtung Leopold und drückte ihm dabei ein Stamperl Schnaps in die Hand. »Prost, Papa! Stärke dich auf den Schrecken und dann komm, die Leute haben einen Durst!«

»Dann bis später, wenn du mehr Zeit hast! So schnell wirst du mich nämlich nicht mehr los«, kündigte Sabine an und mischte sich unter die anderen Gäste.

Leopold stand da wie bestellt und nicht abgeholt. Der Schnaps ließ es ihm zugleich heiß und kalt den Rücken hinunterlaufen. Für einen Augenblick fragte er sich, ob er das alles nur träumte. Als er Thomas Korber auf sich zukommen sah, wusste er, dass es sich um die traurige Realität handelte. »Bischof ist soeben eingetroffen«, meldete Korber. »Ganz schön knapp! In fünf Minuten ist sein Auftritt. Sag, hörst du mir überhaupt zu? Was hast du denn? Du bist ja kreidebleich im Gesicht!«

»Es ist nichts«, sagte Leopold gedankenverloren. »Nur ein kleines Andenken an früher.«

»Dann bewegen Sie Ihren Körper in Richtung unserer Gäste«, ordnete Frau Heller, die deswegen extra zu ihm gekommen war, an. »Gleich beginnt die Lesung! Hopp, hopp!«

Leopold nahm seine ganze verbliebene Energie zusammen und machte sich ans Bedienen. Die erste Bestellung, die er dabei aufnahm, waren zwei große Braune für Oberinspektor Juricek und seinen Begleiter Chefinspektor Frank, die an der Theke Platz genommen hatten.

*

»Er ist da, Richard«, teilte Leopold Juricek mit.

»Ich weiß!« Langsam ließ der Oberinspektor den Zucker in seinen Kaffee rieseln. »Es macht nicht viel Sinn, ihn jetzt zu befragen, das würde nur unnötiges Aufsehen erregen. Wir warten die paar Minuten, bis er fertig ist«, bemerkte er abwartend.

Das *Heller* war mittlerweile gerammelt voll, da nun auch die schaulustigen Gäste aus dem Schanigarten hereindrängten. Wer irgendwohin wollte, musste sich eine Schneise durch die herumstehenden und -sitzenden Menschen bahnen. Bischof saß bereits auf der Bühne und unterhielt sich mit Peter Fels.

Leopold warf schnell einen Kontrollblick in die Runde. Die Steirerpartie saß Gott sei Dank in einem respektablen Abstand zur Bühne. Ansonsten war die Situation sehr unübersichtlich. Auch Erika konnte er im Moment nicht ausmachen.

Alles wartete gespannt. Dann war es so weit. Wondratschek stellte den Künstler kurz vor. Daraufhin ergriff Bischof das Wort.

»Guten Abend, meine Damen und Herren«, begann er. »Sie erleben hier gerade alle ein zünftiges Fest und werden bestens mit Speis und Trank versorgt. Aber neben den leiblichen Genüssen gehört auch ein bisschen Kultur zu so einem denkwürdigen Abend. Das Café Heller wirkt heute so wie ein ländliches Gasthaus, und auch viele von Ihnen, liebe Gäste, kommen, wie ich höre, aus den Bundesländern. Da liegt es nahe, Ihnen Ludwig Anzengruber vorzustellen. Dieser Wiener Autor des 19. Jahrhunderts ist in den letzten Jahren zu Unrecht in Vergessenheit geraten. Er war meines Wissens nach der

Erste, der die Verhältnisse auf dem Land realistisch auf der Bühne dargestellt hat, das heißt so, wie sie wirklich waren, ohne den verharmlosenden Kitsch der Löwinger-Bühne und anderer Bauerntheater. Er zeigt in seinen Stücken die Allmacht der Kirche und Großgrundbesitzer, Familiendramen mit hartherzigen Vätern und unehelichen Kindern. Manchmal geht es gut aus, manchmal schlecht, wie im richtigen Leben. Ich möchte heute für Sie eine Stelle der Komödie ›Die Kreuzelschreiber‹ lesen, damit wir an diesem schönen Abend nicht allesamt traurig werden.«

In diesem Stück geraten die Bauern von Grundldorf und Zwentdorf durch das unbedachte Ankreuzen einer Petition in große Schwierigkeiten, weil der örtliche Pfarrer ihre Frauen so gegen sie aufhetzt, dass sie sich ihnen verweigern. Die Bauern sollen außerdem eine Bußfahrt nach Rom unternehmen. Da sie dies gemeinsam mit dem Jungfernverein tun wollen, wecken sie die Eifersucht der Frauen. Der Konflikt löst sich aber nach und nach in Wohlgefallen auf.

Bischof zog seinen Vortrag mit viel Tempo in einem authentisch klingenden oberösterreichischen Dialekt durch. Er wirkte dabei unkonzentriert und nervös. Immer wieder wanderte sein Blick ins Publikum, als ob er dort etwas oder jemanden Bestimmten suchen würde. Trotzdem hatte er seine Zuhörer fest im Griff. Es lachte an den dafür vorgesehenen Stellen und war sonst mucksmäuschenstill.

Gegen Ende der Lesung wurde es jedoch unruhig. Es bahnte sich etwas an. Einige Leute schienen nur darauf zu warten, dass Bischof von seiner Bühne herunterkam.

Der Beifall war freundlich, aber nicht euphorisch. Noch während des Applauses gab Bischof dem *Berg und Fels-Duo* ein Zeichen. Daraufhin begann es sofort, den *Steirischen Brauch*, eine Stimmungsnummer mit einer schier unendlichen Zahl von Strophen, zu spielen:

»Secht's, Leitln, des is hoid der steirische Brauch, holadio,
a Hackl ins Kreiz, und a Messer in Bauch, holadio.
Secht's, Leitln, des is hoid der steirische Brauch, holadio.
Fix! Oasch! Holadio, holadio, holadio.
Fix! Oasch! Holadio! Des is hoid der steirische Brauch!«

Daraufhin entstand ein Gedränge. Die einen wollten schunkeln, die anderen stehend mitsingen, wieder andere tanzen. Es war nun praktisch unmöglich, durch diesen Knäuel von Menschen irgendwohin zu gelangen. Bischof überblickte kurz die Lage. Dann machte er ein paar Schritte nach hinten, wo ein kleines Fenster in den Hof des Hauses hinausschaute. Er zog die Vorhänge auf, öffnete es und verschwand nach draußen. Das ging so rasch, dass kaum jemand im *Heller* merkte, was los war.

»A so a Feigling«, rief Alois von der Steirerpartie.

»Mir hätten eam scho a wengerl g'soizn«, fügte Joschi hinzu und lächelte. »Des is hoid der steirische Brauch!«

»Am Busen hot er mir griffn, der Herr Literat«, erklärte Bianca allen Umstehenden und stellte dabei ihre Oberweite zur Schau. »I sog eichs, der is abnorm veraunlogt.«

»Vielleicht ist er sogar ein Mörder«, hörte man eine männliche Stimme aus der Menge. »Ich frage mich, wie man so jemanden zu einem künstlerischen Vortrag einladen konnte. Der Mann ist doch erledigt!«

»Solln mir uns so leicht g'schlogn gebn?«, fragte Max kampfeslustig.

»I nimms mit an Mörder a auf«, versicherte Joschi.

»Jetzt trink ma amoi wos«, schlug Robert Almer zur Beruhigung der Situation vor. »Er is jo sowiaso neama do!«

Sie versuchten, zur Theke vorzudringen, während der *Steirische Brauch* vom *Berg und Fels-Duo* unbarmherzig weiter intoniert wurde:

»Mei Vater is Tischler, und Tischler bin i, holadio.
Mei Vater macht d' Wiagn, und wos einikimmt i, holadio.
Secht's Leitln, des is hoid der steirische Brauch …«

Juricek unterhielt sich unterdessen mit Frau Heller. »Vom Hof kommt man also ins Haus, auf den Gang und durchs Haustor auf die Straße?«, erkundigte er sich.

»Ja«, antwortete Frau Heller. »Ich mache mir große Vorwürfe. Herr Bischof kam so spät, dass hier herinnen bereits alles knallvoll war. Deshalb bin ich mit ihm durch meine kleine Küche, auf den Gang und durch den Hof zum Fenster. Herr Berg hat es aufgemacht, und Herr Bischof ist sportlich hinein auf die Bühne geklettert. Vielleicht habe ich ihn auf die Idee gebracht, es später als Fluchtweg zu benützen, aber ich konnte ja nicht ahnen …« Sie war vor lauter Hektik ganz rot im Gesicht.

»Schon gut, Frau Heller«, beruhigte Juricek sie. »Sie können gar nichts dafür. Und Herrn Bischof kriegen wir schon noch. Es war keine kluge Entscheidung von ihm, sich vor uns aus dem Staub zu machen. Dadurch hat er sich nur zusätzlich verdächtig gemacht.«

Leopold war nun auch zur Stelle. »Glaubst du wirklich, dass er sich euretwegen verabschiedet hat?«, fragte er den Oberinspektor. »Ich nicht! Er hatte bereits die ganze Zeit vor etwas oder jemandem Angst. Das ist mir schon gestern aufgefallen. Deshalb ist er auch so knapp vor seinem Auftritt gekommen.«

»Warum war er dann schon am Nachmittag da und hat die Frau belästigt? Das macht wenig Sinn«, widersprach Juricek.

»Vielleicht wollte er die Lage ausloten. Vielleicht hat er jemanden gesucht, und diese Bianca ist ihm dazwischengekommen. Wer weiß, was an dieser Betätschelung wirklich dran ist«, suchte Leopold nach einer Erklärung. »Natürlich erscheint alles ein wenig komisch«, musste er dann zugeben.

»Eben«, stimmte Juricek ihm zu. »Deshalb müssen wir uns jetzt auf den Weg machen, um den Kerl zu schnappen, bevor noch etwas passiert. Und du halte bitte hier die Augen offen. Wenn dir etwas auffällt, das du mit Bischof in Zusammenhang bringen kannst, teile es mir bitte sofort mit.«

»Richard, kannst du mir nicht genauer schildern, was heute Nacht bei der Anzengruberhöhe passiert ist?«, bat Leopold seinen Freund. »Dann wüsste ich, worum es geht, und wäre dir eine noch größere Hilfe.«

Juricek grinste über das ganze Gesicht. »Das würde dir so passen! Aber da muss ich dich leider enttäuschen«, stellte er trocken fest. »Einstweilen alles streng geheim!«

*

Leopold warf sich wieder ins Getümmel. Der *Steirische Brauch* beherrschte weiterhin gnadenlos die Szene. »Fix! Oasch! Holadio«, klang es von überall aus Dutzenden alkoholgeschwängerten Kehlen. An geordnete Verhältnisse war nicht zu denken. Wie sollte Leopold in diesem Durcheinander Nachforschungen anstellen? Er war schon froh, wenn es ihm gelang, die Getränke halbwegs sicher an ihren Bestimmungsort zu bringen. Dabei sah er seine Freundin Erika nicht mehr. Hatte sie etwa das *Heller* bereits verlassen?

Nach und nach machten sich die ersten Gäste auf den Heimweg. Auch die Steirerpartie war im Gehen begriffen. Der Alkoholkonsum hatte ihren Ärger noch einmal gesteigert. »Gaunz mit rechtn Dingen is des ned zuagongen«, beschwerte Joschi sich beim Zahlen. »Oba glaubt's jo ned, dass mir uns so schnöö unterkriagn lossn! A Steirerbluat is koa Himbeersoft!«

»Mir werdn den Herrn Künstler scho no erwischn«, versicherte Alois.

»Oba zeascht gemma no wohin auf a Pfiat-di-Gott-Lackerl«, schlug Max vor.

»Des moch ma«, bestätigte Robert Almer. »Na, woa ma ned brav?«, fragte er dann schelmisch in Leopolds Richtung.

»Ganz zufrieden bin ich erst, wenn ich nichts mehr Schlimmes von euch höre«, mahnte Leopold. »Ihr wollt dem Bischof, sollte er euch über den Weg rennen, doch nicht wirklich etwas antun, oder?«

»Warum ned?«, ereiferte sich Bianca sofort. »Die Grapscherei woa erniedrigend und frauenfeindlich. Dafia gheat eam oane in die Goschn!«

Leopold war froh, als die Steirerpartie draußen war. Als er Thomas Korber allein bei seinem Bier stehen sah, suchte er das Gespräch mit ihm. »Sag, wie war das, als Bischof gekommen ist? War er alleine oder zu zweit?«, wollte er von ihm wissen.

»Ich habe ihn erst auf der Bühne gesehen. Keine Ahnung, wie er dorthin gekommen ist«, gab Korber Auskunft.

»Durch dasselbe Fenster, durch das er verschwunden ist«, merkte Leopold an. »Ist dir sonst etwas aufgefallen?«

»Wenn du's genau wissen willst: Man hat ziemlich deutlich gemerkt, dass der Mann kein Profi ist und schon lange nichts mehr in der Art gemacht hat.«

»Ach so? Mir schien er vor allem nervös zu sein.«

Korber schüttelte vehement den Kopf. »Es war nicht nur das. Du erkennst die Klasse an den Betonungen, den gezielt gesetzten Pausen, dem wechselnden Sprechtempo. Bei Bischof war nicht viel Variation dabei. Nur den Dialekt hat er gut beherrscht, das war auch schon alles. Dem Publikum scheint's immerhin gefallen zu haben. Na ja!«

»Bischof hat gestern getrunken, vielleicht heute auch schon«, räumte Leopold ein. »Sonst wäre es vermutlich nicht zu dem Zwischenfall mit Bianca gekommen. Das hat ihn zusätzlich belastet.«

»Vielleicht. Als Germanist spürt man jedenfalls, ob einer was draufhat oder nicht, und Bischof hatte nicht viel drauf.« Korber bestellte noch ein Bier. »Mein letztes«, beteuerte er Leopold gegenüber. »Aber euer Fassbier bei dem Fest heute ist wirklich erste Güte. Weißt du übrigens, wen ich kurz gesehen habe? Oder zumindest meine, gesehen zu haben? Boceks Cousine.«

»Was, die war noch einmal hier?«, fragte Leopold neugierig.

»Ich bilde es mir ein«, antwortete Korber.

»Das ist äußerst interessant«, befand Leopold. Er überlegte, weshalb sie da gewesen sein konnte. Um Bocek zu suchen, der von zu Hause ausgebüchst war? Oder wegen Bischof? Und nicht nur diese Anita, auch andere hatten sich unter Umständen ohne Leopolds Wissen bei dem Fest herumgetrieben: Bocek selbst, Bischofs Freunde Vera Kuttin und Andreas Rohringer, und so mancher, den zwar Bischof kannte, aber von dem Leopold nichts wusste.

Blieb nur die Frage, vor wem Bischof geflohen war.

KAPITEL 6

Nacht von Donnerstag, 7. Juni auf Freitag, 8. Juni

Kurz vor Mitternacht war es im Café Heller schon sehr ruhig. Die Musik hatte zu spielen aufgehört, und der Gartenbetrieb war aufgrund der späten Stunde eingestellt worden. Ein Großteil der Gäste war nach Hause gegangen, da der nächste Tag ein normaler Arbeitstag war. Nur der harte Kern machte es sich drinnen gemütlich und genoss die Ruhe nach dem Sturm.

Weder Erika Haller noch Leopolds burgenländisches Anhängsel Sabine befanden sich darunter. In Erikas Fall bedeutete das wahrscheinlich nichts Gutes. Was Sabine betraf, so hatte Leopold durch die Turbulenzen um Bischof zwar zeitweilig seine plötzlich im Raum stehende Vaterschaft verdrängt, das Problem damit aber nicht gelöst. Natürlich fragte er sich, ob an den Behauptungen der jungen Frau etwas dran sein konnte. Aber wie er es auch drehte, die fesche Rosi aus Halbturn und die vergnüglichen Stunden mit ihr waren nicht wegzuleugnen. Nun hatte er ein bisschen Luft, um sich an die neue Situation zu gewöhnen. Damit, dass Sabine wieder auftauchen und ihn quälen würde, musste er leider rechnen.

Leopold kassierte, räumte ab, stieß dabei an die unförmigen Tische und Bänke. Fast wurde es ihm bereits zur Gewohnheit. Da tauchte als später Gast noch einmal Oberinspektor Juricek auf, diesmal allein. »Servus

Richard«, grüßte Leopold ihn erfreut. »Was ist, habt ihr Bischof erwischt?«

Juricek nahm seinen Sombrero ab und fuhr sich mit der Hand durch sein schütteres Haar. »Ach was, ich habe das Gefühl, der Kerl spielt mit uns Katz und Maus«, stöhnte er. »In seiner Wohnung ist er nicht, nach Wolkersdorf ist er nicht gefahren und in den Lokalen der Umgebung haben wir ihn auch nicht gefunden. Ich trinke jetzt bei dir noch einen großen Braunen, dann gehe ich nach Hause. Man hat ja schließlich ein Privatleben. Morgen schnappen wir uns den Burschen, da bin ich mir sicher.«

»Ist er denn des Mordes verdächtig?«, fragte Leopold vorsichtig, während er sich an die Zubereitung des Kaffees machte.

»Mein niederösterreichischer Kollege ist nicht mehr hier. Da kann ich dir unter Umständen das eine oder andere Detail verraten«, befand Juricek. »Es ist übrigens nicht mein Fall, wir helfen Chefinspektor Frank nur, weil Bischof derzeit in Floridsdorf wohnhaft ist. Also: Eine gewisse Karoline Wasner ist heute früh in der Nähe der Anzengruberhöhe tot aufgefunden worden, erschlagen mit einem stumpfen Gegenstand, vermutlich mit einem Stein. Alles sehr ähnlich dem Mord an Frau Berlakovics vor etlichen Jahren. Die Tat hat sich um etwa ein Uhr morgens ereignet. Bischof ist gestern Abend tatsächlich mit dem Zug nach Wolkersdorf gefahren. Er war zur fraglichen Zeit also dort. Angeblich hat er wieder bei Vera Kuttin übernachtet, aber diesmal gibt es niemanden außer ihr, der das Alibi bestätigt. Deshalb müssen wir dringend mit ihm reden. Einiges deutet auf ihn als Täter hin, da das jetzige Opfer zur Zeit des ersten Mordes Regieassistentin bei den Festspielen in Wolkersdorf war, aber natürlich auch auf andere Mitglieder des damaligen Ensembles.«

Leopold ließ den Kaffee in die Tasse laufen. »Spuren?«, erkundigte er sich dabei.

»Werden noch ausgewertet, aber es wird schwierig«, musste Juricek zugeben. »Es hat kein Kampf stattgefunden. Alles muss ziemlich schnell gegangen sein. An dieser Stelle kommen bei Tag ständig Wanderer, Jogger, Radfahrer und Spaziergänger vorbei, geregnet hatte es außerdem. Alles gestaltet sich ziemlich undurchsichtig, außer man kann Bischof schnell überführen. Aber der ist ja schon beim ersten Mord davongekommen.«

Leopold servierte seinem Freund nun den Kaffee zur Stärkung. »Schön heiß ist er, Richard«, machte er ihn aufmerksam. »Trink bitte langsam.«

Juricek rührte in seiner Tasse um und überlegte dabei. »Welchen Eindruck hat Bischof gestern auf dich gemacht? Kannst du mir das noch einmal genauer sagen?«, wollte er schließlich von Leopold wissen.

»Er hatte getrunken und wirkte verunsichert«, schilderte Leopold. »Er wollte seine Lesung absagen. Frau Sidonie hat ihn mit einer Erhöhung seiner Gage doch noch überredet. Sie glaubt, dass es ums Geld ging. Aber es ist meine Überzeugung, dass da mehr dahintersteckte. Er ist heute auch sicher nicht allein wegen euch aus dem Fenster gesprungen.«

»Du hast ihn ja noch zum Bahnhof begleitet. Hat er dir da etwas von Bedeutung mitgeteilt?«

»Eigentlich nicht. Er meinte nur, wenn ihm wirklich etwas zustoßen würde, wäre ich der Letzte, der ihm helfen könnte.«

Juricek wischte sich den Kaffeerand vom Mund. »Hattest du den Eindruck, dass er heute nüchtern war?«, fragte er.

»Am Abend bei der Lesung schon. Nachmittags habe ich ihn nicht gesehen. Vielleicht war er da noch ein wenig feuchtfröhlich vom Vortag. Sonst hätte er sich nicht so danebenbenommen«, meinte Leopold.

»Mir ist das Verhalten dieses Mannes offen gestanden ein Rätsel«, räumte Juricek ein. »Ich werde aus ihm nicht schlau. Da will er seine Lesung absagen, aus Angst vor jemandem, wie du meinst. Dann kommt er am nächsten Tag schon nachmittags her und betätschelt eine Wildfremde. Am Abend verschwindet er nach seinem Vortrag durchs Fenster. Und dazwischen liegt ein Mord, in den er verwickelt sein könnte. Wie soll das zusammenpassen? Hat er übrigens sein Honorar einkassiert?«

»Nein«, meldete sich Frau Heller sofort aus ihrer kleinen Küche, wo sie mit Saubermachen beschäftigt war. »Zuerst kommt bei uns selbstverständlich die Leistung, dann die Bezahlung. Ich habe die Gage fertig in einem Kuvert, auf seinen Wunsch extra erhöht, und dann holt er sie nicht ab. Man kann sich bei den heutigen Künstlern nur wundern, was in ihrem Kopf vorgeht.«

»Vielleicht kommt er noch«, grübelte Juricek. »In diesem Fall bitte ich euch unbedingt, ihn mit einem Drink hinzuhalten und mich sofort zu verständigen. Dann könnten wir ihn noch heute kriegen. Aber der Bursche ist schlau!«

»Und wir sperren gleich zu«, ließ Frau Heller ihn wissen. Nachdem Juricek gegangen war, gab sie das Zeichen zum allgemeinen Aufbruch. Leopold kassierte bei den letzten Gästen ab, die sich daraufhin widerwillig aber doch auf den Weg machten. Das Schanigartenfest war endgültig vorbei.

Gerade als Frau Heller das Kaffeehaus schließen wollte, läutete erneut das Telefon. Sie hob ab, meldete sich und gab den Hörer irritiert an Leopold weiter. »Für Sie«, murrte sie. »Aber machen Sie's kurz.«

Leopold erkannte die Stimme sofort. Es war Nikolaus Bischof.

✳

»Ich möchte Sie um eine kleine Gefälligkeit bitten«, sagte Bischof.

»Unser Lokal ist bereits geschlossen«, teilte Leopold ihm mit.

»Das tut nichts zur Sache. Es geht um mein Honorar. Könnten Sie es mir vielleicht schnell vorbeibringen?«

»Um diese Uhrzeit? Warum holen Sie es sich nicht morgen ab?«

»Das wird sich nicht ausgehen. Ich habe viel zu tun. Die nächsten Tage habe ich überhaupt keine Möglichkeit vorbeizukommen.«

»Dann geben Sie uns Ihre Kontonummer. Frau Heller wird Ihnen den Betrag umgehend überweisen.«

Bischof hüstelte nervös. »Wenn ich das wollte, hätte ich gleich mit Frau Heller selbst sprechen können«, erklärte er. »Sie haben mich doch gestern gefragt, ob ich in Schwierigkeiten bin. Ich habe tatsächlich Probleme. Deshalb benötige ich das Geld jetzt. Ich rede mit

Ihnen, weil Sie mir angeboten haben, mir zu helfen. Also, was ist?«

Leopold war zwar hundemüde, aber die Sache begann, ihn zu interessieren. »Wo sind Sie? Bei sich zu Hause?«, fragte er.

»Wo ich im Augenblick bin, ist uninteressant«, ließ ihn Bischof wissen. »Bringen Sie mir das Geld zur *Gruam* am Freiligrathplatz. Können Sie in einer halben Stunde dort sein?«

Die *Gruam* war ein ehemaliger Altarm der Donau, der seit ihrer Regulierung Ende des 19. Jahrhunderts von ihr abgetrennt war und kein Wasser mehr führte. Die große, rechteckige Grube war bestehen geblieben und diente als Park und Spielplatz. Bei Nacht war es dort trotz Straßenbeleuchtung ziemlich dunkel und unübersichtlich. Trotzdem musste Leopold nicht lange nachdenken, ob er sich auf das Abenteuer einlassen sollte. »Wo finde ich Sie?«, fragte er.

»Sie gehen den Weg von der Rautenkranzgasse hinein und halten sich links in Richtung *Rote Burg**. Ich mache mich dann schon bemerkbar.«

»Sind Sie sicher, dass Sie mich erkennen werden? Soll ich vielleicht Ihren Namen rufen?«, wollte Leopold wissen.

»Sind Sie wahnsinnig?«, zischte Bischof ins Telefon. »Nur ja kein Aufsehen! Wenn es Sie beruhigt, können Sie ja ein kleines Lied vor sich hinpfeifen, mehr nicht!«

»Glauben Sie nicht, dass es besser wäre, die Polizei zu informieren? Die kann Ihnen helfen, Ihre Probleme loszuwerden«, redete Leopold auf ihn ein.

»Sie wissen genau, dass ich mit der Polizei momen-

---

* Wohnhausanlage der Gemeinde Wien, die aufgrund ihres charakteristischen Aussehens im Volksmund diesen Namen erhalten hat.

tan noch weniger zu tun haben möchte als mit irgendjemandem anderen«, stellte Bischof klar. »Also bitte keine unliebsamen Überraschungen, sie nützen Ihnen nichts. Ich merke es, wenn Sie nicht alleine kommen. Dafür verrate ich Ihnen ein paar Details, die Sie interessieren könnten, wenn Sie sich an unsere Abmachungen halten, gewissermaßen als Aufwandsentschädigung. Sie sind doch so ein neugieriges Kerlchen.«

Bei einem solchen Angebot wurde Leopold schwach. Sollte er auch nur ganz kurz überlegt haben, Oberinspektor Juricek wie abgemacht zu verständigen, so verwarf er diesen Gedanken jetzt. Es stand ja zu hoffen, dass er etwas Wichtiges, den jüngsten Mord bei der Anzengruberhöhe betreffend, noch vor der Polizei erfahren würde. Schlechtes Gewissen brauchte er dabei keins zu haben. Wer konnte schon sagen, ob Bischof der Exekutive gegenüber genauso gesprächsbereit sein würde wie zu ihm. Und wenn die Informationen wichtig waren, konnte er sie ja jederzeit an seinen Freund weiterleiten.

Also nahm er Bischofs Vorschlag an und ließ sich von Frau Heller das Kuvert mit dem Honorar aushändigen. »Vergessen Sie nicht, sich die Entgegennahme des Geldes quittieren zu lassen«, seufzte sie nur. »Wer weiß, was so einem Künstler noch einfällt.«

Dann setzte sich Leopold ins Auto und fuhr die kurze Strecke zum Freiligrathplatz.

*

Von den Straßenlaternen nur spärlich ausgeleuchtet, lag die *Gruam* als großer, finsterer Kessel vor Leopold. Sie hatte um diese Uhrzeit etwas Fremdes, Ungewisses an sich, wie abgeschnitten von der Welt über ihr. Man ging darum in der Dunkelheit auch lieber um sie herum als durch sie durch. Wer die paar Schritte hinunterwagte, begab sich in einen Bereich, in dem jederzeit unliebsame Überraschungen auf ihn warten konnten.

Leopold lauschte, während er zögernd den kleinen Weg betrat, in die Stille, ob er irgendeinen Laut vernahm, der auf die Anwesenheit Bischofs hinwies. Es blieb aber gespenstisch ruhig. In den Fenstern der Häuser brannte kein Licht mehr. Mit einem Mal kam er sich sehr allein vor.

Vielleicht war es wirklich das Beste, ein Lied gegen die eigene Verunsicherung zu pfeifen. Man konnte zwar nicht wissen, wer sich aller hier herunten befand, und wer Leopold nicht gut gesinnt war, konnte aus seinem Versteck hervorkommen und ihn hinterrücks angreifen. Andererseits half es möglicherweise, die Sache rasch und ohne langes Herumsuchen hinter sich zu bringen.

Leopold pfiff lauter, als er ursprünglich vorgehabt hatte. Wahrscheinlich wollte er damit eine Reaktion Bischofs provozieren. Dann sah er plötzlich in einiger Entfernung von ihm die undeutlichen Umrisse einer Gestalt, die sich von ihm wegbewegte. Wer mochte das sein? Jemand, der das ungute Gefühl des Einsamen hatte, der nicht mehr alleine ist, und den daraufhin dasselbe ungute Gefühl wie ihn überfallen hatte?

Bischof konnte es jedenfalls nicht sein. Oder doch? Wo war Bischof überhaupt? Hatte er sich etwa von dieser anderen Person irritieren lassen? Leopold wartete immer nervöser darauf, dass Bischof sich ihm zeigen würde. Er ging ein paar Schritte, blieb stehen, ging weiter. Er pfiff noch ein paar Takte, dann nahm er sich ein Herz und rief laut »Herr Bischof!« in die Dunkelheit.

Spätestens jetzt hätte Bischof vor ihm erscheinen müssen. Doch nichts geschah. Nun war sich Leopold ziemlich sicher, dass er sich alleine in der *Gruam* befand. Er schaute auf seine Uhr: dreiviertel eins, beinahe eine Viertelstunde nach dem vereinbarten Zeitpunkt. Hatte Bischof aus einem Grund, der mit seiner nicht näher erklärten Furcht zusammenhing, seine Pläne ändern müssen? Oder hatte er sich einen Scherz mit ihm erlaubt?

Schon wollte Leopold zu seinem Auto zurückkehren, da erspähte sein Auge etwas, das halb in den Weg hineinragte. Nach einigen Schritten stellte sich heraus, dass es sich um ein Bein handelte. Der dazugehörige Körper lag leblos links am Wegesrand. Leopold leuchtete der Leiche mit der Taschenlampe seines Handys ins Gesicht. Kein Zweifel, es handelte sich um Bischof. Er lag auf dem Rücken und war durch einen Stich in den Bauch unterhalb des Herzens getötet worden.

Jetzt musste Leopold schnell sein. Er suchte in den Taschen des Ermordeten nach etwas, das ihm weiterhelfen konnte. Dabei passte er höllisch auf, dass er sich nicht blutig machte. Ein Handy fehlte. Das hatte der Täter wohl aus verständlichen Gründen mitgehen lassen. Dafür fanden sich eine Ausweistasche und ein paar Geldscheine in der Hosentasche, und noch etwas: ein kleiner, abgerissener Zettel mit einer Telefonnummer.

Diesen Zettel steckte Leopold sofort ein. Erst dann rief er Oberinspektor Richard Juricek an.

＊

Schon bald war die *Gruam* voller Polizisten. Juricek zeigte sich alles andere als erfreut. »Du bist natürlich zufällig hier vorbeigekommen«, nahm er Leopold ins Gebet.

»Mehr oder minder«, druckste dieser herum.

»Ich sehe schon an deinen Augen, dass du lügst. Abgesehen davon: Nicht einmal, wenn du einen Hund mithättest, würde ich dir glauben, dass du ihn um diese Zeit hierher äußerln geführt hast«, stellte Juricek kopfschüttelnd fest. »Komm, mach die Sache nicht schlimmer, als sie ohnehin ist. Ich könnte dich durchsuchen lassen, und was würden wir finden?«

Leopold schwieg. Sollten es doch die anderen sagen, wenn sie es ohnehin schon wussten. »Vielleicht ein Kuvert mit Geld drinnen? Bischofs Honorar?«, bohrte Juricek weiter.

»Ich wollte euch ja verständigen, aber …« Leopold, sonst nie um eine Ausrede verlegen, fiel nichts Gescheites ein.

»Der Kerl lügt wie gedruckt. Wenn er nicht Ihr Freund wäre, hätte ich ihn schon längst verhaften lassen«, polterte Juriceks Untergebener und Leopolds Intimfeind, Inspektor Bollek.

»Schon gut, Bollek! Machen Sie bei der Leiche weiter«, forderte Juricek ihn auf.

»Es stimmt, Bischof wollte sein Geld, und ich sollte es ihm bringen«, suchte Leopold nach einer zufriedenstellenden Erklärung. »Hätte ich euch angerufen, und ihr wärt gekommen, hätte er sich sicher sofort verdrückt. So einer wie der riecht die Polizei schon von Weitem. Mir wollte er ein kleines Geheimnis anvertrauen. Da dachte ich mir, es schadet nicht, ihn einmal anzuhören. Ich hätte euch selbstverständlich umgehend alles mitgeteilt, was ich von ihm erfahren hätte.«

»Du sollst nicht denken, sondern tun, was man dir sagt«, wetterte Juricek. »Dann wäre dieser Mann vielleicht noch am Leben!« Dann wurde sein Ton wieder ruhiger, sachlicher. »Du hast gesehen, wie sich eine Person vom Tatort entfernt hat?«, fragte er.

»Ich habe jemanden auf der anderen Seite aus der *Gruam* steigen sehen, der von hier gekommen zu sein scheint«, erklärte Leopold. »Allerdings sehr undeutlich, sodass ich dazu keine näheren Angaben machen kann.«

»Mann oder Frau?«

»Selbst da bin ich mir nicht sicher.«

»Vielleicht war es unser Mörder«, überlegte Juricek. »Die Sache wird kompliziert. Zwei Morde, wobei einer der Verdächtigen für den ersten Mord das Opfer des zweiten wird. Zwei Tatorte in zwei verschiedenen Bundesländern. Ein dritter Mord vor zwölf Jahren, der mit ziemlicher Sicherheit in die beiden anderen hineinspielt.« Er versuchte, seine ersten Schlüsse zu ziehen. »Es gab offensichtlich keinen Kampf. Der Täter musste trachten, dass alles beinahe lautlos vor sich ging. Wahrscheinlich kannten sich die beiden. Vielleicht sind sie gemeinsam gekommen, vielleicht hat sich der Mörder seinem Opfer überraschend, aber als Freund genähert. Das alles würde dagegen sprechen, dass Bischof Angst vor ihm hatte.«

»Er kann ihn auch blitzschnell aus einem Versteck kommend abgemurkst haben«, meinte Leopold.

»Woher wusste er überhaupt, dass er Bischof hier finden würde?«, dachte Juricek weiter nach. »Naja, er wohnt hier in der Nähe, vielleicht deswegen. Ich hoffe, dass die Bewohner der umliegenden Häuser trotz der späten Stunde etwas bemerkt haben. Das könnte uns weiterhelfen.«

Leopold warf einen Blick auf den mittlerweile durch Scheinwerfer beleuchteten toten Körper. Da machte ihn etwas stutzig. »Ist dir eigentlich etwas an der Leiche aufgefallen?«, fragte er Juricek.

»Was meinst du konkret?«, rätselte der Oberinspektor.

»Bist du wieder gut mit mir, wenn ich es dir verrate?«, feilschte Leopold.

»Lassen Sie sich nur ja auf keinen Handel ein! Diesmal ist er fällig«, hörte man Bolleks unwirschen Kommentar aus dem Hintergrund.

Juricek bedeutete ihm, er solle ruhig sein. »Also schön! Was ist es?«, zeigte er sich dann verhandlungsbereit.

»Bischof trägt eine ganz andere Kleidung als noch vorhin bei der Lesung im Kaffeehaus«, ließ Leopold die Katze aus dem Sack.

»Bist du dir sicher? Ich habe ihn in dem Trubel von der Theke aus nicht so gut gesehen«, musste Juricek zugeben.

»Hundertprozentig! Das Hemd hier ist kariert, das, welches er beim Fest anhatte, war einfärbig hellblau«, erinnerte Leopold sich.

»Das ist dann in der Tat interessant«, konstatierte Juricek.

»Ihr hattet sicher jemanden bei seiner Wohnung postiert. Dort kann er sich also nicht umgezogen haben. Aber wo dann?«, führte Leopold aus.

»Nach Wolkersdorf, etwa zu seiner Freundin Vera Kuttin, wird er nicht gefahren sein. Das ginge sich zeitlich schwer aus, außerdem hat Chefinspektor Frank dort ebenfalls nach ihm Ausschau gehalten«, überlegte Juricek.

»Vielleicht hat er hier in der Umgebung eine Freundin.«

»Eine hier, eine in Wolkersdorf? Überall ein bisschen was? Und das zum Umziehen? Das glaubst du doch selber nicht!«

»Was ist mit Eltern, Freunden?«

»Die Eltern scheiden aus, die sind in Oberösterreich beheimatet. Freunde und Bekannte werden wir überprüfen, sofern wir sie kennen. Aber komisch ist das schon. Er müsste dort öfter ein und aus gehen, eine eigene Garderobe haben. Das scheint mir eher unwahrscheinlich.«

»Bischof hat am Telefon nicht sehr nüchtern geklungen. Ich glaube, er hat aus einem Lokal angerufen«, fiel es Leopold wieder ein.

»Die Fragen sind also: Von wo ist er gekommen? Wie ist er hergekommen? Allein oder zu zweit? Ist ihm jemand nachgegangen, oder hat ihm hier jemand aufgelauert?«, ging Juricek alles der Reihe nach durch. Ein Blick nach oben zeigte ihm, dass mittlerweile ein paar Fenster hell erleuchtet waren und Leute aus ihnen neugierig in die *Gruam* schauten. »Da gehen wir gleich rauf, Bollek«, instruierte er den Inspektor. »Mit etwas Glück erfahren wir etwas!«

Leopold deutete sofort seine Bereitschaft an mitzugehen. Doch Juricek bremste ihn gleich wieder ein. »Nichts für ungut, lieber Freund, aber dabei kann ich dich nun wirklich nicht brauchen«, wies er ihn ab. »Sei froh, dass ich bezüglich deines unmöglichen Verhaltens wieder einmal ein Auge zudrücke. Geh nach Hause und schlaf dich aus, es ist ohnehin schon spät. Warte«, erinnerte er sich dann. »Gib mir vorher bitte das Kuvert mit dem Geld.«

»Aber …«, setzte Leopold zu einem Protest an.

Juricek zuckte die Achseln: »Beweismaterial!«

Widerwillig übergab Leopold unter Bolleks bösem Kontrollblick das Kuvert mit Bischofs Honorar an Juricek. Dann machte er sich auf den Weg zurück zu seinem Auto. Er hätte zwar gerne gewusst, was sein Freund noch alles in Erfahrung bringen würde, gab aber schweren Herzens nach. Immerhin hatte er ja den Zettel mit der Telefonnummer.

✳

Wenn Erika Haller einen Grant auf Leopold hatte, war es am besten, er ließ sie schlafen und legte sich so sachte zu ihr, dass sie nicht aufwachte. Dabei war sein Problem, dass er sich in der neuen Wohnung noch nicht gut auskannte. Es fiel ihm nicht leicht, die Vorbereitungen zum Schlafengehen mit möglichst niedrigem Geräuschpegel zu treffen. Denn die Dinge, die er dazu benötigte, befanden sich zumeist auf einem für ihn verschlüsselten Platz. Er fragte sich, wie lange es noch dauern würde, bis er sich in diesem gemeinsamen Domizil heimisch fühlte. Wahrscheinlich würden bis dahin Jahre vergehen.

Im Badezimmer sah es wieder ganz anders aus als noch am Morgen. Dort, wo Leopolds Zahnbecher stehen sollte, stand ein anderer Zahnbecher, und sein Zahnbecher stand dort, wo Erikas Zahnbecher stehen sollte. Er musste einmal mit ihr über eine verbindliche gemeinsame Ordnung reden. Die Frauen begründeten ja alles, was sie taten, mit ihrem Gefühl, so auch, wohin sie etwas stellten oder legten. Das konnte er nicht so angehen lassen. Wenn er spät und müde nach Hause kam, wünschte er die Dinge dort vorzufinden, wo sie hingehörten.

Energielos machte er seine Abendtoilette und putzte sich die Zähne. Dann ging er ins Wohnzimmer, um sein Gewand dort fein säuberlich über einen Sessel zu hängen. Als er das Licht aufdrehte, staunte er jedoch nicht schlecht. Man hatte die Couch ausgezogen, und jemand schlief darin. Sofort war Leopold wieder hellwach. Eine furchtbare Ahnung beschlich ihn.

Ein Kopf fuhr verschlafen in die Höhe. Sabine streifte mit der rechten Hand die Haare aus ihrem Gesicht. »Papa, bist du es?«, fragte sie. »Du kommst aber spät!«

»Ich würde gern wissen, was Sie hier machen«, grüßte Leopold den weiblichen Gast unsanft.

»Gewöhn dich einfach dran, dass ich deine Tochter bin«, schlug Sabine vor. »Du kannst mich ruhig duzen und ein bisschen freundlicher anschauen. Immerhin bin ich extra hergekommen, um dich zu besuchen.«

»Ob das stimmt, wird sich noch herausstellen«, blieb Leopold kratzbürstig. »Wie sind Sie … ich meine, wie bist du hereingekommen?«

»Deine Freundin hat mich mitgenommen«, antwortete Sabine. »Sie ist furchtbar nett! Ich hab gesagt, ich bin die Patzak Sabine, hab ihr meine Situation erklärt, und da hat sie mir gleich angeboten, dass ich bei euch wohnen kann, damit ich in deiner Nähe bin. In der Früh holen wir meine Sachen aus dem Hotel.«

Leopold ließ sich auf einen der beiden großen, mit schwarzem Leder überzogenen Fauteuils fallen. Mit einem Taschentuch wischte er sich den Angstschweiß von der Stirn, der ihm soeben ausgebrochen war. »Ich habe nur eine Bitte«, drängte er Sabine. »Sag, dass das alles nicht wahr ist.«

»Es *ist* wahr«, ertönte Erika Hallers Stimme in der Wohnzimmertür, Leopold jeder Hoffnung beraubend. »Das würde dir so passen, Schnucki! Ein paar romantische Abende und vergnügliche Stunden, und das biologische Produkt wird dann abgestritten und abgeschoben. Nein, das kommt überhaupt nicht in Frage! Für die Dauer ihres Aufenthaltes bleibt Sabine selbstverständlich bei uns. Sie hat ein Recht darauf, ihren Vater näher kennenzulernen. Außerdem ist sie jung und unerfahren.«

»Wenn sie wirklich meine Tochter ist, müsste sie schon ein wenig älter sein«, beanstandete Leopold. »Sonst geht sich das nicht aus.«

»Ich bin 21«, gab Sabine Auskunft.

Leopold rechnete nach. »Das kann gerade noch hinkommen«, seufzte er. »Aber das mit dem Kennenlernen wird nicht funktionieren. Erstens muss ich im Kaffeehaus arbeiten, und zweitens ist ein Mord geschehen.« Er erzählte kurz, wie er sich mit Bischof verabredet und ihn dann erstochen in der *Gruam* gefunden hatte.

Erika Haller schlug die Hände über dem Kopf zusammen. »Mir scheint, die Verbrecher tun das nur, um unsere Beziehung ständig einer neuen Probe zu unterziehen. Aber für dich, liebe Sabine, ist das ein gefundenes Fressen. Da lernst du deinen Vater gleich kennen, wie er leibt und lebt.«

Leopold wurde stutzig. »Sie kann mich bei solchen Unternehmungen doch nicht begleiten«, wandte er ein.

»Oh doch«, war Sabine sofort Feuer und Flamme.

»Oh nein! Es ist gefährlich und manchmal auch illegal«, gab Leopold zu bedenken.

»Umso besser!«

»Schau dir deinen Vater ruhig an, wie er sich verändert, sobald er glaubt, einem Mörder auf der Spur zu sein«, unterwies Erika die junge Frau. »Vielleicht gelingt dir, woran ich bisher kläglich gescheitert bin, nämlich seine Gedanken weg vom Verbrechen hin zu vernünftigen Lebensinhalten zu bringen.«

Leopold schickte einen verärgerten Blick in Erikas Richtung. Selbst wenn seine Gene in diesem jungen Ding steckten, schien es ihm für die Aufklärung eines Mordfalls nicht geeignet, hinderlich auf jeden Fall. Er fühlte sich gar nicht gut, nur war diesmal niemand da, der ihm einen Schnaps zur Stärkung verabreichte. »Es geht einfach nicht«, zischte er.

»Drück dich nicht vor der Verantwortung für deine Tochter, Schnucki«, blieb Erika hart. »Du solltest dich vielmehr bemühen, ihr ein paar schöne Tage zu bereiten.«

»Genau«, trotzte Sabine.

»Eine kleine Verschnaufpause hast du noch, wenn wir morgen früh Sabines Sachen aus dem Hotel holen und ich ihr nachher meine Papeterie zeige«, teilte Erika Leopold abschließend mit. »Aber dann erwarte ich von dir, dass du dich um sie kümmerst!«

Leopold zog wortlos seinen Pyjama an und legte sich schlafen. Vielleicht war alles ganz anders, wenn er wieder aufwachte, obwohl er nicht recht daran glaubte.

KAPITEL 7

Freitag, 8. Juni

»Hallo«, meldete sich eine männliche Stimme.

»Hallo, wer spricht?«, fragte Leopold.

»Das würde ich gern von Ihnen wissen!«

Leopold hatte damit gerechnet, dass es schwierig werden würde. Der am Handy Angerufene ging davon aus, dass man seinen Namen wusste. Das war aber bei der Nummer auf dem Zettel, den Leopold in Bischofs Hosentasche gefunden hatte, nicht der Fall. »Ich möchte nur sichergehen, dass ich mich nicht verwählt habe«, probierte er es noch einmal.

»Wenn Sie mir jetzt nicht sagen, wer Sie sind und was Sie wollen, lege ich sofort auf.«

Sein Gegenüber war hartnäckig. »Mein Name ist Hofer, W. Hofer genauer genommen, aber alle nennen mich nur Leopold. Ich bin der Oberkellner vom Café Heller«, gab er schließlich zu.

»Ah ja! Und weshalb rufen Sie an?«

»Sie waren doch bei der Veranstaltung gestern Abend bei uns.« Ein Schuss ins Blaue.

Ein paar Augenblicke Funkstille. »Ja, aber ich sehe noch immer nicht den Grund …«

Ertappt, dachte Leopold. Er hakte nach: »Ich würde es Ihnen gern erklären, wenn Sie mir endlich verraten würden, wie Sie heißen!«

»Kupka mein Name, Felix Kupka«, kam es nun ungeduldig vom anderen Ende der Leitung.

»Herr Kupka, die Situation ist ein wenig verworren«, arbeitete Leopold sich weiter vor. »Wenn ich ehrlich bin, so habe ich Ihre Nummer von Herrn Bischof ohne weitere Angaben erhalten. Ich solle Sie anrufen, wenn ihm etwas zustößt, hat er gesagt.«

»Was, mich?« Kupkas Reaktion wirkte ungläubig, aber vorsichtig. »Und zu welchem Zweck?«

»Sie wissen doch, dass Herr Bischof gestern Nacht nach seinem Auftritt gewaltsam zu Tode gekommen ist?«, fragte Leopold prüfend.

Wieder eine kurze Pause, dann antwortete Kupka schlicht und emotionslos: »Nein.«

»Er wurde in der *Gruam* am Freiligrathplatz erstochen. Es ist ihm also etwas zugestoßen. Und ich soll Ihnen ausrichten, dass er gewusst hat, dass es so kommen würde«, schilderte Leopold mit aller Überzeugung, die er seiner Stimme verleihen konnte. Etwas Besseres fiel ihm einfach nicht ein.

»So, das sollten Sie mir sagen«, bemerkte Kupka. »Sonst noch etwas?«

»Nein, das war alles!«

»Dann werden Sie verzeihen, wenn ich das Gespräch beende und auflege.«

»Einen Augenblick noch! So geht das nicht, Herr Kupka«, reagierte Leopold schnell. »Da nun diese schreckliche Geschichte passiert ist, ist es meine Pflicht, mich als Zeuge an die Polizei zu wenden. Ich muss ihnen wahrheitsgetreu erzählen, wie ich auf Sie gekommen bin, und selbstverständlich auch Ihre Telefonnummer angeben.«

Jetzt hörte es sich so an, als sei die Leitung tot.

»Herr Kupka, sind Sie noch da?«

»Ja, Herr …«

»Leopold! Der Nachname tut, wie gesagt, nichts zur Sache.«

»Also schön! Herr Leopold, ich möchte Sie ersuchen, sich das noch einmal zu überlegen. Ich kann mit Ihrer Nachricht überhaupt nichts anfangen. Weshalb wendet sich Herr Bischof mit dieser Botschaft ausgerechnet an mich?«, ereiferte sich Kupka.

»Das müssen Sie besser wissen als ich!«

»Und deswegen wollen Sie gleich zur Polizei laufen?«

»Wenn ich es nicht tue, handelt es sich um Unterschlagung von Beweisen. Da komme ich mir dann vor wie ein Verbrecher«, spielte Leopold den Ratlosen.

»Sie wollen mich also in einen Mordfall hineinziehen? So mir nichts, dir nichts? Obwohl Sie mich gar nicht kennen und nicht den Funken einer Ahnung haben?« Kupka wurde nervös, das merkte man seiner Stimme deutlich an.

»Ich habe immerhin Ihre Telefonnummer und Bischofs Auftrag«, schaltete Leopold weiter auf stur.

Langsam, als begreife er allmählich den Grund des Anrufs, sagte Kupka: »Sind Sie vielleicht ein Erpresser?«

»Hört es sich etwa so an?«

»Ich mache Ihnen einen Vorschlag«, änderte Kupka seine Taktik. »Ich habe so eine Ahnung, was Bischof zu dieser Aktion bewogen hat. Ich denke, das könnte Sie auch interessieren. Würden Sie von Ihrem Vorhaben, die Polizei zu verständigen, ablassen, wenn ich es Ihnen verrate?«

»Wenn Sie mir ein ruhiges Gewissen verschaffen,

warum nicht?«, zeigte sich Leopold einverstanden. »Wenn ich ehrlich bin, wäre es mir peinlich, allzu sehr in die Sache verwickelt zu werden.«

Kupka klang erleichtert: »Na also! Das klingt schon viel vernünftiger. Dann komme ich heute am späten Abend ins Heller, wenn nicht mehr so viel los ist. Da erkläre ich Ihnen alles!« Er legte auf.

Leopold rieb sich zufrieden die Hände. Einen Verdächtigen hatte er schon einmal aus der Reserve gelockt. Denn dass Felix Kupka nichts mit dem Mord an Bischof zu tun hatte, konnte er seiner Großmutter erzählen. Die Frage war nur, welche Rolle ihm in der ganzen Geschichte zukam. Aber darüber würde Leopold sicher bald mehr hören.

Und wie er weitere mögliche Täter aufspüren konnte, dazu hatte er auch schon einen Plan.

*

Nach dem Gespräch mit Kupka bummelte Leopold über den Floridsdorfer Spitz, dann trat er seinen Nachmittagsdienst im Kaffeehaus an. Das *Heller* zeigte wieder sein gewohntes Aussehen. Die hässlichen langen Tische und Bänke, an denen sich Leopold etliche blaue Flecken geholt hatte, waren weg. Die runden Marmortische und die Thonetsessel standen so da, als ob nichts gewesen wäre. Ein normaler Arbeitstag konnte beginnen.

Frau Heller wirkte abgekämpft vom Vortag, hatte aber eine prächtige Laune. »Es war ein rauschendes Fest«, schwärmte sie. »So viele Leute auf einmal haben wir überhaupt noch nicht dagehabt. Es herrschte eine kolossale Stimmung, und was den Umsatz angeht, mein lieber Leopold, haben wir sämtliche Rekorde gebrochen. Sie werden es ja am Trinkgeld gemerkt haben!«

»Es ging so«, ließ sich Leopold nichts herauslocken.

»Ein Triumph der Kultur«, stellte Frau Heller zufrieden fest.

Da musste Leopold dann doch einhaken. »Sie wissen, dass Nikolaus Bischof in der Nacht ermordet wurde?«, fragte er.

»Das ist immer so, wenn Sie sich mit jemandem verabreden. Dann ist er plötzlich tot«, bemerkte Frau Heller ungerührt.

»Genau das Gegenteil ist der Fall«, verteidigte Leopold sich. »Jedes Mal, wenn Sie ein kulturelles Ereignis in unserem Kaffeehaus veranstalten, wird einer umgebracht. Das soll jetzt kein Vorwurf sein. Aber die einzige Kultur, die der Floridsdorfer kennt, sind halt Verbrechen, Mord und Totschlag. Dafür sind wir berühmt, und wenn Sie noch ein paar solche Feste machen, wird dieser Ruhm bald weit über die Grenzen hinaus dringen.«

»Leopold, unterstehen Sie sich! Ich möchte Ihr unglückliches Treffen mit Herrn Bischof nicht in Zusammenhang mit dem gestrigen Galaabend im Heller gebracht wissen. Wo ist übrigens das Kuvert mit dem Honorar?«

»Bei der Polizei. Es dient der Beweisführung«, erwähnte Leopold nebenbei.

»Beweisführung? Gegen wen?«, echauffierte Frau Heller sich. »Sie haben sich das Geld einfach mir nichts, dir nichts abnehmen lassen?«

»Was ist daran so schlimm?«, konterte Leopold. »Wäre Bischof nicht ermordet worden, hätte er jetzt die Marie.«

»Das wäre immerhin ein Opfer für die Kunst gewesen«, behauptete Frau Heller.

»So opfern Sie es eben für ein kunstvoll ausgeführtes Verbrechen. Der Täter ist präzise zur Sache gegangen. Ich kann mir nicht vorstellen, dass man viel gehört hat. Ein Stich zur rechten Zeit an der richtigen Stelle, fertig!« Leopold geriet ins Schwärmen.

»Nichts da! Sie müssen schauen, dass sich das Geld möglichst bald wieder bei mir einfindet«, redete Frau Heller unbarmherzig auf ihn ein. »Sonst ziehe ich es Ihnen am Ende des Monats vom Lohn ab. Also unternehmen Sie etwas!«

Leopold hatte einen Einfall. »Gern, Frau Sidonie«, bot er ihr seine Unterstützung an. »Aber dazu benötige ich Ihre Hilfe.«

Frau Heller beäugte Leopold misstrauisch. »Es geht mir dabei um Ihre Liebe zur Kultur«, beeilte Leopold sich deshalb zu sagen. »Sie haben sich doch damals in jenem Sommer, als der erste Mord passiert ist, den *G'wissenswurm* in Wolkersdorf angeschaut. Könnte es sein, dass Sie von der Vorstellung irgendwo bei sich zu Hause das Programmheft herumliegen haben?«

»Was fragen Sie so dumm? Ich hebe *jedes* Programmheft auf«, versicherte ihm Frau Heller. »Das ist ja wie ein historisches Dokument. Aber wozu brauchen Sie es?«

»Denken Sie einmal nach«, forderte Leopold sie auf. »Wer war das Opfer des ersten Mordes? Eine gewisse Lucia Berlakovics. Wer war der Hauptverdächtige? Nikolaus Bischof. Wer hat ihm ein Alibi verschafft?

Vera Kuttin. Alle drei haben in besagtem *G'wissenswurm* mitgespielt. Dann ist in der Nacht auf gestern bei der Anzengruberhöhe der zweite Mord passiert. Wer war die Leiche? Karoline Wasner, die Regieassistentin der ersten Produktion. Erkennen Sie den Zusammenhang? Alles hat irgendwie mit diesem Stück zu tun. Deshalb wäre es interessant nachzusehen, wer damals noch aller involviert war.«

»Ich verstehe! Sie wollen den Kreis der Verdächtigen einengen«, kombinierte Frau Heller messerscharf.

»So ist es«, bestätigte Leopold. »Man kann dann seine Nachforschungen viel genauer anstellen. Und ich wette, dass wir dabei auf die Person stoßen, vor der Bischof gestern geflohen ist – ohne dass es ihm etwas genutzt hat natürlich!«

»Dann gehe ich gleich nach oben in die Wohnung nachschauen«, verkündete Frau Heller voller Tatendrang.

Die Suche nach den damaligen Mitwirkenden schien Leopold der erfolgsversprechendste Ansatz zur Lösung der drei Mordfälle zu sein, vorausgesetzt sie hingen, wie er und alle Welt vermuteten, zusammen. Was aber, wenn Bischofs Tod andere Gründe hatte? Wie zur Bestätigung seiner Bedenken sah er durch die großen Fenster des Café Heller das Gesicht Biancas, die soeben im Schanigarten Platz genommen hatte.

*

Bianca trug eine Sonnenbrille mit großen Gläsern und war noch auffälliger geschminkt als am Vortag. Sie bestellte ein großes Glas Soda mit einem Schuss Zitronensaft, mit ein Zeichen, dass sie übernächtigt vom Vortag war. »Normalerweise waa i heit hoamgfoan zu meine Leit«, beschwerte sie sich. »Oba der Herr Polizeiinspektor hod gmoant, i sollt zu seiner Verfügung in Wien bleibn. Und des olles, weuls den Perversling obgmeichlt hobn. Woarscheinlich hod er si no an oana vargehn wolln. Recht gschicht eam!«

»Sie sind also verdächtig«, schlussfolgerte Leopold.

»Sogn ma so: Solaung s' koan Mörder finden, san grundsätzlich olle verdächtig. Und zu die olle ghea i leider aa dazua«, beklagte sich Bianca über die Vorgangsweise der Polizei.

»Sie fühlen sich also unschuldig? Haben nichts getan, was Sie in Zusammenhang mit der Bluttat bringen könnte?«

»Ah woos! Gsoffn hob i. Und die aundan aa. Das Schicksal meint es halt nicht gut mit uns!« Bianca sprach den letzten Satz auf Hochdeutsch und stürzte einen beträchtlichen Teil des Halbliterglases in einem Zug hinunter.

»Wenn Sie alle friedlich nach Hause gegangen sind, gibt es keinen Grund, Sie zu belangen«, stellte Leopold fest, hakte aber sofort nach: »Oder hat sich doch jemand von euch an Bischof herangemacht?«

»Wos? Naa«, winkte Bianca ab. »Waun nur der Alois ned so deppert gwesn waa«, rutschte es ihr dann heraus.

»Der Alois? Soso! Was meinen Gnädigste denn genau?«, forschte Leopold.

»Mein Gott, wia Sie oan in oller Fruah ins Kreuzverhör nehmen, des is scho brutal«, stöhnte Bianca, als sie merkte, dass sie sich verplappert hatte. »I sog nix mehr!«

»Sie haben Bischof nicht zufällig unterwegs noch einmal getroffen?«, ließ sich Leopold nicht beirren.

»Sei Lebetog ned«, versicherte Bianca.

»Das lässt sich alles feststellen«, behauptete Leopold. »Bischof hat mich angerufen. Da war er mit ziemlicher Sicherheit gerade in einem Wirtshaus und nicht mehr nüchtern. Die Polizei wird dieses Lokal ausforschen, und wem er dort begegnet sein könnte. Eurer Partie?«

»I sog nix!«

»Es gibt nicht viele von hier bequem zu Fuß erreichbare Lokale, die gegen Mitternacht noch offen haben. Dem Wirt oder dem Personal ist sicher etwas aufgefallen. Ein Kinderspiel für jeden geübten Polizeibeamten, das zu erfragen.«

»I sog trotzdem nix!«

»Liebe Frau Bianca, was geschehen ist, ist geschehen«, redete Leopold auf sein Gegenüber ein. »Es hat keinen Sinn, es zu verdrängen. Man muss kühlen Kopf bewahren und schauen, wie man am besten aus der Sache herauskommt. Wenn Sie mich in die Ereignisse der vorigen Nacht einweihen, kann ich Ihnen dabei vielleicht helfen.«

»Mir waa liaba, Sie san stüü«, seufzte Bianca. »Segn Sie ned, dass mir der Schädel brummt?«

»Das ist kein Grund, auf stur zu schalten!«

»Wos woaß i, wos Sie mit mir vorhobn! Am Laund san mir ehrliche Leit, oba in da Stodt haut a jeda in aundan übers Uawaschl. I glaub koan, und i sog nix!«

Leopold begriff, dass er seine Taktik ändern musste. »Wünschen die Dame noch etwas zu trinken?«, fragte er, als er sah, dass Bianca ihr Glas geleert hatte. »Einen weißen Spritzer vielleicht?«

»A weiße Mischung waa ma liaba«, antwortete Bianca.

»Bitte sehr, bitte gleich!« Leopold beeilte sich mit dem Getränk in der Hoffnung, dass der Alkohol Biancas Zunge lösen würde. »Nehmen wir einmal an, ihr seid vorn beim Bahnhof noch etwas trinken gegangen«, redete er danach auf sie ein. »Wie es der Teufel will, trefft ihr dort auf Bischof. Er ist nicht mehr nüchtern, ihr auch nicht. Zunächst bleibt alles ruhig, aber dann geht es plötzlich zur Sache. Einer von euch, nennen wir ihn Alois, sucht die Auseinandersetzung mit ihm. Der Wirt schmeißt euch daraufhin alle aus dem Lokal. Alois möchte den Rächer spielen, verfolgt Bischof und sticht ihn schließlich in der *Gruam* nieder.«

»Gehn S' zum Fernsehen und schreiben S' a *Tatort*-Folge. Fantasie dazu hobn S' jo gnua«, ließ sich Bianca nicht beeindrucken.

»Waren Sie dem Alois einen Messerstich wert?«, wollte Leopold ungerührt wissen.

»Er hod eam doch ned umbrocht«, beharrte Bianca.

»Vielleicht ist ihm jemand zuvorgekommen. Alois ist dann nur mehr auf Bischofs Leiche gestoßen und in Panik weggerannt«, half Leopold nach.

Jetzt wirkte der Alkohol. Bianca wurde redseliger. »Naa«, verneinte sie energisch. »Er hod eam oane in die Goschn ghaut wia ausgmocht!«

Leopold war erstaunt. Mit dieser Antwort hatte er nicht gerechnet. »Und was war dann?«, wollte er wissen.

»Des woaß i ned! Do woa I neama dabei!«

Biancas Ausführungen blieben vage. Sie erzählte, wie Alois und Bischof tatsächlich in Bahnhofsnähe aneinandergeraten waren. Allerdings waren sie aus verschiede-

nen Lokalen gekommen und dort zufällig aufeinanderge-
troffen. Es war noch einmal zu einem Streit gekommen.
Schließlich war Bischof zu einem Durchgang abgebogen,
der unter den Gleisen der Bahn hindurchführte, Alois
ihm nach. Dort hatte es offenbar einen Faustschlag von
Alois in Bischofs Gesicht gegeben. Bianca wusste das nur
mehr vom Hörensagen, sie war bereits in eine Straßenbahn gestiegen und nach Hause gefahren. »Umbrocht
hod er eam sicher ned«, beteuerte sie schließlich.

Dann hatte Bischof also noch eine Abreibung bekommen, ehe ihn jemand niedergestochen hatte – vorausgesetzt, Biancas Geschichte war vollständig. Wer vermochte zu sagen, wie weit ein wütender, betrunkener
Alois, der sich in eine künstliche Rage hineingesteigert hatte, letztlich gegangen war? Im Lied vom *Steirischen Brauch* war ja auch von einem *Messer im Bauch*
die Rede …

»Sie werdn eam doch ned verrodn?«, fragte Bianca,
ihre Mischung zügig austrinkend.

»Ihr sollet allesamt der Polizei eure Geschichte erzählen«, riet ihr Leopold. »Vielleicht lässt sie euch dann morgen sogar Richtung Heimat fahren.«

»Oba der Alois kriegt in dem Foll oa Verfohrn wegn
Körperverletzung von an Toten«, sorgte Bianca sich.

»Sie haben selbst vorhin behauptet, dass die Menschen vom Land ehrliche Leute sind, also beweisen Sie
es«, redete Leopold auf sie ein.

Er schien sie aber nicht wirklich zu überzeugen. Nachdem sie gezahlt hatte, murmelte sie im Gehen zu sich: »I
glaub, i sog doo nix!«

KAPITEL 8

Der weitere Nachmittag im Café Heller verlief sehr ruhig. Einige Stammgäste, die den Trubel des vortägigen Festes gemieden hatten, kamen, um nun wieder in Ruhe ihre Zeitung zu lesen. Eine Herrenpartie spielte Billard am ersten Tisch. Und auch im Schanigarten war, trotz angenehm mildem Wetter, kaum etwas los. Es schien, als fordere die Feier vom Vortag ihre Opfer.

Leopold betrachtete das als eine wunderbare Möglichkeit, sich von den Anstrengungen zu erholen und über die Morde nachzudenken. Doch da schneite sein Anhängsel Sabine frisch und munter zur Tür herein. »Hallo, Papa«, rief sie ihm entgegen. »Wie läuft's denn so?«

Leopold wurde knallrot im Gesicht. Zu seinem Glück hatte niemand im Kaffeehaus die Situation erfasst. »Wenn du mich hier noch einmal so anredest, fliegst du hochkant hinaus«, fauchte er sie an. »Was willst du hier? Ich halte es für keine gute Idee, mir in meine Arbeitsstätte nachzulaufen.«

»Und was soll ich sonst den ganzen Tag so alleine machen, lieber … Poldi?«, wollte Sabine wissen. »Ich bin wegen dir gekommen, also möchte ich auch in deiner Nähe sein. Bis jetzt war ich ohnehin mit Erika unterwegs.«

Inzwischen hatte Frau Heller das Lokal durch ihre kleine Küche betreten. »Oh, die junge Dame aus dem Burgenland ist da. Sieh an, sieh an«, bemerkte sie mit einem Seitenblick auf Leopold. Auf dessen nervöse Zuckungen reagierte sie nur mit: »Ich weiß, wer sie ist. Ihre Erika hat's mir gestern gesagt.«

»Dann machen Sie ihr bitte klar, dass sie hier nichts verloren hat«, drängte Leopold. »Ich hab doch gar keine Zeit für sie. Ich muss arbeiten, unsere Gäste bedienen!«

»Da habe ich einen wunderbaren Einfall«, setzte ihm Frau Heller auseinander. »Wenn sie möchte, kann die junge Dame ja ein paar Tage bei uns arbeiten – kleine Speisen zubereiten, die Getränke herrichten, den Kaffee machen. Dann wären Sie beide einander sehr nahe! Und ich könnte mich inzwischen endlich um meine Buchhaltung kümmern.«

»Oh nein«, stöhnte Leopold.

»Oh ja«, jubelte Sabine. »Ich darf Ihnen wirklich helfen, Frau Heller?«

»Selbstverständlich, mein Kind! Ich werde Ihnen die Kaffeemaschine erklären und zeigen, wie man ein gutes Sardellenbutterbrot oder Eier im Glas zubereitet. Es ist überhaupt nicht schwer«, bot ihr Frau Heller an.

»Ist das nicht schön, Papa? Jetzt arbeiten wir beide ganz eng zusammen«, war Sabine begeistert.

»Ich habe dich gewarnt«, wetterte Leopold. »Ich habe dir ausdrücklich gesagt, was passiert, wenn du dieses Wort noch einmal in den Mund nimmst!«

»Schreien Sie das arme Ding doch nicht gleich so an«, ging Frau Heller dazwischen. »Das ist pädagogisch völlig falsch und führt nur zu Trotzreaktionen. Kinder brauchen Geduld und starke Nerven, merken Sie sich das! Man sieht, dass Sie sich bis jetzt vor väterlicher Verantwortung gedrückt haben. Hören Sie meinen Rat: Gewöhnen Sie sich daran, dass dieses reizende Geschöpf um Sie herum ist. Es wird Ihnen ohnedies nichts anderes übrig bleiben.« Dann nahm sie Sabine beim Arm und entführte sie in ihre kleine Küche.

Leopold kochte innerlich vor Wut. Musste er sich das wirklich gefallen lassen? Hatte er nicht einmal im Kaffeehaus, diesem ihm so heiligen Ort, Ruhe vor seiner angeblichen Tochter? Seine Hände zitterten, als er eine Melange zur pensionierten Frau Direktor Stöger trug, sodass sogar ein wenig Kaffee auf die Untertasse tropfte. Gott sei Dank achtete besagte Dame nie so genau darauf, was sie gerade aß oder trank. Ihr ein und alles war die Neue Züricher Zeitung, in die sie sich stundenlang vertiefte.

Auf dem Rückweg sah Leopold das alte Programm vom *G'wissenswurm* am Haustisch liegen. Frau Heller musste es vorhin heruntergebracht haben. Das lenkte ihn fürs Erste einmal ab. Er schaute, ob jemand eine Bestellung zu machen wünschte, dann setzte er sich und begann, darin zu blättern. Er schlug die Seite mit der Besetzung des Stückes auf, nahm Papier und Kugelschreiber zur Hand und notierte alles fein säuberlich.

Von drei Leuten im Ensemble wusste er schon: Nikolaus Bischof hatte den Grillhofer gespielt, Andreas Rohringer seinen Schwager Dusterer und Vera Kuttin die Horlacherlies. Dann kam eine Melanie Mosor als Magd Rosl. Aber halt, da wurde es bereits schwierig. Hieß diese Frau heute noch Mosor, oder trug sie einen anderen Namen, weil sie geheiratet hatte? Leopold setzte ein Fragezeichen neben sie und schrieb ›*Familiennamen klären*‹. Dann jedoch pfiff er einmal kurz durch die Zähne: Felix Kupka war als Bauer Poltner vermerkt. Sicher derselbe Kupka, mit dem er telefoniert hatte und der später noch vorbeikommen wollte. Hier setzte Leopold ein dickes Rufzeichen. Noch ein paar Namen galt es aufzuschreiben: Johann Führinger, Anita Albrecht (mit Fragezeichen), Peter Vajda ...

In der Zwischenzeit meldete sich Herr Kreuzer vom ersten Billardtisch und bestellte eine Flasche Bier. Ehe Leopold auch nur in die Nähe des Kühlschranks kam, hatte Sabine die Flasche schon herausgenommen. »Das ist jetzt mein Job«, merkte sie an. »Du kümmerst dich nur mehr ums Servieren. Bestell aber bitte in Zukunft alles laut und deutlich bei mir.«

»Sag einmal, geht's noch?«, schnauzte er Sabine an. »Spielst du jetzt die Chefin oder was?«

»Die Chefin bin immer noch ich«, ertönte Frau Hellers Stimme aus dem Hintergrund. »Und als solche ersuche ich Sie um eine klaglose Zusammenarbeit mit Ihrer ... mit Ihrer neuen, unterstützenden Kraft. Ich möchte keinerlei Beschwerden hören!«

Somit blieb Leopold nichts anderes übrig, als sich in sein Schicksal zu fügen. Grummelnd fragte er sich, wie lange er das würde ertragen müssen.

✳

Freitag, 8. Juni, abends

Sabine zog recht schnell die Aufmerksamkeit der Gäste an sich. Sie strahlte ihnen gegenüber eine gewisse Natürlichkeit aus und war nicht auf den Mund gefallen. Auf die Art erhielt sie von dem einen oder anderen Herrn, der nur ein schnelles Getränk an der Theke konsumierte, ein großzügiges Trinkgeld. Leopold ging in diesen Fällen leer aus. Das steigerte seinen Missmut ins Unermessliche.

Es war für ihn deswegen eine willkommene Ablenkung, als er Oberinspektor Juriceks Sombrero in der Kaffeehaustür auftauchen sah. Juricek setzte sich und bestellte einen großen Braunen. Er sah müde aus. »Ich mach ihn gleich für dich. Spezialmischung«, zwinkerte Leopold ihm zu.

Doch Sabine war bereits bei der Kaffeemaschine und begann, daran herumzuhantieren. »Das ist jetzt meine Aufgabe! Du hast es vorhin selbst von Frau Heller gehört«, teilte sie Leopold resolut mit.

»Wer ist denn das? Dieses Gesicht habe ich bei euch überhaupt noch nicht gesehen«, erkundigte Juricek sich neugierig.

Leopold kämpfte mit sich, was er sagen sollte. »Eine Aushilfe«, raunte er Juricek schließlich zu. »Ganz schön goschert.«

»Aushilfe? Ist denn jemand bei euch krank?«

»Eigentlich nicht. Sie ist da, damit Frau Heller ab und zu einmal eine Pause einlegen kann.«

»Aha! Eine Studentin?«

»Gewissermaßen ... ja!«

»Scheint ihre Sache ganz ordentlich zu machen«, lobte Juricek.

»Da bin ich mir nicht so sicher«, widersprach Leopold ihm. »Koste bitte einmal den Kaffee! Nach außen hin scheint er in Ordnung zu sein, aber ...«

»Der ist ausgezeichnet«, zeigte sich Juricek äußerst zufrieden. »Schön heiß und stark, wie es sich gehört!«

»Ein bisschen Glück ist immer dabei«, schränkte Leopold sofort ein. »Aber du bist sicher nicht nur deswegen gekommen. Gibt es schon erste Ergebnisse in dem Mordfall?«

»Du wirst es nicht glauben, ich habe tatsächlich das Bedürfnis, mit dir ein bisschen darüber zu plaudern«, bekannte Juricek. »Genau genommen handelt es sich ja um zwei Morde, die sehr wahrscheinlich auf irgendeine Art miteinander zusammenhängen. Und vor zwölf Jahren ist ein dritter passiert, der dazu passt und nie aufgeklärt wurde. Da ist mir jede Hilfe beim Nachdenken willkommen.«

»Du weißt, dass du immer auf mich bauen kannst, Richard«, versicherte Leopold.

»Halten wir fest: Die Morde eins und zwei sind anders abgelaufen als die Gewalttat in der *Gruam*. Bischof war in alle drei verwickelt, zweimal als Verdächtiger und einmal als Opfer. Was hatte er mit den beiden Morden bei der Anzengruberhöhe zu tun? Das ist die erste Frage.«

»Das weiß ich leider auch nicht«, musste Leopold zugeben.

»Bei den Morden eins und zwei sind Ort und Uhrzeit praktisch identisch. Dazu meine zweite Frage: Was macht eine Frau um Mitternacht bei der Anzengruberhöhe? Warum ist sie dort?«

»Um jemanden zu treffen, nehme ich an«, mutmaßte Leopold.

»Richtig! Aber wen? Bischof? Das erschien im Fall Lucia Berlakovics letztlich auch der Polizei unwahrscheinlich und entlastete ihn. Die beiden waren ein Pärchen. Sie wohnten zwar nicht zusammen, aber jeder ging beim andern ein und aus. Da hatten sie es nicht notwendig, sich eine so exponierte Stelle für ein Gespräch auszusuchen, selbst wenn sie vorher Streit hatten.«

»Wenn Bischof aber vorhatte, sie umzubringen und deswegen nach oben lockte? An einen Ort, wo sich außer ihnen keine Menschenseele befand?«

»Das ist kaum denkbar«, widersprach Juricek sofort. »Weshalb hätte sie darauf eingehen sollen? Das musste ihr doch merkwürdig vorkommen. Und für ein Date zur Versöhnung in freier Natur passte das Wetter nicht, es war kühl und windig. Deshalb glaube ich auch nicht an eine andere Theorie, nämlich dass sie sich zu einem Stelldichein mit einem anderen Mann getroffen hat und von Bischof dabei überrascht wurde. Außerdem hätte ihn sein Gegenspieler in dem Fall sofort als Mörder entlarvt.«

»Ich denke, ich weiß, worauf du hinauswillst«, folgerte Leopold. »Wenn es sich um kein romantisches Treffen gehandelt hat, dann vielleicht um ein geschäftliches. Erpressung zum Beispiel.«

»Jetzt kommen wir der Sache schon näher«, bestätigte Juricek. »Die Frau war schwanger, aber nicht von Bischof. Also könnte es durchaus sein, dass sie sich mit dem Vater des Kindes verabredet hatte. Das gesamte Ensemble hatte vorher noch gefeiert. Deshalb könnten Lucia und der große Unbekannte einen Platz vereinbart haben, der ein wenig weg vom Schuss lag. Ob sie ihn tatsächlich erpressen wollte, oder was sonst zu dem Verbrechen geführt hat, lässt sich nicht sagen. Der Täter hat jedenfalls auf einen günstigen Moment gewartet und Lucia von hinten mit einem Stein erschlagen.«

»Glaubst du, dass es auch eine Frau gewesen sein könnte?«

»Schwer zu sagen. Wo ist ein mögliches Motiv? Eifersucht? Bei der Suche nach dem Täter hat sich damals alles um die Schwangerschaft gedreht. Man hat einen Vaterschaftstest bei sämtlichen männlichen Ensemblemitgliedern durchgeführt, aber keiner kam letztendlich in Frage. Also befand man sich in einer Sackgasse. Wenn jemand wusste, von wem Lucia das Kind bekommen hätte, hat er oder sie schön damit hinter dem Berg gehalten.«

»Die Regieassistentin könnte im Bilde gewesen und deshalb umgebracht worden sein«, deutete Leopold an.

»Davon gehen wir zumindest aus«, stimmte Juricek zu. »Es ist natürlich auffällig, dass sich dieser Mord schon relativ bald nach Bischofs Rückkehr aus dem Salzkammergut ereignete, und er sich zur Tatzeit in Wolkersdorf – angeblich wieder bei Vera Kuttin – aufhielt. Tatort ist wieder die Anzengruberhöhe, Tatwaffe ein stumpfer Gegenstand. Damit rückte Bischof einmal mehr in den Blickpunkt. Und dann lag er plötzlich selber als Leiche da!«

»Mich beschäftigt immer noch die Frage am meisten, vor wem Bischof Angst hatte«, rätselte Leopold.

»Ganz einfach: Er hatte Angst, von uns zu dem Mord befragt zu werden«, behauptete Juricek. »Deshalb ist er aus dem Fenster gesprungen!«

»Du verstehst mich immer noch nicht! Die Sorgen haben ihn schon vorher geplagt. Darum wollte er ja seine Lesung kurzfristig absagen«, erinnerte Leopold ihn.

»Bevor wir versuchen, das zu klären, muss ich etwas essen«, befand Juricek. »Mein Magen fühlt sich an, als ob ein riesiges Loch darin wäre.«

»Ein Paar Würstel? Schinken-Käse-Toast? Sardellenbutterbrot? Ham and Eggs?«, fragte Leopold sofort dienstbeflissen.

»Oder ein großes Schinkenbrot mit Essiggurkerl und Mayonnaise, von mir mit Liebe zubereitet?«, schlug Sabine hinter der Theke vor.

»Diese Frau ist unmöglich! Ständig mischt sie sich ein«, ärgerte sich Leopold.

»Reg dich nicht so auf! Ich weiß nicht, was du heute hast«, versuchte Juricek seinen Freund zu beruhigen.

»Ich halte das Schinkenbrot für eine ausgezeichnete Idee vom Fräulein …?«

»Sabine«, kam es sofort zurück.

»Ah ja! So etwas möchte ich, mit Liebe gemacht«, sagte Juricek. »Ein talentiertes Geschöpf! Die könnt ihr vom Fleck weg behalten«, schwärmte er Leopold vor.

Leopold hingegen verbarg nur mit Mühe seine Empörung darüber, dass der Oberinspektor offenbar großen Gefallen an Sabine fand. Er konnte sich nicht helfen, langsam begann er, so etwas wie väterliche Gefühle für sie zu entwickeln. Jedenfalls beschloss er, ein bisschen besser auf sie aufzupassen. Er musste ein wachsames Auge auf sie haben, wenn sich ältere Herren wie Juricek für sie zu interessieren begannen. Schließlich handelte es sich – das behaupteten zumindest alle – um seine Tochter. Eine sehr ungezogene Tochter zwar, aber allem Anschein nach sein eigen Fleisch und Blut.

»Ich glaube, du bist nicht von ihren Talenten begeistert, sondern von ihrem Aussehen«, schnaubte er Juricek kämpferisch an.

»Jetzt mach aber einen Punkt! Ich habe Hunger und

möchte ein Brot, das ist alles«, entgegnete der Oberinspektor.

»Ich kann nur für dich hoffen, dass es so ist«, echauffierte sich Leopold weiter. »Ich muss nämlich auf die Dame aufpassen, damit sie nicht von Männern wie dir angesprochen wird oder gar einen unsittlichen Antrag erhält.«

»Heute geht offenbar die Fantasie mit dir durch«, bemerkte Juricek kopfschüttelnd. »Deine Vorwürfe sind lächerlich!«

In der Zwischenzeit hatte ein etwas ungepflegt aussehender schlanker, älterer Mann mit streng zurückgekämmtem weißem Haar und Dreitagesbart das *Heller* betreten. Leopold hatte ihn in der Hitze des Gefechtes nicht hereinkommen gesehen. Ungestüm winkte er ihn zu sich. »Endlich kommen Sie«, schnauzte er ihn an. »Ich mache Sie aufmerksam, dass Sie es sind, der etwas von mir will! Meine Zeit ist knapp bemessen.«

»Ah, Sie sind der …«

»Kupka, mein Name! Beenden Sie gefälligst Ihre Unterhaltung und bringen Sie mir ein Achtel Rot!«

Leopold warf einen Blick auf Juricek. Der starrte wiederum mit begeisterten Augen in Richtung Sabine und schien es sich gemütlich machen zu wollen. »Bitte sich kurz zu gedulden, bin gleich bei Ihnen«, teilte er Kupka genervt mit. Er musste Juricek schleunigst loswerden, sonst lief ihm Kupka davon. Der durfte ja nicht auf die Idee kommen, dass er die Polizei zum Mithören herbestellt hatte. »Wo ist das Brot?«, fragte er an der Theke.

»Gleich fertig«, gab ihm Sabine Bescheid. »Ich muss nur noch die Mayonnaise …«

»Nichts da!« Leopold riss ihr den Teller aus der Hand und eilte damit zu seinem Freund. »Geht zur Versöhnung aufs Haus«, teilte er ihm mit. »Die Liebe hat zwar ein bisschen gelitten, aber das macht nichts. Ich wollte dich ohnehin bitten zu gehen, damit du nicht in Versuchung gerätst, mit meiner … der jungen Dame anzubandeln. Das ist momentan die beste Lösung, glaube ich!«

»Du spinnst wirklich komplett«, konnte sich Juricek nur wundern. »Wir wollten doch noch etwas über Bischof besprechen.«

»Erst, wenn sich deine Gefühle wieder beruhigt haben«, vertröstete ihn Leopold.

Juricek schmatzte genüsslich. »Darf ich Sabine wenigstens zu dem ausgezeichneten, wenn auch nicht ganz vollständigen Brot gratulieren?«

»Mir wäre lieber, wenn nicht!«

»Na schön«, seufzte Juricek leicht irritiert. »Ich sehe schon, da lässt sich nichts machen. Ich wäre wirklich noch gern sitzen geblieben, aber wenn du mich unbedingt loshaben möchtest, gehe ich nach Hause zu meiner Hannelore.« Er zahlte, setzte seinen Sombrero auf und bewegte sich in Richtung Türe. »Das Wichtigste habe ich dir gar nicht gesagt«, bemerkte er im Gehen. »Aber dafür scheinst du heute ohnehin keinen Kopf zu haben.«

*

Es ließ sich nicht leugnen, dass Leopold nervös war. Einerseits bedeutete Sabine für ihn einen ständigen Unruheherd, andererseits war Kupka ausgerechnet zu dem Zeitpunkt aufgetaucht, als er sein Plauscherl mit Juricek gehabt hatte. Seinen Freund hatte er schon einmal vergrämt. Er konnte nur hoffen, dass ihm das Gespräch mit Kupka neue Aufschlüsse brachte.

»Das Achtel Rot für den neuen Gast ist die längste Zeit fertig, Poldi«, machte Sabine ihn aufmerksam. »Geht das bei euch immer so langsam? Ich wollte es ihm schon an den Tisch bringen.«

»Untersteh dich«, herrschte Leopold sie an. »Im Kaffeehaus herrscht immer noch eine gewisse Ordnung, von der du nichts verstehst. Misch dich ja nicht in die Abläufe ein, sonst setzt's was!«

Er brachte den Wein zu Kupka, der bereits ungeduldig wartete und fahrig und nervös wirkte. »Eins möchte ich klarstellen«, gab er Leopold zu verstehen. »Ich hatte mit Nikolaus Bischof keinerlei Kontakt, seit er wieder in Wien ist. Deshalb würde ein völlig falscher Eindruck entstehen, wenn Sie der Polizei die Geschichte mit der Telefonnummer erzählen.«

»Es kommt ganz darauf an, wie überzeugend Sie mir alles erklären«, äußerte Leopold vorsichtig.

»Wie gut kannten Sie Bischof?«, ging Kupka in die Offensive.

»Als Gast, vor allem in den letzten Tagen. Aber da habe ich sehr ausführlich mit ihm gesprochen«, antwortete Leopold.

»Damit ist für mich alles klar«, konstatierte Kupka. »Es handelte sich um einen üblen Scherz.«

»Wie meinen Sie das?«, wollte Leopold wissen.

Kupka konnte sich ein Schmunzeln nicht verkneifen. »Man sieht, dass Sie kaum Bescheid über ihn wissen. Bischof war bekannt und gefürchtet für solche Scherze auf Kosten anderer. Vermutlich wollte er mich in die Sache hineinziehen und verdächtig machen«, erläuterte er.

»Da müsste er ja tatsächlich vermutet haben, dass es ihm an den Kragen geht!«

»Dazu kann ich Ihnen leider überhaupt nichts sagen«, wehrte Kupka sofort ab. »Ich habe mich gefragt, weshalb er überhaupt zurückgekommen ist. Viele Freunde dürfte er hier nicht gehabt haben. Ich kenne niemanden, der gut auf ihn zu sprechen war.«

»Mit Vera Kuttin scheint er enger befreundet gewesen zu sein«, tastete sich Leopold vor.

»Was weiß ich«, ließ sich Kupka nicht in die Karten blicken. »Viele haben Bischof vor allem bei den Theaterproduktionen von einer unerfreulichen Seite kennengelernt. Es hat ihm Freude bereitet, andere zu blamieren. Dass er Leuten ihr Kostüm versteckt hat, wenn sie nicht pünktlich vor der Vorstellung erschienen sind, oder während des Stückes mit einem falschen Stichwort irritiert hat, waren dabei noch die harmlosesten Späße.«

»Und die weniger harmlosen?«, war Leopold sofort ganz Ohr.

Kupkas Gesicht wurde wieder ernst. »Ich werde Ihnen nicht den Gefallen tun, Ihnen wie ein Tratschweib von Geschehnissen vergangener Jahre zu erzählen, die Sie nichts angehen. Über solche Dinge ist immer der Mantel des Schweigens gebreitet worden, da werde ich keine Ausnahme machen. Es ist ja längst Gras über diese Dinge gewachsen, und das ist auch gut so. Obwohl ich mir vorstellen könnte, dass bei dem einen oder anderen wieder die Wut aufgekeimt ist, als er gehört hat, dass Bischof zurück war.«

»So wie bei Ihnen zum Beispiel?«

Jetzt verzog Kupka seinen Mund zu einem verkrampften Lächeln. »Emotionen sind keine guten Ratgeber«, merkte er an. »Diese Weisheit habe ich mir schon lange zum Prinzip gemacht. Ich versuche, die Dinge aus einer gewissen Distanz zu sehen. Bischof hat das gewusst. Vielleicht wollte er mich deshalb mit hineinziehen, wenn ihm etwas zustieß. Boshaft genug war er ja.«

»Dass es ein versteckter Hinweis war, können Sie sich nicht vorstellen?«

»Was ich mir vorstellen kann oder nicht, steht nicht zur Debatte. Noch einmal: Ich halte diese Mitteilung für einen von Bischofs geschmacklosen Scherzen. Ich habe Ihnen seinen Charakter hinreichend angedeutet. Er tat oft so, als sei er der Verfolgte, dabei lauerte er schon auf ein Opfer. Mehr sage ich nicht, und ich denke, dass Sie auch von jemand anderem nicht mehr erfahren.«

»Wieso sind Sie sich da so sicher?«

»Das Theaterensemble von Wolkersdorf war eine verschworene Gemeinschaft«, deutete Kupka an. »Darum hat die Polizei damals beim Mord nur wenig herausgefunden. Und ich denke, diesmal hat sie es nicht leichter.«

Kupka sah nun selbst so aus wie jemand, dem es Spaß machte, andere an der Nase herumzuführen. In Rätseln zu sprechen und kleine Spuren auszulegen, die sich irgendwo verloren, schien seine Spezialität zu sein. Leopold wusste nicht mehr als vorher. Er sah sich nur darin bestätigt, dass des Rätsels Lösung am ehesten bei jenen Leuten zu suchen war, die vor zwölf Jahren bei den Anzengruber-Festspielen mitgewirkt hatten.

KAPITEL 9

Nacht von Freitag, 8. Juni auf Samstag, 9. Juni

Die große Kaffeehausuhr über der Eingangstür des *Heller* ging immer ein wenig nach, was viele als ein Zeichen dafür werteten, dass die Zeit im Kaffeehaus eben langsamer ablief als sonst wo. Diesmal schien sie für Leopold überhaupt nicht zu vergehen. Die mitternächtliche Sperrstunde wollte und wollte nicht näher rücken. Über den Mythos, dass man sich, wenn es gerade lustig war, nicht so genau zeigte und noch gerne eine halbe oder ganze Stunde drauflegte, konnte er in seinem Inneren nur lachen. Vielleicht war das der Traum mancher Gäste, wenn sie einen über den Durst getrunken hatten. Für einen Oberkellner gehörte das pünktliche Zusperren zu den wesentlichen Bestandteilen eines reibungslosen Tagesablaufes.

Doch was tun, wenn man am liebsten schon zusperren wollte, es aber doch noch nicht konnte? Wenn sich etwas tat, fiel einem das Warten darauf leichter. Aber wenn es so betont ruhig einherging wie jetzt, kam Leopold jede Minute wie eine halbe Ewigkeit vor. Dass Sabine heute hinter der Theke stand und auf seine Bestellungen wartete, machte die Sache noch schwieriger. Sie rüttelte unentwegt an seinem Nervenkostüm.

Vielleicht hatte er aufgrund seiner trostlosen Situation einmal zu lang ins Narrenkastl geschaut, denn plötzlich sah er wie aus dem Nichts Thomas Korber mit einem Bier bei ihr an der Theke stehen. »Was machst denn du auf einmal hier?«, fragte er verwundert.

»Noch etwas trinken«, gab Korber zur Antwort. »Das siehst du doch!«

»Und du hast es nicht einmal der Mühe wert gefunden, es bei mir zu bestellen?«

»Wieso hätte ich das sollen? Sabine hat es mir gleich eingeschenkt. Sie hat mir gesagt, dass sie die Tochter einer Freundin von dir ist und im Augenblick bei dir wohnt. Toll, dass du dich für sie verwendet hast und sie hier arbeitet. Endlich ein neues Gesicht! Und ein weibliches dazu.«

Leopold überzeugte sich mit einem kurzen Kontrollblick davon, dass Korber tatsächlich nichts von seiner im Raum stehenden Vaterschaft wusste. Das schien nicht der Fall zu sein. Schlimm genug, dass er sich mit Sabine anzufreunden begann. »Solltest du nicht schon zu Hause sein? Gitterbettsperre und so?«, forschte er.

»Ich habe gewisse Freiheiten«, erklärte Korber. »Außerdem interessiert mich, was sich so tut. Du hast ja wieder einmal eine Leiche gefunden, wie man hört. Unseren Star des gestrigen Abends obendrein. Warum hast du mir das nicht mitgeteilt?«

»Weil ich dachte, es interessiert dich nicht«, brummte Leopold.

»Ich habe den Mann immerhin kurz vorher auf eurer Veranstaltung gesehen. Da ist eine gewisse Neugier durchaus gerechtfertigt.«

»Dann kannst du mir ja helfen«, war Leopold nun sofort bei der Sache. »Durch meine Arbeit habe ich gestern so manches nicht mitbekommen. Mich interessiert der eine oder andere Gast. Zum Beispiel ein Herr: Mitte bis Ende 60, weißes Haar, etwa 1,80 Meter groß, schlank. Hast du den auf der Feier gesehen?«

»Moment! Du erwartest doch nicht, dass ich dir auf diese Allerweltsbeschreibung hin eine verlässliche Auskunft geben kann«, antwortete Korber amüsiert. »Es haben sich gestern etliche ältere Männer herumgetrieben, die so ähnlich ausgesehen haben.«

»Eine Brille trägt er auch noch«, ergänzte Leopold.

Das brachte Korber nun vollends zum Lachen. »Das ist wieder einmal typisch Leopold«, stellte er fest. »Macht ein paar vage Angaben und erwartet sich, dass die anderen Wunder für ihn wirken. Wenn du mir kein herausragendes Kennzeichen nennen kannst, wird sich da leider nichts machen lassen. Ja, wenn du ein Foto von dem Typ hättest, sähe die Sache schon anders aus.«

»Wie hätte ich denn ein Foto machen sollen?«, reagierte Leopold ratlos.

»Ganz einfach! Mit dem Handy, unauffällig, von hinter der Theke«, klärte Korber seinen Freund auf. »Wobei ich bezweifle, ob das mit deinem Uraltmodell überhaupt geht. Du musst nachrüsten, damit du mit den modernen Ermittlungsmethoden Schritt halten kannst.«

»Red nicht so groß daher«, erwiderte Leopold. »Früher hätte man eben nach der Beschreibung ein Phantombild angefertigt!«

»Und wer wäre bei diesen großartigen Details wohl herausgekommen? Karl Lagerfeld? Oder Frank Stronach auf intellektuell?«

»Streitet euch nicht«, mischte sich Sabine in die

Debatte ein. »Ich habe den weißhaarigen Herrn mit meinem Handy fotografiert. Mir war gerade fad, weil der Poldi das Achtel nicht geholt hat.«

Jetzt war Leopold baff. »Was, du hast … ?«, stammelte er.

»Ein Foto gemacht«, wiederholte Sabine.

»Eine Unverschämtheit! Das ist ein Eingriff in die Privatsphäre unserer Gäste! Überhaupt, wo es die neue Datenschutzverordnung gibt«, meckerte Leopold. »Komm, zeig schon her«, forderte er dann ungeduldig.

Sabine nahm ihr Handy heraus und ließ Leopold und Thomas Korber einen Blick auf ihren Schnappschuss werfen. Zufrieden registrierte sie, dass sie unbewusst etwas von großer Wichtigkeit getan hatte.

»Siehst du, das ist etwas ganz anderes«, erklärte Korber. »Natürlich habe ich diesen Mann auf dem Fest gesehen! Er hat sich intensiv mit der Bocek-Cousine Anita unterhalten.«

»Tatsächlich? Du bist dir sicher?«

»Wenn ich es dir doch sage! Ein Foto ist eben hundertmal wertvoller als jede Beschreibung. Gut gemacht, Sabine!«

»Bitte lobe sie nicht gleich so überschwänglich«, grummelte Leopold, allerdings etwas kleinlaut. Insgeheim zollte er Sabine Anerkennung, wenn er es auch nicht zugab. Sie hatte eine detektivische Ader. Damit stieg für ihn die Wahrscheinlichkeit, dass sie seine Gene in sich trug.

Er erzählte Korber die Geschichte von der Telefonnummer und zeigte ihm die Liste mit den Darstellern der *G'wissenswurm*-Produktion aus dem Jahr des ersten Anzengruber-Mordes. »Alle diese Leute sind verdächtig, den Mord damals begangen zu haben«, führte er aus. »Kupka ist einer davon. Mich interessiert, in welcher Beziehung er zur Cousine Boceks steht. Denn ich vermute stark, dass die Unterhaltung, die du bemerkt hast, etwas mit diesem Fall zu tun hat.«

Korber überflog die Liste. »Das ist doch sonnenklar«, legte er dann dar. »Steht ja hier, schwarz auf weiß. Anita Albrecht. Das ist die Bocek-Cousine.«

Leopold griff sich an den Kopf. Dass er diesen Zusammenhang nicht erkannt hatte, zeigte, dass er aufgrund seiner privaten Turbulenzen weit von seiner Hochform entfernt war. »Du hast recht«, stimmte er zu. »Der Vorname ist eher selten, also dürfen wir annehmen, dass es sich so verhält, auch wenn der Familienname anders lauten sollte. Wir müssen also in dieser Richtung etwas unternehmen. Ich weiß, wo Bocek wohnt. Irgendein Vorwand wird mir schon einfallen, um ihm am Wochenende einen Besuch abzustatten. Vielleicht erfahre ich etwas von ihm. Ich hoffe, er ist allein und sie umhegt ihn nicht die ganze Zeit wie eine Glucke.«

Sabine hatte die Liste in der Zwischenzeit auch studiert. »Vera Kuttin findest du in Wolkersdorf«, gab sie bekannt.

»Ich weiß«, behandelte Leopold sie von oben herab. »Bischof war angeblich immer bei ihr, wenn ein Mord geschah. Ein paar Stunden vor dem zweiten Verbrechen habe ich ihn noch selbst zur Bahn begleitet.«

»Was du vielleicht nicht weißt: Sie hat die Regie in der Neuaufführung des Stückes *Der G'wissenswurm* von Ludwig Anzengruber übernommen. Es wird an den ersten zwei Augustwochenenden in Wolkersdorf aufgeführt«, informierte Sabine ihn. »Derzeit laufen die Proben. Da gibt's außerdem ihre Handynummer und E-Mail-Adresse im Netz. Wusstest du, dass sie Deutschlehrerin am dortigen Gymnasium ist?«

»Das alles kannst du mit dem kleinen Ding so schnell herausfinden?«, fragte Leopold verblüfft.

»Und ganz leicht auch noch«, belehrte ihn Korber erheitert. »Ich mache dich aufmerksam: Wenn du dein Equipment nicht rasch auf den neuesten Stand bringst, kannst du deine Ausflüge ins Kriminalistische bald vergessen.«

»Das lass immer noch meine Sorge sein«, erwiderte Leopold. »Die Bilanz ist jedenfalls fürs Erste nicht schlecht. Erstens gibt es offenbar einen Versuch, die Anzengruber-Festspiele neu aufleben zu lassen, wobei eine Protagonistin von damals eine führende Rolle übernommen hat. Wer weiß, ob sich nicht auch Bischof hier einbringen wollte. Und zweitens haben wir eine mögliche Verbindung zwischen Felix Kupka und Anita Albrecht festgestellt. Das ist mehr, als ich zu hoffen wagte. Erst wusste ich gar nicht, wie ich weitermachen sollte, und jetzt kann ich mich vor Hinweisen kaum erfangen.«

»Das hast du Sabine zu verdanken«, erinnerte Korber ihn. »So, zur Feier des Tages gebe ich eine Runde aus.«

Leopold hatte seine Vaterrolle bereits voll und ganz angenommen. Man merkte es daran, dass er innerlich stolz auf seine Tochter war, ihr nach außen hin aber weiterhin keinerlei Anerkennung zollte. Er überging Korbers Lob für sie und servierte ihm und sich selbst ein kleines Bier, Sabine schenkte er ein Achtel Weiß ein.

Auf die Art ließ sich die Zeit bis zur Sperrstunde gut überbrücken.

Schließlich kam Frau Heller, unterhielt sich ein bisschen mit Sabine und schickte Leopold zu den letzten verbliebenen Gästen zum Abkassieren. »Gleich bin ich fertig«, deutete er Sabine gegenüber an, dass sie sich zum Mitfahren bereit machen sollte.

»Ich fahre nicht mit«, ließ sie ihn wissen. »Ich möchte noch einen Sprung in die Innenstadt hinein.«

Das passte Leopold gar nicht. »Was? Um diese Zeit? So ganz allein?«, maunzte er.

»Traust du mir das etwa nicht zu?«, fragte Sabine herausfordernd.

»Schon, aber …« Leopold traute sich in Anwesenheit Korbers nicht, einen Wirbel zu machen und ins Detail zu gehen.

»Dann sei nicht so pingelig. Ich bin großjährig, und Erika hat mir einen Wohnungsschlüssel mitgegeben. Mir passiert schon nichts!« Damit verabschiedete Sabine sich flott, um nicht noch von Leopold aufgehalten zu werden.

»Mach dir keine Sorgen«, beruhigte Korber seinen Freund. »Sie ist euer Gast, und sie ist jung. Das heißt aber noch lange nicht, dass du sie auf Schritt und Tritt verfolgen musst. Sie kommt auch alleine zurecht.«

»Mein Gott, bist du wieder obergescheit. Wer verfolgt da wen? Soll sie mir doch meine Ruhe lassen und mir nicht bis ins Kaffeehaus nachrennen! Mehr verlange ich nicht«, redete sich Leopold seinen Ärger von der Seele.

»Ich sehe das Mädchen als einen Glücksfall. Sie bringt ein wenig Leben in eure eingeschlafene – ich meine ehrwürdige – Bude.«

»Du solltest auch schlafen gehen. Ich weiß nicht, ob es Christa recht ist, dass du dich so spät noch herumtreibst.«

»Bin schon weg!« Korber drehte sich zur Tür.

»Sei nicht eingeschnappt«, bat Leopold ihn. »Vielleicht verhalte ich mich falsch, aber meine … dieser Besuch ist völlig unerwartet gekommen. Und was den Mord betrifft: Das wird ein ganz komplizierter Fall. Könnte sein, dass ich am Wochenende deine Hilfe benötige.«

Korber zuckte mit den Schultern. »Dann sagst du mir's eben. Ich schaue morgen nach der Schule auf einen Sprung vorbei. Jetzt muss ich, wie du es so schön angedeutet hast, gehen.«

Was er Leopold allerdings mitzuteilen unterließ, war, dass er keineswegs vorhatte, seine Schritte in die Richtung von Christa Wohlfahrts Wohnung zu lenken.

✳

»Recht gemütlich hier.«

»Ein bisschen eng vielleicht, und wenn die zwei vorn wieder zu spielen beginnen, wird's laut und mit der Unterhaltung schwierig. Aber ich mag das Lokal.«

»Deine Stammkneipe?«

»Früher einmal. Da hab ich noch ein bisschen mehr getrunken. War recht praktisch, wenn ich einmal allein wohin wollte. Und Mädels waren auch immer da, die sich ansprechen ließen. Manchmal hat mich dann dein Vater hier rausgeholt und vor einer Dummheit bewahrt.«

Thomas Korber stand mit Sabine im *Botafogo*, einer kleinen Bar mit Livemusik in der Wiener Innenstadt, in die es ihn früher öfter verschlagen hatte. Beide hatten sich das schon im *Heller* ausgemacht, ohne dass Leopold davon wusste. Sabine hatte beim Floridsdorfer Bahnhof auf Korber gewartet, und sie waren gemeinsam mit dem Taxi in die City gefahren.

»Mein Papa? Cool!« Sabine trank von ihrem weißen Spritzer. »Du hättest übrigens nicht so komisch tun sollen. Was ist schon dabei, dass du weißt, dass ich seine Tochter bin?«

»Du kennst deinen Vater noch zu wenig. Da wäre er nur noch grantiger und sturer geworden und hätte mich vermutlich eine Zeit lang nicht angeredet«, ließ Korber sie wissen. »Er muss mit der Situation erst selbst einmal fertig werden. Nach einiger Zeit wird sich schon eine Gelegenheit ergeben, ihm mitzuteilen, dass ich eingeweiht bin. Ich behalte mein kleines Geheimnis auch für mich.«

»Ach so, ja«, erinnerte sich Sabine. »Du hast dich von deiner Freundin getrennt. Ist es dir schwergefallen?«

»Wir sind im Guten auseinandergegangen und werden Freunde bleiben«, schilderte Korber. »Zuletzt haben wir beide die Beziehung eher als belastend empfunden. Wir hatten es nach längerem Zögern miteinander versucht, es hat aber nicht richtig geklappt. Wir sind wohl vom Typ her zu verschieden. Dabei muss ich Christa dankbar sein. Sie hat mir in einer schwierigen Phase meines Lebens sehr geholfen.«

»Dankbarkeit ist nicht immer die beste Basis für eine Beziehung.«

»Hast du diese Erfahrung auch schon gemacht?«

»So ähnlich. Erst war ich meinem Freund dankbar, dass ich durch ihn die Möglichkeit hatte, von zu Hause wegzuziehen und bei ihm zu wohnen. Mittlerweile weiß ich, dass es das geringere Übel ist, bei meiner Mutter und meinem Stiefvater zu leben.« Sabine machte eine kleine Trinkpause, ehe sie fortfuhr: »Ich möchte aber nicht für immer dort bleiben. Halbturn ist öd. Vielleicht komme ich im Herbst nach Wien und beginne ein Studium.«

Das machte Korber neugierig. »Was möchtest du denn studieren?«, fragte er.

Sabine gluckste. Sie spürte den Alkohol. »Verrate ich dir nur, wenn du mir noch einen Spitzer zahlst«, machte sie zur Bedingung. Schnell hatte sie wieder ein volles Glas vor sich stehen. »Ich möchte Lehramt machen«, gestand sie dann. »Deutsch wie du, und Englisch dazu, damit niemand sagen kann, die Burgenländer beherrschen keine Fremdsprachen.«

»Dann werden wir ja irgendwann Kollegen«, folgerte Korber.

»Wenn ich durchhalte. Bis dahin ist ein langer Weg. Aber jetzt, wo ich weiß, dass ich einen Papa in Wien habe, halte ich es für eine tolle Möglichkeit. Ich mag ihn nämlich. Er ist ziemlich kratzbürstig, hat aber ein gutes Herz.«

»Ja, das hat er«, sinnierte Korber. Er schaute Sabine tief in die Augen und bat sie plötzlich: »Kannst du mir einmal dein schönstes Lächeln zeigen?«

»Was ist denn das für ein Annäherungsversuch?«, kicherte Sabine, ehe sie ihren Mund zu einem breiten Grinsen formte.

»Gar keiner«, beschwichtigte Korber sie. »Mir ist nur vorhin etwas aufgefallen, und ich sehe selbst in dieser schummrigen Beleuchtung, dass ich mich nicht getäuscht habe. Du hast eindeutig Leopolds Gebiss geerbt. Wenn ich die charakteristische Stellung der oberen Schneidezähne betrachte ...«

»So genau möchte ich es gar nicht wissen«, eröffnete Sabine ihm. »Er kann mich nicht abstreiten, das ist immerhin etwas.«

»Er wird dich schon akzeptieren. Es wird nur ein Weilchen dauern. Der Schock sitzt noch tief. Und reizen tust du ihn auch ganz schön!«

»Für mein Wesen kann ich nun einmal nichts. Und da ein Gutteil meiner Gene vom Papa stammt, braucht er sich gar nicht aufzuregen.«

»Insgeheim hat er dich bereits liebgewonnen. Dass du ihm wichtige Daten für seine Verbrecherjagd geliefert hast, schätzt er enorm.«

»Verbrecherjagd ist cool«, schwärmte Sabine.

Mittlerweile hatten die beiden Musiker, die auf Simon und Garfunkel machten, die Bühne betreten. Thomas Korber und Sabine unterbrachen ihre Plauderei und lauschten nun wieder der Musik. Sabine summte mit und lehnte ihren Kopf dabei an Korbers Schulter. Früher einmal hätte er das als Aufforderung zu einem kleinen Abenteuer im Bett gesehen. Jetzt empfand er es nur als angenehm. Äußerst angenehm.

KAPITEL 10

Samstag, 9. Juni

Der Samstagvormittag brachte dem Café Heller für gewöhnlich viel Umsatz. Die Leute kamen zwischen den Einkäufen schnell auf ein Getränk vorbei, trafen sich zu einer kleinen Plauderei oder genossen es einfach, nicht zu Hause zu sein und doch nicht in die Arbeit zu müssen. Das Wochenende war gerade einmal angeknabbert, und für größere Unternehmungen war nachher Zeit.

Leopold scharwenzelte durchs Lokal, grüßte die meisten Gäste beim Namen oder mit einem von ihm verliehenen Titel und erkundigte sich nach dem werten Befinden: »Was macht das Enkerl, Frau Direktor?« – »Haben S' schon das neue Auto, Herr Czermak?« – »Einen Pfefferminztee, Herr Kommerzialrat? Der Magen, natürlich! Ja, da muss man aufpassen!« Das Trinkgeld lief dann wie von selbst in seine Hosentasche. Das war gerade in Zeiten wichtig, wo es galt, ein weiteres hungriges Maul zu füttern.

Dieses hungrige Maul bereitete ihm einmal mehr Kopfzerbrechen. »Sie ist nicht da«, teilte er Frau Heller, die wieder wie gewohnt hinter der Theke stand, mit.

Frau Heller schaute irritiert auf und rückte ihre Brille bis zur Spitze ihrer Nase hinunter. »Wer?«, erkundigte sie sich.

»Na, meine Tochter.«

»Das sehe ich auch, dass die nicht da ist.«

»Sie wird vermutlich auch nicht kommen.«

»Sagen Sie, was soll das schon wieder, Leopold? Was geht das mich an? Ist das Ihr Kind oder meines?«

»Bitte nicht so laut, Frau Sidonie«, ersuchte Leopold. »Es muss ja nicht gleich jeder Bescheid wissen. Ich sag's Ihnen nur, damit Sie sich darauf einstellen, dass Sie heute etwas arbeiten müssen.«

Das war nun doch ein wenig zu viel für Frau Heller. »Soll das eine Anspielung sein?«, fragte sie entrüstet. »Ich habe mein Lebetag gearbeitet. Glauben Sie, nur weil Ihre Tochter da ist, lege ich mich auf die faule Haut?«

Sie war dabei ziemlich laut geworden. »Pssst«, versuchte Leopold sie zu beschwichtigen. »Regen Sie sich nicht gleich auf. Ich wollte es Ihnen sagen, weil sie gestern ausgeholfen hat. Aber dann ist sie fort und erst um vier Uhr früh nach Hause gekommen. Da war von Aufstehen natürlich keine Rede!«

»Dann lassen Sie sie schlafen. Und wenn sie wieder da ist, soll sie Ihnen zur Hand gehen.«

»Das Mädel hätte mich schlafen lassen sollen. Aber nein! Duschen hat sie noch müssen um diese Zeit und hat gesungen dabei«, beschwerte sich Leopold.

»Wenn Sie, wie es sich für einen anständigen Vater gehört, von Geburt an mit Ihrem Kind beisammen gewesen wären, hätten Sie wochenlang schlecht geschlafen, weil Sie es in der Nacht schreien und plärren gehört hätten«, klärte Frau Heller ihn auf.

»Werfen Sie mir etwa vor, mich nicht um mein Kind gekümmert zu haben? Ich habe davon ja gar nichts gewusst!«

»Dann sollten Sie jetzt als Ausgleich etwas freundlicher zu Ihrer Sabine sein.«

Leopold mochte es überhaupt nicht, derart in die Enge getrieben zu werden. Er lief ein paar Runden mit dem Tablett auf und ab, in den Schanigarten und zurück, um sich zu beruhigen. Mittlerweile nahm herinnen ein ihm nur allzu gut bekannter Zeitgenosse namens Anton Schäfer ächzend Platz. Der kam gerade recht, um seine Gedanken in eine andere Richtung zu lenken.

»Au weh, au weh, au weh«, stöhnte der schwitzende, wohlbeleibte Schäfer, sich mit einem Taschentuch über die Stirn wischend. Sein Jammern hatte allerdings weniger mit seiner körperlichen Befindlichkeit zu tun als mit seinem allgemeinen Blick auf die Welt. Wo er hinsah, ahnte er stets Böses. Er war ein Nörgler par excellence. »Au weh, au weh, au weh«, klagte er erneut.

»Wo zwickt's denn, Herr Schäfer?«, erkundigte Leopold sich. »Ich hab Sie übrigens schon eine Ewigkeit nicht gesehen.«

»Man kann ja nur mehr am Wochenende in ein Lokal gehen, wenn sie alle heimgefahren sind, dorthin, wo sie hingehören«, legte Schäfer gleich los.

»Aha! Wen meinen Sie denn?«, zeigte Leopold Interesse.

»Wen ich meine? Die ganzen Fremden, die unseren Bezirk jetzt bevölkern«, wetterte Schäfer. »Die Burgenländer, Steirer, Niederösterreicher, von denen schon so viele da sind, dass man ihnen praktisch nicht mehr ausweichen kann. Die ganzen Gscherten halt!«

»Und die stören Sie?«

Das war das Stichwort, auf das Schäfer gewartet hatte,

um mit seiner Tirade fortzufahren: »Die stören mich sogar ungemein! In jedem Gasthaus, das sie bevölkern, und das heißt mittlerweile wirklich in jedem Gasthaus, gackern sie wild drauflos wie die Hendln, die sie daheim im Stall haben. Das geht so durcheinander, dass man sein eigenes Wort nicht versteht. Ich wart nur mehr darauf, dass einer von denen ein Ei legt. Furchtbar ist das! Au weh, au weh, au weh!«

Das Reden hatte ihn durstig gemacht. Er bestellte einen weißen Spritzer und laberte Leopold sofort weiter an, als er das Getränk brachte: »Wenn sie sich wenigstens integrieren täten, dann würde man ein paar von ihnen vielleicht aushalten. Aber sie tun nichts dergleichen. Sie lernen kein Deutsch, sondern kommunizieren in ihrem wilden Dialekt, den man nicht versteht. Statt mit einem normalen französischen Blatt spielen sie mit doppeldeutschen Karten. Zusätzlich haben sie ihre eigenen Regeln, sodass man sich als Kiebitz beim Zuschauen nicht auskennt. Und dann arbeiten und wohnen sie in Wien und behaupten nach wie vor, ihre Heimat sei das Burgenland oder die Steiermark. Wenigstens rauschen sie am Wochenende dorthin ab. Aber das ist kein Zustand nicht! Wenn man mich fragen würde, aber mich fragt ja keiner …«

»Was wär dann, Herr Schäfer?«, fragte Leopold.

»Mich fragt ja keiner, aber ich würde sie alle zurückschicken, mit Kind und Kegel«, antwortete Schäfer wie aus der Pistole geschossen. »Diese Wirtschaftsflüchtlinge unterwandern schleichend unsere Gesellschaft, nehmen uns Arbeitsplätze und Wohnungen weg, während die Dörfer, aus denen sie kommen, langsam aussterben.«

Er begann, wild mit den Händen zu gestikulieren, und hob dabei drohend seinen Zeigefinger. »Die Zuwanderung muss gestoppt werden! Leider gibt es keine Stadtmauern mehr so wie früher, da wäre die Sache einfach. Aber da muss man sich eben etwas einfallen lassen, Kontrollpunkte auf den großen Zufahrtsstraßen, einen eigenen Wien-Ausweis für Ansässige et cetera, Betreten der Stadt nur mit spezieller Genehmigung. Aber mich fragt ja keiner!«

Leopold musste wieder an die Steirerpartie rund um Robert Almer denken. Der Umgang mit diesen Leuten erschien ihm zwar mühsam, aber Schäfer ging ihm denn doch zu weit. »Seien Sie nicht so streng, im Grunde sind das Menschen wie du und ich«, redete er auf ihn ein.

Schäfer ließ sich nicht beeindrucken. Er schüttelte vehement den Kopf. »Menschen wie du und ich? Au weh, au weh, au weh! Jetzt sag ich dir was, Leopold! Die sind eine Gefahr, weil sie dauerhaft aggressiv sind. Schon, wenn sie versuchen, sich normal zu unterhalten, werden sie laut und aufbrausend, sodass man jeden Augenblick meinen könnte, sie fallen übereinander her. Natürlich kommt es auch zu Raufereien. Da geht's zünftig zu! In vielen Wirtshäusern ist die Zahl der schweren Körperverletzungen rapide angestiegen, seit Steirer und Burgenländer dort verkehren.«

»Die Burgenländer sind nicht so gefährlich«, lenkte Leopold ein. Er fühlte sich verpflichtet, die Heimat von Sabine und ihrer Mutter Rosi zu verteidigen.

»Mag sein«, gab Schäfer schweren Herzens zu. »Aber du kennst doch selbst die Steirer, die euer Kaffeehaus frequentieren. Was soll ich dir sagen? Vorgestern Abend, nach eurem Fest, kommen sie in das Gasthaus hereingeschneit, in dem ich gerade ein Achtel trinke. Der Geräuschpegel ist gleich auf das Doppelte angestiegen. Dabei wollte der Wirt schon zusperren.«

»Welches Gasthaus?«, fragte Leopold mit erneut erwachtem Interesse.

»Die *Bierkrone*«, gab Schäfer Auskunft. »Sie haben etwas getuschelt, damit keiner mitbekommt, was sie sagen, aber es war so laut, dass ich jedes Wort verstanden habe. Trotz der sprachlichen Differenzen! Niedermachen wollten sie einen.«

»Den Bischof, der bei uns die Lesung hatte und dann ermordet wurde«, entfuhr es Leopold.

»Da schau her, das war schnell kombiniert«, schnaufte Schäfer anerkennend. »Na ja, du steckst deine Nase ja immer in solche Angelegenheiten.« Er wischte sich wieder mit dem Taschentuch übers Gesicht. Das viele Reden strengte ihn an.

»Ein gewisser Alois war's«, verkündete Leopold selbstsicher. »Er hat ihm dann im Bahndurchgang eine verpasst.«

»Wenn mich jemand fragen würde – aber mich fragt ja keiner –, würde ich sagen, du liegst falsch«, widersprach Schäfer. »Ich kenne diese Migranten zwar nicht beim Namen, aber es war eine Frau, die ihm etwas antun wollte. Außerdem war vom Umbringen die Rede, nicht vom Zusammenschlagen.«

»So eine?« Leopold deutete mit den Händen Biancas vollen Busen an.

»Nein, das Gegenteil! Eine schlanke, schmalbrüstige, durchaus liebenswert aussehende Dame.« Für einen

Augenblick gingen Schäfers Pupillen in Erinnerung an den Körper der Frau nach oben. »Aber man darf sich durch das angenehme Äußere nicht täuschen lassen! Sie hat ihren Begleiter gefragt, ob er ein Messer dabeihat. Der hat nur genickt und ihr beruhigend auf die Schulter geklopft.«

Leopold wurde immer neugieriger. »Sie war mit einem Mann zusammen?«

»Natürlich! Aber mich fragt ja keiner!« Schäfer räusperte sich. »Einer von den beiden muss den Schauspieler erstochen haben. Überhaupt haben die Messerattacken drastisch zugenommen, seit diese Wilden unsere Stadt bevölkern. Bei denen zählt nur die reine Gewalt. Und was tut die Regierung? Nichts!«

»Aber Genaueres wissen Sie nicht«, stellte Leopold fest.

»Der Mann hat auf sein Handy geschaut und der Frau dann das Zeichen zum Aufbruch gegeben. Die anderen sind hinterher. Waren das wieder eine Unruhe und ein Gebelle! Au weh, au weh, au weh! Da werde ich noch heute nervös, wenn ich daran denke. Geh, bring mir zur Beruhigung einen Spritzer.«

Leopold tat, wie ihm geheißen. Dabei dachte er darüber nach, um wen es sich bei der Frau und dem Mann handeln konnte. Wenn er es richtig im Gedächtnis behalten hatte, hatte ihm Robert Almer bei der Feier nur ein Paar vorgestellt: Max und Kathi. Gestern hatte ihm Bianca erzählt, dass Alois Bischof attackiert hatte. Kam Bischofs Mörder tatsächlich aus der Steirerpartie? Und welche Geschichte stimmte, die von Bianca oder die von Schäfer?

»Grüßen können s' nicht, aber andere niederstechen! Alkohol trinken s' bis zum Kontrollverlust und zu Gewaltexzessen! Die gehören nach Hause geschickt, sag ich, und ich würde es jedem sagen, der mich fragt, aber mich fragt ja keiner«, brabbelte Schäfer indessen in sein Weinglas hinein.

*

»Ich habe dir gesagt, du sollst mich nicht anrufen!«

»Es ist aber wichtig!«

»Felix, wir haben alles besprochen! Die Polizei kann leicht feststellen, dass wir miteinander telefonieren. Im Augenblick ist das nicht günstig!«

»Ich hätte mich auch nicht ohne Grund bei dir gemeldet. Es gibt eine besorgniserregende Entwicklung.« Felix Kupka berichtete Anita Albrecht in kurzen Worten von seiner Begegnung mit Leopold und dessen Behauptungen.

»Da ist ein kühler Kopf angebracht, aber der scheint dir ja zu fehlen«, wies ihn Anita Albrecht zurecht. »Hat dir der Oberkellner etwa Angst eingejagt? Was weiß der denn schon?«

»Er kann immerhin zur Polizei gehen und meinen Namen ins Spiel bringen«, schilderte Kupka seine Befürchtungen. »Dann stößt er sie mit der Nase auf uns, und man schenkt uns mehr Aufmerksamkeit, als uns lieb sein kann.«

»Einstweilen hat man uns nur Routinefragen gestellt. Das war klar. Wir haben ja dem damaligen Theaterensemble angehört.«

»Das kann sich rasch ändern«, gab Kupka zu bedenken. »Leider weiß ich nicht, was an den Behauptungen des Oberkellners dran ist.«

»Deshalb brauchst du nicht gleich so nervös zu werden«, forderte Anita ihn auf. »Es läuft doch ganz gut.«

»Und dein lieber Cousin? Das ist doch der Erste, der die Nerven verliert und etwas Falsches sagt.«

»Matthias? Richtig, den hätte ich beinahe vergessen. Mach dir da bloß keine Gedanken, den hab ich schon unter Kontrolle.«

Einen Augenblick lang war es still in der Leitung. »Wie stellst du dir das vor?«, fragte Kupka dann. »Willst du ihn rund um die Uhr bewachen wie ein kleines Kind?«

»Das wird nicht nötig sein«, versicherte Anita in eindringlichem Ton. »Ich werde ihm solche Angst einjagen, dass er sich eher die Zunge herausreißen lassen würde als ein Wort zu sagen. Es hat seinerzeit auch funktioniert, und jetzt ist er ohnedies nur mehr ein Schatten von einst.«

»Dein Wort in Gottes Ohr«, seufzte Kupka. »Ich mache mir halt Sorgen. Wir sind nicht mehr die eingeschworene Truppe von einst. Kein Wunder. Nach dem Mord an Lucia haben sich alle verlaufen, jeder ist seine eigenen Wege gegangen. Wie werden sie sich jetzt verhalten?«

»Die Leute werden im eigenen Interesse gut daran tun, den Mund zu halten«, beschwichtigte Anita ihn. »Niemand will, dass Dinge ans Licht kommen, die ihm selbst schaden könnten. Davon hat keiner was.«

»So eiskalt wie du möchte ich einmal sein. Man könnte direkt glauben, du hast's getan.«

»Das kann doch nicht dein Ernst sein«, maßregelte

Anita Kupka sofort. »Welches Motiv hätte ich denn gehabt? Von mir kann der Balg jedenfalls nicht gewesen sein.«

»Aber um Bischof zu töten, hattest du ein Motiv«, beschuldigte er sie.

»Du auch«, reagierte sie postwendend.

»Es hat keinen Sinn, wenn wir uns in die Haare kriegen«, lenkte Kupka ein. »Wir müssen zusammenhalten wie vor zwölf Jahren. Jeder kann sich seinen Teil denken, aber es darf nichts nach außen dringen. Es ist doch egal, wer Bischof umgebracht hat, oder?«

»Völlig egal«, gab ihm Anita Albrecht recht.

*

Der Mittag war schon vorbei, als Sabine Patzak mit müdem Schritt das *Heller* betrat. »Na, gehören wir wieder zu den Lebenden?«, begrüßte Leopold sie kühl.

»Wenn ich da bin, ist es dir nicht recht, wenn ich nicht da bin, anscheinend auch nicht«, konterte Sabine und setzte sich zum Haustisch. Dann bestellte sie einen großen Mokka.

»Hast du denn noch nicht einmal gefrühstückt?«, fragte Leopold verwundert.

Sabine verdrehte ihre leicht geröteten Augen. »Ich bin dir keine Rechenschaft schuldig«, erklärte sie vehement. »Weder darüber noch über andere Dinge. Das ist ein Kaffeehaus, und ich habe einen Kaffee bestellt. Ich bezahle ihn ja auch.«

»Ich frage dich ohnehin nicht, wo du die Nacht verbracht hast.«

»Ist auch besser so!«

Leopold brach kurzfristig der Schweiß aus, sodass er in den Schanigarten wechselte. Draußen wehte der Wind, und es war ein wenig frischer als an den vorangegangenen Tagen. Das tat ihm gut. Als er zurückkam, um seiner Tochter den Kaffee zu kredenzen, hatte ihn Frau Heller schon vor sie hingestellt. »Sie vernachlässigen das arme Kind«, tadelte sie ihn. »Denken Sie daran, was wir vorhin besprochen haben.« Dabei machte sie mit ihren Händen eine wiegende Bewegung, so als ob sie einen Säugling im Arm hielte.

»Wenn du schon bei uns wohnst, solltest du dich an ein paar Grundregeln halten«, zischte Leopold Sabine ins Ohr.

»War alles mit Erika abgesprochen«, entgegnete sie achselzuckend, während sie die schwarze Brühe wie eine Medizin in sich aufsog.

Hauptsache, sie wird munter, dachte Leopold. Er hatte nämlich vor, sie und Thomas Korber nach Dienstschluss zu ein paar Einsätzen mitzunehmen. Dass Sabine sein kriminalistisches Gen geerbt hatte, konnte für ihn immerhin von Vorteil sein.

Nun kam auch Thomas Korber zur Tür herein. Er wirkte ebenfalls nicht ganz frisch, überspielte das jedoch mit Routine. Leopold konnte er freilich nichts vormachen. »Du schaust aus wie ein Nachtwächter beim Tag«, schleuderte er ihm statt einer Begrüßung entgegen. »Ich möchte gar nicht wissen, wie sich Christa dazu geäußert hat.«

»Die zwei Bier, die ich noch getrunken habe, hätten sie wohl kaum erschüttert«, rechtfertigte Korber sich. »Ich habe aber bei mir zu Hause übernachtet. Ganz ausgeschlafen bin ich nicht, das gebe ich zu. Die Schule hat wegen mir nicht später angefangen.«

»Herumgetrieben hast du dich, gib's zu«, versuchte Leopold ihn festzunageln. »Warst unterwegs wie in deinen ärgsten Zeiten. Hast dich wahrscheinlich mit einem Flittchen vergnügt. Schande über dich!«

»Jetzt reicht's aber«, sprang Sabine Korber sofort bei. »Lass Thomas in Ruhe! Warum soll er den Abend nicht auf eine nette Art verbracht haben? Mit liebenswürdigen Menschen?«

»Du kennst ihn viel zu wenig«, widersprach Leopold. »Er kann charmant und schöngeistig sein, er kann aber auch die schlimmsten Sachen machen. Und ich spüre, dass gestern etwas Schlimmes passiert ist, dass er Christa mit so einem dahergelaufenen Mädchen betrogen hat, das nur in seinen vom Alkohol getrübten Sinnen etwas Reizvolles an sich hatte …«

Nun wurde Sabine laut. »Du hast eine ziemlich kranke Fantasie«, warf sie Leopold vor. »Zuerst habe ich gedacht, du bist ein logisch denkender Mensch, weil du dich für die Aufklärung von Verbrechen interessierst, aber deine Gedanken bestehen offenbar nur aus Vorurteilen. In Wirklichkeit hast du keine Ahnung, was Thomas gemacht hat. Also hör mit dem Herumstänkern auf! Thomas ist schon in Ordnung!«

Leopold hob seinen Zeigefinger. »Nimm ihn nur in Schutz! Ich kenne zumindest die Sorte Frau, auf die er in solchen Momenten steht: Königinnen der Nacht, die nur mit den Wimpern klimpern, weil sie keinen zusammenhängenden Satz mehr hervorbringen, und sich folglich leicht abschleppen lassen«, schwadronierte er.

»Wenn du das glaubst, bist du völlig bescheuert«, attackierte Sabine ihn.

»Hast du mir eigentlich schon von dem köstlichen heißen, schwarzen Getränk eingeschenkt, das man Kaffee nennt, und das mit einem kleinen Schuss Milch die höchste Bekömmlichkeitsstufe erreicht?«, wandte sich Korber an Leopold, um die Situation zu entschärfen. »Nach dem Genuss einer solchen Schale könnte ich mich trotz deiner wirren Äußerungen versucht sehen, dich heute bei deinen kriminalistischen Unternehmungen zu unterstützen.« Er zwinkerte Sabine zu. »Würdest du auch mitmachen?«

»Klar«, kam es wie aus der Pistole geschossen.

Leopold verstand den Fingerzeig. »Dann werde ich euch beide ein wenig ausnüchtern, damit ihr mir eine Hilfe und keine Last seid«, sagte er und ging zur Kaffeemaschine. »Ich denke, dir kann eine zweite Tasse auch nicht schaden, Sabine. Es gibt heute nämlich einiges zu tun. Wir müssen nach Wolkersdorf.«

»Hast du bei Vera Kuttin angerufen?«, wollte Sabine wissen.

»Sozusagen«, brummte Leopold, während er den Kaffee herunterdrückte. Sabines Kombinationsgabe verblüffte und verstimmte ihn zugleich. Vor ihr konnte er nicht den großen Allwissenden spielen. »Hast du eigentlich schon einmal davon gehört, dass man andere Menschen ausreden lässt?«, wies er sie zurecht. »Also: Ich habe tatsächlich mit ihr gesprochen. Heute um 18 Uhr ist Probe, da gehen wir hin. Ich komme als interessierter Zuseher, denn mich kennt sie schon. Euch bringe ich als Redakteure von der Floridsdorfer Bezirkszeitung mit.«

»Gute Idee«, rief Sabine.

»Was ist denn das für ein verrückter Einfall?«, fragte Korber gleichzeitig.

»Es gibt uns die Gelegenheit, mit den Probeteilnehmern zu reden«, klärte Leopold seinen Freund auf. »Außerdem möchte ich mir Vera Kuttin allein vorknöpfen, während ihr bei den anderen seid. Einen alten Presseausweis habe ich in meiner Lade, hab ich einmal von einem Zeitungsfritzen im Suff bekommen. Der müsste reichen.«

»Ich soll den Leuten Fragen stellen?«, reagierte Korber skeptisch.

»Lass mich das machen, das ist klasse«, sprühte Sabine dagegen vor Ehrgeiz.

»Thomas ist Deutschlehrer und sollte wissen, was man über so etwas in der Zeitung schreibt«, entschied Leopold.

»Und ich werde vielleicht einmal … Also, ich weiß das auch«, behauptete Sabine.

»Macht, was ihr wollt, echt muss es wirken«, gab Leopold sich geschlagen. »Vorher gehen wir zu Matthias Bocek«, verkündete er, die zwei Tassen mit starkem Kaffee vor die beiden unausgeschlafenen Nachteulen hinstellend.

»Was willst du bei dem?«, forschte Korber.

»Er könnte uns in einigen Dingen weiterhelfen«, stellte Leopold fest. Dann zählte er auf: »Erstens: Seine Cousine Anita Albrecht war vor zwölf Jahren bei der tödlichen *G'wissenswurm*-Produktion dabei, da wette ich was. Vielleicht erfahren wir etwas über sie und inwiefern sie damals involviert war. Zweitens: Bocek lässt sich eine halbe Ewigkeit nicht bei uns blicken und kommt plötzlich am Tag vor dem Fest und beim Fest selber vorbei. Dabei behauptet er, Bischof zu kennen. Drittens: Bei seinem Auftauchen am Mittwoch liegt auf einmal eine alte Zeitung bei den anderen, in der über den ersten Mord berichtet wird. Er macht mich auf die Schlagzeile aufmerksam. Ich wette, er hat sie selber mitgebracht.«

»Und warum?«, erkundigte sich Sabine mit interessiertem Blick.

»Eben das möchte ich herausfinden«, antwortete Leopold. »Vielleicht ahnte er etwas von dem zweiten Mord und wollte mich darauf hinweisen. Vielleicht hatte er mit dem ersten Mord zu tun. Das würde seine extremen Schuldgefühle und seine Niedergeschlagenheit erklären, wo er doch früher so lebenslustig war. Ich denke, er weiß etwas, und mit etwas Glück erfahren wir es auch. Sehr robust und widerstandsfähig schaut er mir nicht aus.«

»Nützt es was, wenn ich ihm ein bisschen schön tue?«, erwog Sabine eine Möglichkeit.

»Es nützt vor allem etwas, wenn du tust, was ich dir sage«, wies Leopold sie jedoch sofort in die Schranken. Er durfte sie auf keinen Fall zu viel Eigeninitiative entwickeln lassen. Das Kind hatte Talent, aber es musste lernen, sich unterzuordnen. Erst dann würde es ihm eine hilfreiche Partnerin sein.

Wenig später schloss das Café Heller seine Pforten, und Leopold brach gemeinsam mit Thomas Korber und Sabine Patzak zu neuen Taten auf.

KAPITEL 11

Boceks Wohnung lag einen gemütlichen Nachmittags-spaziergang oder ein paar Autominuten vom Kaffeehaus entfernt in der Voltagasse. Damit befand sie sich auch in der Nähe von Leopolds neuer Wohnung. »Wie willst du wissen, ob er zu Hause und alleine ist?«, wies Korber während der Fahrt auf mögliche Komplikationen hin.

»Seinen Ausführungen habe ich entnommen, dass er sich kaum aus seiner Wohnung fortbewegt«, erklärte Leopold. »Außerdem ist das Wetter heute windig und frisch, also nicht gerade einladend. Da müssten wir schon großes Pech haben, ihn nicht anzutreffen.«

»Und die Cousine?«

»Solche selbst ernannten Aufpasserinnen zeigen sich zumeist mittags, wenn sie das Essen vorbeibringen. Dann ist Sendepause, und erst abends kommen sie nochmals. Unser Problem könnte sein, dass Bocek Angst hat und nicht aufmacht. Wir probieren es einfach.«

Doch es lief besser als erwartet. Bocek öffnete die Tür seiner kleinen Gemeindewohnung und wirkte beim Anblick Leopolds und seiner Begleitung zwar über-rascht, aber keineswegs feindselig. Niemand war bei ihm. »Nanu! Das ist ja ... Leopold, was verschafft mir die Ehre?«, war seine erstaunte Reaktion.

»Sie werden es nicht glauben, Herr Bocek, aber wir sind beinahe Nachbarn«, verwickelte Leopold ihn sofort in ein Gespräch. »Ein paar Gassen weiter habe ich mein neues Zuhause. Wie ich also so heimwärts spaziert bin, ist mir eingefallen, dass Sie hier wohnen, und da … Dürfen wir eintreten?« Damit hatte er schon den Fuß in der Tür.

»Ja natürlich, aber …« Verwundert musterte Bocek Korber und Sabine.

»Meine Freunde, vor denen brauchen Sie sich nicht zu fürchten«, erwähnte Leopold beiläufig. »Also wie gesagt, ich gehe meines Weges, Sie kommen mir in den Sinn, und da habe ich mir gedacht, ich bringe Ihnen Ihre Zeitung zurück. Sie hat ja doch einen gewissen Sammlerwert.«

Jetzt war Bocek verwirrt. »Welche Zeitung?«

Leopold ging ungefragt in das saubere, sparsam eingerichtete Wohnzimmer. Die anderen folgten ihm nach. »Die Zeitung, die Sie am Mittwoch bei uns im Kaffeehaus liegen gelassen haben. Den *Wolkersdorfer Kurier* vom August 2006«, erinnerte er Bocek und drückte ihm das Blatt in die Hand.

Der war einen Augenblick sprachlos. Er wusste nicht so recht, was er mit der Zeitung anfangen sollte. Schließlich ließ er sie wie ein heißes Stück Kohle auf den Tisch fallen, auf dem sonst nur eine halb ausgetrunkene Kaffeeschale stand. Er rieb die Hände an seiner Trainingshose, als ob sie verbrannt wären. »Das ist nicht meine Zeitung«, stieß er hervor. »Die lag schon vorher da!«

»Denken Sie doch einmal logisch nach, Herr Bocek«, redete Leopold auf ihn ein. »Wissen Sie, wie oft am Tag ich bei den Zeitungen vorbeigehe? Und schaue, dass sie geordnet sind und übersichtlich daliegen? Bei mir gibt's kein Durcheinander, weil sich die Gäste sonst sofort beschweren. Alles war wie immer an diesem Tag, bis Sie gekommen sind. Als Sie gegangen sind, ist diese Zeitung plötzlich auf den anderen draufgelegen. Und Sie haben mich darauf aufmerksam gemacht, damit sie mir ja auffällt.«

Leopold schaute die ganze Zeit in die Augen seines Gegenübers, während er mit ihm sprach. Ein nervöses Zucken darin war nicht zu übersehen. »Sie stammt nicht von mir«, wehrte Bocek sich schwach. »Ich habe nur die Schlagzeile gesehen … und mich erinnert …«

»Wie viele andere Zeitungen über den Mord würde ich bei Ihnen finden, wenn ich mir Ihre Wohnung genauer anschauen würde?«, unterbrach ihn Leopold unbarmherzig.

»Das darfst du nicht«, protestierte Bocek. »Das darfst du doch wirklich nicht, oder?« Sein Gesicht war nun ein Spiegel seiner inneren Aufgewühltheit.

»Ich habe gar kein Interesse daran«, beruhigte Leopold ihn. »Ich wundere mich nur. Was sollte das alles für einen Sinn haben? Was wollten Sie mir mitteilen? Warum beschäftigen Sie die Ereignisse von damals immer noch so sehr?«

»Gar nichts beschäftigt mich«, schaltete Bocek auf stur. Er hatte sich mit ein paar unbeholfenen Bewegungen auf eine einfache, blaue Couch fallen lassen, die an der Wand stand. Sabine gesellte sich zu ihm, während Korber stehen blieb und Leopold auf einem Sessel beim Tisch hockte.

»Sie selber behaupten die ganze Zeit, dass Ihnen gewisse Dinge nicht aus dem Kopf gehen«, ließ Leopold nicht locker. »Dass Sie sich schuldig an etwas fühlen. Dass Sie etwas getan haben, was nicht mehr gutzumachen ist. Dass Sie deswegen krank sind und bald sterben werden.«

»Das ist wohl meine Angelegenheit«, beharrte Bocek.

»Aha, jetzt auf einmal versteifen Sie sich darauf. Vor drei Tagen hat das noch ganz anders geklungen. Warum denn? Weil in der Zwischenzeit zwei Morde passiert sind, die auf das Geschehen von damals hinweisen? Ich sehe doch, dass Sie Angst haben. Sie fürchten sich davor, sich selbst oder jemand anders zu verraten.«

Bocek schwieg. Etwas in ihm wollte zwar heraus, aber es war zu schwach gegen die Kräfte, die sich dagegen wehrten. Leopold bearbeitete ihn weiter: »Sie waren früher so ein lebenslustiger Mensch, Herr Bocek! Eine hübsche junge Frau, wie sie gerade neben Ihnen sitzt, hätte Ihnen das Herz im Leib höher schlagen lassen. Aber seit geraumer Zeit wirken Sie wie ein lebendiger Toter. Komischerweise etwa ab dem Zeitpunkt, als Lucia Berlakovics bei der Anzengruberhöhe umgebracht wurde. Und das soll ein Zufall sein?«

»Ich möchte dazu nichts sagen. Du musst das verstehen«, wand Bocek sich.

»Decken Sie etwa Ihre Cousine Anita? Die war doch damals eine Kollegin der Ermordeten«, schoss Leopold scharf.

Bocek sackte daraufhin völlig in sich zusammen. »Lass mich«, bat er, die Hände vorm Gesicht.

»Sie waren wirklich einmal der Schwarm von allen Mädels?«, meldete sich da Sabine zu Wort.

»Das ist lange her«, antwortete Bocek mit einem Seufzer.

»Attraktiv sind Sie immer noch, das muss man Ihnen lassen«, schmeichelte Sabine ihm. »So der Typ grau melierter Herr, der es faustdick hinter den Ohren hat.«

Bocek drehte sich zu ihr und schaute sie erstmals richtig an. »Danke für das Kompliment«, kam es stockend aus seinem Mund.

»Ich könnte Sie mir gut als eine Art väterlicher Freund vorstellen. Haben Sie eigentlich Kinder?«

Das sorgte für einen neuerlichen Schock bei Bocek. »Ich hatte einmal eins, aber es ist gestorben«, stammelte er.

»Oh, das tut mir leid«, zeigte ihm Sabine ihr Mitgefühl. »Jetzt verstehe ich, dass Sie so traurig dreinschauen. Haben Sie sich gut mit ihm verstanden?«

»Ich habe es nie zu Gesicht bekommen«, murmelte Bocek kaum verständlich in sich hinein.

»Dann waren Sie so ein Vater wie meiner. Von dem habe ich lange Zeit nichts gewusst«, vertraute Sabine ihm an.

»Hat er Sie etwa verheimlicht?«, wurde Bocek zusehends aufmerksamer.

»Ganz so schlimm war es auch wieder nicht.«

»Man darf sein Kind niemals verheimlichen. Man muss dazu stehen, bevor es zu spät ist«, sinnierte Bocek.

Leopold wetzte ungeduldig auf seinem Sessel hin und her. Er hielt es schon gar nicht mehr aus. »Ist es das, was Sie seit Langem bedrückt?«, mischte er sich ein. »Und was hat es mit Lucias Tod zu tun?«

Daraufhin erwachte Bocek wie aus einem Traum. Er schaute Leopold verlegen an und wirkte dabei wie das Kaninchen vor der Schlange. Da läutete sein Handy. »Das ist Anita«, reagierte er erschrocken. »Sie kommt heute offenbar früher. Sie darf nicht wissen, dass ihr da wart! Ihr müsst fort!«

»Anita Albrecht?«, vergewisserte Leopold sich.

»Ja natürlich, wer sonst!«

»Verlieren Sie nicht gleich die Nerven«, versuchte Leopold, Bocek weiter zu bearbeiten.

»Hast du nicht gehört? Weg mit euch! Wenn sie anruft, ist sie immer gleich da«, bat Bocek händeringend. »Ihr wisst nicht, wozu sie imstande ist!«

Leopold wollte weiter in ihn dringen, doch Thomas Korber und Sabine Patzak packten ihn am Ärmel und rissen ihn weg. Im Nu waren alle drei aus der Wohnung und wieder auf der Straße.

✳

»Du hättest mich nicht unterbrechen dürfen«, maunzte Sabine von der Rückbank im Auto aus. »Ich hatte ihn gerade so schön eingelullt. Er hätte mir sein Geheimnis bestimmt zur Gänze verraten.«

»Ich glaube nicht, dass so viel Zeit geblieben wäre. Es kam dann bereits Anitas Anruf«, konterte Leopold. »Außerdem ist meine Überrumpelungstaktik schon oft aufgegangen. Aber wir wissen nun wenigstens, dass ihn sein Gewissen wegen eines Kindes drückt.«

»Das sage ich doch schon die ganze Zeit«, rief Korber in Erinnerung.

»Sei bitte ruhig, ich muss mich konzentrieren«, wies Leopold ihn zurecht. »Die Frage ist, ob dieses Kind etwas mit unseren Morden zu tun hat, und ich bin versucht zu sagen: ja!«

»So ganz ohne Beweise?«, wollte Korber wissen.

»Intuition ist oft wichtiger als der beste Beweis! Alles andere kommt nach und nach, du wirst schon sehen«, setzte Leopold ihm auseinander. »Wenn ich richtig liege, ist Bocek der Vater von Lucias ungeborenem Kind. Das ist leicht möglich. Seine Cousine Anita wirkte als Schauspielerin in dem Ensemble mit. Warum soll Bocek nicht in Kontakt zu den Akteuren, vor allem den Akteurinnen, gekommen sein? Es bei Lucia probiert und Erfolg gehabt haben? Er war früher überhaupt kein Kind von Traurigkeit. Was noch dafür spricht: Er musste sich sicher keinem Vaterschaftstest unterziehen. Damit wäre verständlich, warum man den Vater nie eruieren konnte. Nun gibt es wieder zwei Möglichkeiten: Bocek hat Lucia Berlakovics selbst umgebracht, oder er fühlt sich schuldig, weil sie ein anderer wegen *seines* Kindes tötete.«

»Vermutungen über Vermutungen. Die Märchensendung am Samstagnachmittag«, spöttelte Korber.

»Lass ihn! Das ist doch spannend«, maßregelte Sabine ihn sofort.

»Eben«, fühlte sich Leopold bestätigt. »Nehmen wir an, Anita Albrecht hat es irgendwie herausbekommen. Sie hat dann zwar Stillschweigen bewahrt, aber die Schuldgefühle ihres Cousins gleichzeitig ausgenützt, um ihn ruhigzustellen. Mag ja sein, dass ihr seine lebenslustige Art schon immer auf den Wecker gegangen ist und sie eine Chance sah, ihn büßen zu lassen. Es ist auch in Betracht zu ziehen, dass Bocek etwas Gefährliches über *sie* weiß, und sie deswegen Druck auf ihn ausübt. Jedenfalls hat er mächtig Angst vor ihr. Der Jammer ist, ich fühle, dass er mir etwas mitteilen möchte, ihm dazu jedoch noch der Mut fehlt.«

Korber ging die selbstsichere Art, mit der Leopold seine Spekulationen präsentierte, gehörig auf die Nerven. »Bist du bald fertig?«, stichelte er.

»Wir sitzen alle in einem Auto, lieber Freund, also musst du dir meine Theorien anhören, ob du willst oder nicht«, ließ sich Leopold nicht beeindrucken. »Bocek steckt tief in der Sache drin. Die Frage ist nur, wie tief. Hat er einen Mord begangen? Wenn ja, welchen beziehungsweise wie viele? Ich möchte nur auf eine der zahlreichen Möglichkeiten hinweisen. Gesetzt den Fall, Bischof war doch Lucias Mörder, was nach wie vor nicht auszuschließen ist: Welch ein Motiv für Bocek, sich nach seiner Rückkehr an ihm, der gleichzeitig sein Kind umbrachte, zu rächen. Sein Interesse an Bischof und der Lesung war doch augenfällig.«

»Im Gespräch mit dem Inspektor warst du von Bischof als Täter noch nicht überzeugt«, erinnerte Sabine ihren Vater.

Leopold ließ das nicht gelten. »Man kann seine Meinung ja ändern«, bekundete er. »Sobald sich eine neue Faktenlage ergibt, gilt es, alles frisch zu überdenken. Deshalb machen wir nun auch einen kleinen Zwischenstopp beim Hochleithenwald. Ich möchte mir die Gegend rund um die Anzengruberhöhe anschauen.«

Die Gemüter beruhigten sich wieder, und die Fahrt konnte ohne weitere Kommentare fortgesetzt werden. Wolkersdorf lag nur ein paar Kilometer nördlich von Floridsdorf. Hauptattraktion des kleinen Stadtkerns war ein schmuckes Schloss samt Teich und Park. Westlich davon wurde es schnell wieder ländlich, die letzten Häuser lehnten sich bereits an den Hochleithenwald an. Leopold parkte sein Auto am Ende der Straße. Von dort führte ein schöner Weg geradeaus am Waldrand entlang. Leopold nahm jedoch die Abzweigung hinauf in die Weingärten, die sich auf der anderen Seite ausbreiteten. »So ist es kürzer«, verriet er.

»Hast du ein Navi am Handy?«, fragte Sabine.

»Nein, ich kenne mich zufällig ein bisschen aus«, antwortete er mürrisch.

Es ging zuerst steil, dann flacher durch die Weingärten zum Wald. Schon nach wenigen Schritten hatte man einen wunderbaren Ausblick in die hügelige, sich harmonisch ausbreitende Landschaft. Leopold aber war für derlei Schönheit nicht zugänglich. Seine Augen suchten immer wieder die Zeiger seiner Uhr. »Wie ich es mir dachte: mehr als 20 Minuten«, stellte er fest, als sie an jenem Punkt anlangten, wo der Weg in den Wald hineinführte. »Etwas weiter vorn liegt rechts die Anzengruberhöhe, das heißt ein Rastplatz mit einem Bankerl und einer Gedenktafel. Die Morde müssen den Beschreibungen nach aber schon hier geschehen sein.«

»Warum?«, wollte Korber wissen, während Sabine ihre Hände in die Hüften stemmte und schnaufte. Sie war solche Anstrengungen offenbar nicht gewohnt.

»Täter und Opfer sind sicher so hergekommen wie wir. Es macht nicht viel Sinn, mitten in der Nacht in den Wald hineinzugehen. Außerdem kann man von hier aus schön sehen, wer kommt, wenn man als Erster da ist«, erläuterte Leopold.

»Und um das herauszufinden, sind wir da heraufmarschiert?«, meldete sich Sabine, immer noch außer Atem, zu Wort.

»Ich versuche immer noch mir vorzustellen, weshalb Lucia Berlakovics und Karoline Wasner ausgerechnet an diesem Ort ihr Leben ließen«, begründete Leopold den kleinen Ausflug. »Was wollten sie hier? Warum gingen sie in der Dunkelheit so weit herauf? Kamen sie mit ihrem Mörder oder allein? Hatten sie die Anzengruberhöhe als Treffpunkt vereinbart? Wenn ja, wozu? Für ein Liebesabenteuer oder für eine kleine Erpressung? Was auch immer, warum um alles in der Welt hier?«

»Das müssen Masochistinnen gewesen sein«, vermutete Sabine. »Stell dir vor, du kommst da herauf, bist froh, dass du es geschafft hast, und dann prackt dir einer einen Stein auf den Schädel. Da bist du so fertig, dass du dich nicht einmal wehren kannst!«

»Im Fall Berlakovics feierte das Ensemble nach der Aufführung noch im Gasthof *Zur gemütlichen Jause.* Am wahrscheinlichsten erscheint mir, dass Lucia und ihr Mörder einen Platz suchten, wo sie ungestört von den anderen waren. Aber das ist nur ein Denkansatz, den ich schon mit Oberinspektor Juricek erörtert habe«, überlegte Leopold.

Sie machten sich auf den Rückweg. Bergab war es weitaus angenehmer. Im September hingen hier überall köstliche Trauben als Wegzehrung an den Stöcken, klein, süß und mit mehr Geschmack als diejenigen, welche man im Supermarkt erhielt. Jetzt, Anfang Juni, war davon leider noch nicht viel zu bemerken. Leopold hielt es nicht lange schweigend aus und begann wieder mit seinen Theorien: »Der erste Mord war mit ziemlicher Sicherheit der Grund für die zwei von vorgestern. Es gibt Mitglieder des damaligen Ensembles, die etwas über ihn wissen müssen. Anita Albrecht und Felix Kupka etwa, aber wer noch? Vera Kuttin? Andreas Rohringer? Warum haben sie alle so dichtgehalten, dass die Polizei zu keinen Resultaten kam? Welche Rolle spielte Nikolaus Bischof in der ganzen Sache? Was ist der Grund für seinen Tod?«

»Ein bisschen viel Fragen auf einmal«, befand Sabine.

»Eben! Darum müssen wir uns Stück für Stück vorarbeiten«, setzte ihr Leopold seinen weiteren Plan auseinander. »Kupka und Bocek werden noch ein hartes Stück Arbeit, an die Cousine muss ich auch erst rankommen. Zuerst machen wir aber unseren Besuch bei Vera Kuttin und der neuen *G'wissenswurm*-Produktion. Das Gymnasium, in dem die Proben stattfinden, ist gleich da vorne.«

Mit der Nähe des Ziels wurden Leopolds Schritte schneller. Thomas Korber und Sabine folgten ihm wie zwei Hunde ihrem Herrn.

*

Dank Vera Kuttins Beschreibung fanden sie die Klasse, welche als Proberaum diente, rasch. Man hörte schon von Weitem Stimmen und Musik vom Band. Es klang so, als hätte man die Lieder aus dem Stück mit modernen Melodien und Rhythmen unterlegt und bemühte sich, den geeigneten Gesangsvortrag dafür zu finden. In diese Versuche platzten Leopold, Sabine und Korber hinein.

»Ah«, rief Vera Kuttin wissend und bewegte sich mit zum Gruß ausgestreckter Hand auf Leopold zu. Sie wirkte, anders als damals im Kaffeehaus, voll konzentriert. Ihr Kopf mit den schmalen Lippen, knochigen Wangen und dem kurzen, blonden Haar saß auf einem drahtigen Körper, der Fitness und Grazie zugleich verriet. Der Schritt war energisch, der Händedruck fest. Mit jeder einzelnen Bewegung zeigte diese Frau, dass sie genau wusste, was sie wollte. »Sie sind der Oberkellner vom Café Heller. Ich erinnere mich genau an das Gesicht. Freut mich außerordentlich! Viel werden Sie allerdings nicht zu sehen bekommen. Wir widmen uns heute vor allem technischen Feinheiten, da nicht alle Ensemblemitglieder am Wochenende Zeit haben.«

»Schon gut«, versuchte Leopold ein unverkrampftes Lächeln. »Ich bin neugierig geworden, als ich gehört habe, dass die alten Anzengruber-Festspiele wieder aufleben sollen. Und da dachte ich, das wäre doch etwas für einen Artikel im Floridsdorfer Bezirksblatt, und habe meine Freunde mitgenommen. Wolkersdorf liegt so nahe, das interessiert sicher auch viele Floridsdorfer.«

»Ich hoffe, es dauert nicht lang. Das ist eine außerordentliche Probe, da ist jede Minute kostbar«, ließ Vera ihn gleich wissen.

Thomas Korber, der sich auf der Fahrt gut vorbereitet hatte, stellte daraufhin ein paar Fragen über das Stück, die Inszenierung und die Pläne für weitere Aufführungen in den nächsten Jahren. Dann machte er sich mit Sabine daran, einige der Darsteller zu interviewen. Dadurch kam Leopold wie geplant zu seinem Vieraugengespräch mit Vera Kuttin. »Ich wollte das vor den beiden Journalisten nicht erwähnen«, begann er. »Aber der Tod von Nikolaus Bischof muss Sie einigermaßen getroffen haben.«

Wenn Vera Kuttin den Hauch eines Verdachtes hegte, ließ sie es sich nicht anmerken. »Natürlich«, bekannte sie verhalten. »Als Mensch und als Künstler hat er eine große Lücke hinterlassen. Mit dieser Produktion hatte er allerdings kaum etwas zu tun.«

»Ist er nicht deswegen zurück nach Wien gekommen?«, wunderte sich Leopold.

Vera Kuttin zeigte ein der Höflichkeit geschuldetes freundliches Gesicht. »Es mag mit ein Grund gewesen sein«, führte sie aus. »Es hat ihn unheimlich interessiert, als ich ihm am Telefon von meinen Plänen erzählt habe. Und meine Absicht war ja, ihn damit nach Wien zu locken. Er war mir richtig abgegangen.« Sie unterbrach sich kurz und setzte dann mit demselben oberflächlichen Gesichtsausdruck fort: »Es war zwar letztendlich der Anlass, warum er aus seiner ursprünglichen Heimat hierher zurückkehrte, aber er war sehr vorsichtig. Er wollte offiziell nichts mit dem Anzengruber-Revival zu tun haben. Nur zu verständlich, wenn man weiß, wie man ihm damals mitgespielt hat. Er hat mir jedoch mit seinen Ideen bezüglich der Inszenierung geholfen.«

»Mir kam es bei meinen Begegnungen mit ihm vor, als habe er vor etwas Angst.«

»Hat man Sie schon einmal als Mörder bezeichnet? In solchen Situationen lernt man seine wahren Freunde kennen und merkt bald, dass man nicht viele hat. Darum ging Niki auch rasch weg von hier, zu seinem Bruder Lothar. Der hat ihn bei sich aufgenommen, obwohl sich die Geschwister angeblich seit der Kindheit in den Haaren gelegen sind. Die haben in Fuschl weiter gestritten, denke ich, aber für Niki war der Abstand wichtig. Ich brauche Ihnen wohl nicht zu schildern, welche Gerüchte damals im Umlauf waren. Davon hatte er sich nach seiner Rückkehr trotz der langjährigen Abwesenheit immer noch nicht erholt. Er fürchtete sich vor neuerlichen Anfeindungen und wollte nicht im Licht der Öffentlichkeit stehen.«

»Aber er war ja immer, wenn es kritisch wurde, bei Ihnen, also auf der sicheren Seite.«

Vera hob die Augenbrauen. »Habe ich da eine Unterstellung herausgehört?«, gab sie zurück. »Damit Sie informiert sind: Ich hatte mit Niki nie eine Liebesbeziehung, wohl aber immer ein ausgezeichnetes freundschaftliches Verhältnis. Wir haben oft tage- und nächtelang über Gott und die Welt diskutiert, und genug Alkohol ist dabei auch geflossen. Bevor Lucia starb, hatte Niki Streit mit ihr, die Beziehung stand auf der Kippe. Das ist doch Grund genug, sich bei einer guten Freundin auszuweinen.«

»Vorigen Mittwoch ist er spätnachts nach Wolkersdorf gefahren«, ließ Leopold nicht locker. »Zu Ihnen?«

»Jawohl«, kam es wie aus der Pistole geschossen. »Er hatte Probleme, es ging ihm nicht gut. Die Lesung bei dem Fest belastete ihn. Er spürte die Schatten der Vergangenheit. Er hat bei mir übernachtet.«

»Und dann geschah wieder ein Mord!«

»Niki war um diese Zeit bei mir«, bestätigte Vera Kuttin.

Leopold wechselte das Thema. »Da ist eine Sache, die ich nicht begreife«, legte er los. »Das Verbrechen an Lucia Berlakovics wurde nie aufgeklärt. Dabei scheint alles dafür zu sprechen, dass der Täter aus dem Umfeld der Theatergruppe kommt. Irgendjemand muss doch etwas wissen. Warum ist davon nie etwas an die Oberfläche gekommen? Weshalb schweigen alle so beharrlich? Ist es die Tatsache, dass man in so einem kleinen Kreis bedingungslos zusammenhält?«

Vera Kuttin konterte routiniert: »Wer sagt Ihnen, dass der Täter einer von uns gewesen ist?«

»Ganz einfach: Wir sind mittlerweile bei drei Morden im Ensemble«, ließ sich Leopold nicht beirren.

»Ich denke, jeder hat der Polizei damals gesagt, was er wusste«, wurde Vera ungeduldig. »Wenn Gerüchte im Umlauf waren, haben sie Niki betroffen. Und damit auch mich. Das war zum Teil sehr schmerzlich. Diese Gerüchte wurden durch keinerlei Fakten gestützt. Was hätte denn sonst aufgedeckt werden sollen?«

»Wer der Vater des Kindes war! Spielen Sie nicht die Naive«, forderte Leopold sie auf.

»Das Geheimnis hat Lucia wohl mit ins Grab genommen«, behauptete Vera. »Sie wäre ja blöd gewesen, uns von ihrem Seitensprung zu erzählen. Und dass sich ihr damaliger Liebhaber nicht gerührt hat, ist auch logisch. Von uns hat bis zu ihrem Tod jedenfalls jeder geglaubt, es sei von Niki.«

»Er vielleicht nicht! Das könnte der Grund des Streites der beiden gewesen sein.«

Nun setzte Vera ein eiskaltes Lächeln auf, das aus einer Gefriertruhe zu kommen schien. »Lieber Herr Leopold! Mir war der Zweck Ihres Besuches von Anfang an klar«, eröffnete sie ihm. »Mich hat nur interessiert, wie weit Sie gehen würden. Ihre beiden so genannten Journalisten haben noch nie eine Redaktion von innen gesehen. Herr Korber ist Lehrer wie ich. Er hat einmal die Theatergruppe seiner Schule geleitet, daher ist er mir bekannt. Das Mädchen ist wohl seine Freundin. Nett ausgedacht, aber jetzt ist Schluss mit der Schnüffelei. Ich darf Sie bitten, unseren Proberaum schleunigst zu verlassen.«

Leopold war so verblüfft, dass ihm im ersten Augenblick die Worte fehlten. »Die junge Frau möchte einmal Publizistik studieren ... und da dachte ich ...«, stieß er hervor.

»Reden Sie nicht weiter, es könnte peinlich werden«, unterbrach Vera ihn. Dann suchten ihre Augen jemanden im Häuflein der Akteure, die um Sabine Patzak und Thomas Korber herum standen. »Andreas, begleite unsere Besucher zum Ausgang«, rief sie. Daraufhin löste sich ein stämmiger Mann von etwa 1,85 Meter von der Gruppe.

»Das ist nicht notwendig, wir finden unseren Weg allein«, versuchte Leopold, die Situation zu entkrampfen. Doch Vera Kuttin blieb unerbittlich.

Andreas Rohringer machte eine höfliche, aber sehr bestimmte Handbewegung in Richtung Tür. Er ließ die drei Eindringlinge vorausgehen und folgte ihnen bis außerhalb des Schulhauses.

»Zufrieden?«, fragte Leopold auf der Straße.

»Ich gebe Ihnen einen guten Rat: Lassen Sie uns in Zukunft in Ruhe«, legte Rohringer ihm ans Herz. »Die Situation ist, wie Sie gemerkt haben, sehr angespannt. Da gehen dem einen oder anderen leicht die Nerven durch. Wäre bedauerlich, wenn es noch einen Toten gäbe!«

✳

»Ich würde zu gern wissen, was jetzt da drinnen über uns geredet wird«, teilte Leopold, der sich über die erlittene Abfuhr ärgerte, den anderen mit.

»Ich kann's mir denken«, tat Korber seine Meinung kund. »Sicher nichts Schmeichelhaftes. Ich habe es von vornherein für keine gute Idee gehalten, so aufzutreten.«

»Wer nichts wagt, gewinnt nichts«, munterte Sabine ihn auf.

»Genau! Man darf sich durch solche Rückschläge nicht aus dem Konzept bringen lassen«, zeigte sich Leopold kampfbereit. »Außerdem haben wir zwei wichtige Dinge erfahren.«

»Nämlich?« Korber schaute gelangweilt in die Gegend.

»Erstens: Es muss sich tatsächlich um eine verschworene Gemeinschaft handeln, die etwas zu verbergen hat. Vera Kuttin ist gewarnt worden, sagen wir einmal von Felix Kupka. Sie steckt sicher mit ihm und Anita Albrecht unter einer Decke. Zweitens: Andreas Rohringer folgt Vera wie ein treuer Untergebener. Der war schon vor zwölf Jahren dabei. Hast du gesehen, was der Mann für Muskeln hat? Dem möchte ich nicht im Dunkeln begegnen. Er ist wie geschaffen als Auftragsmörder.« Als er merkte, dass sein Fabulieren diesmal nicht besonders ankam, fragte er Sabine und Thomas: »Habt ihr etwas Brauchbares herausgefunden?«

»Wir wissen, wer welche Rolle spielt«, antwortete Korber mit Sarkasmus.

»Das könnte vielleicht wichtig werden. Heb es auf«, ordnete Leopold an.

»Außerdem bilde ich mir ein, jemanden gesehen zu haben, der beim Schanigartenfest war«, fügte Korber hinzu.

»Das ist interessant! Wen meinst du?«

»Es ist die Regieassistentin ... eine blonde, junge Frau ...«, druckste Korber herum.

»Mensch, wozu habt ihr eigentlich ein Handy?«, wunderte sich Sabine. Sie öffnete ihr Smartphone, und im Nu zauberte sie ein scharfes Bild der fraglichen Dame herbei. »Als Journalistin fotografiert man doch ein wenig, oder?«, meinte sie.

»Das ist die Steirerin! Die Kathi«, entfuhr es Leopold.

»Stimmt, sie war bei dieser lautstarken Gruppe dabei«, erinnerte sich Korber.

»Und steht mittlerweile unter Mordverdacht«, gab Leopold zu bedenken. »Dass die auch dieser Theatergruppe angehört, ist ja hochinteressant! Jetzt muss ich meine sämtlichen Theorien neu überdenken.«

»Tu, was du nicht lassen kannst«, ätzte Korber.

Sie gingen zum Auto, da fuhr ein Polizeiwagen vor dem Gymnasium vor, aus dem Oberinspektor Juricek und sein niederösterreichischer Kollege Frank gemeinsam ausstiegen. Der Wind kam nun in stärkeren Böen, sodass Juricek seinen Sombrero am Kopf festhalten musste. Als er die Gruppe um Leopold sah, konnte er ein lautes Lachen nicht unterdrücken. »Ich hätte mit meinem Kollegen fast wetten können, dich hier anzutreffen«, redete er Leopold belustigt an. »Du bist doch nicht etwa dienstlich hier?«

»Wie meinst du das?«

»Nun, weil du deine hübsche Aushilfe mitgenommen hast. Hätte ja sein können, dass ihr den Schauspielern ein paar Köstlichkeiten aus eurem Kaffeehaus vorbeibringt – Kuchen, Schinkenbrote und so weiter. Oder handelt es sich um einen privaten Ausflug? Um der neuen Arbeitskraft die Gegend zu zeigen? Warst ja gestern richtig eifersüchtig auf mich, das Fräulein Sabine betreffend«, setzte Juricek seinem Freund auseinander.

»Du solltest nicht so viel an das Fräulein Sabine, sondern an deine Hannelore denken, Richard«, mahnte Leopold.

»Ich denke momentan vor allem an meine berufliche Pflicht«, wurde Juricek ernst. »Die sagt mir, dass ich da hineingehen und mit den Leuten reden muss. Vielleicht erfahre ich sogar etwas, das sie dir noch nicht erzählt haben.«

»Wir haben uns nur die Probe angeschaut«, verteidigte sich Leopold mit einer denkbar schlechten Ausrede. »Es war sehr interessant. Die Musik kommt ziemlich rockig rüber. Passt trotzdem gut zu den ländlichen Texten.«

»Verkauf mich nicht für blöd«, ersuchte ihn Juricek. »Ich weiß schon, was du da drinnen gemacht hast. Herumgeschnüffelt hast du! Das kannst du dir nun einmal nicht abgewöhnen. Aber dass du deine bezaubernde neue Mitarbeiterin mitgenommen hast und schon am zweiten Tag verdirbst, passt mir überhaupt nicht.«

»Ich bin selber schuld. Ich war neugierig«, gestand Sabine.

»Vorsicht, dafür gibt's keine Gefahrenzulage«, redete Juricek ihr gut zu. »Was der Herr Oberkellner macht, kann mitunter ganz schön riskant werden. Sie sollten Ihre Wochenenden auf eine angenehmere Art und Weise verbringen.« Er hob den Rand seines Sombreros und kratzte sich ein wenig am Kopf. »Kann natürlich sein, dass wir beide, du und ich, völlig falsch liegen, wenn wir diese Spur weiterverfolgen«, wandte er sich an Leopold. »Eine Gruppe von Steirern war ziemlich wütend auf Bischof. Er soll sich einer von ihnen unsittlich genähert haben, wie du weißt. Die haben ihn nach seinem Auftritt richtiggehend verfolgt.«

»Aber Richard, das darf man doch nicht so ernst nehmen«, nahm Leopold die Partie um Robert Almer in Schutz. »Die wollten sicher niemanden umbringen, die haben nur einen Wickel gesucht. So etwas kennt man doch.«

»Angeblich hat Alois Kerschenbauer, einer von ihnen, Bischof beim Bahnhofsdurchgang gestellt und verdroschen, zumindest hat er das ausgesagt«, schilderte Juricek.

»Vielleicht, aber nicht ermordet«, sagte Leopold aus voller Überzeugung.

»Ich denke, seine Darlegung des Sachverhaltes stimmt nicht«, grübelte Juricek. »Er glaubt, er kann uns damit ablenken. Ich bin überzeugt, er möchte ein anderes Mitglied der Gruppe schützen.«

»Und warum soll es nicht stimmen?«, wollte Leopold wissen. »Es würde doch zu diesen wilden Bewohnern der steirischen Täler passen. Die suchen den Kampf Mann gegen Mann. Wer ist der Stärkere? Wenn der andere ein paar Hiebe abbekommen hat, beruhigen sie sich wieder und gehen friedlich nach Hause.«

»So wie er es erzählt hat, *kann* es einfach nicht stimmen«, betonte Juricek. »Er will Bischof zwei harte Faustschläge ins Gesicht verpasst haben. Die Leiche ist von oben bis unten genau untersucht worden. Bischof war einigermaßen alkoholisiert. Aber es gibt außer der tödlichen Wunde keine Spuren auch nur der geringsten Verletzung. Also hat sich Kerschenbauer das ausgedacht, vermutlich, weil er wusste, dass es jemand von seinen Freunden ernsthaft auf Bischof abgesehen hatte.«

Ehe Leopold etwas fragen konnte, drehte sich Juricek von ihm weg und machte sich mit Chefinspektor Frank und zwei weiteren Beamten auf den Weg ins Gymnasium.

*

»Schöne Blamage! Wir stehen machtlos heraußen, während sie sich drinnen Kathi vorknöpfen«, zeterte Leopold.

»Gar nix knöpfen die sich vor. Da drüben rennt sie!« Sabine zeigte auf eine weibliche Gestalt, die eilig die Schule verließ.

»Das geschieht denen recht, weil sie niemanden heraußen zur Absicherung postiert haben«, triumphierte Leopold. »Aber mir entkommt sie nicht!« Er lief Kathi entgegen und schnitt ihr den Weg zu ihrem Auto ab. »Hallo, junge Frau! So früh schon weg von der Probe?«, rief er ihr zu.

»Um Gottes wülln, lossn S' mi, i muass dringend fuat von do«, japste Kathi.

»Könnte man das nicht so auslegen, dass Sie Angst vor der Polizei haben, die gerade in die Schule gegangen ist? Weil Sie etwas auf dem Kerbholz haben?«

»Man könnte, oba lossn S' mi!« Verzweifelt versuchte Kathi auf Leopold einzuwirken. Jede Sekunde war kostbar. Sobald man ihr Fehlen bemerkte, würde man sie suchen.

»Und wohin des Weges? Zum Max?«, blieb Leopold eisern.

»Der Max is im Steirischn bei seine Leit. Der woa gscheida wia i! I wollt hoid die Prob ned versamma. Oba jetzd muass i schnöö weg zu oana Freindin«, insistierte Kathi.

Leopold wollte die junge Frau auf keinen Fall der Polizei überlassen, sonst würde sie womöglich eingesperrt und war unerreichbar für ihn. Aber so einfach davonziehen konnte er Kathi auch nicht lassen. »Haben Sie Bischof umgebracht?«, redete er sie scharf an.

»Naa! Des miassn S' ma jetzd oafoch glauben«, wand Kathi sich.

»Dann brauchen Sie doch keine Angst vor der Polizei zu haben!«

»Es schaud hoid a wengerl bled fia mi aus!«

»Ich möchte Ihnen helfen! Aber dazu muss ich so bald wie möglich allein mit Ihnen sprechen.«

Kathi schaute Leopold panisch ins Gesicht, es war höchste Zeit. Er steckte ihr eine Karte mit seiner Telefonnummer und Adresse zu. »Ich erwarte Sie morgen zu Mittag um zwölf«, schärfte er ihr ein. »Sie brauchen keine Angst zu haben. Aber den Termin müssen Sie einhalten, sonst bin ich böse! Es gibt bei uns übrigens wie jeden Sonntag Schnitzel mit Erdäpfelsalat. Die macht die Erika besonders gut!«

KAPITEL 12

Nacht von Samstag, 9. Juni auf Sonntag, 10. Juni

Matthias Bocek schlief wieder einmal schlecht. Seit den unglückseligen Ereignissen vor zwölf Jahren plagten ihn die Geister der Vergangenheit. Wenn sein äußeres Auge nichts mehr sah, was es ablenkte, meldete sich sein inneres Auge mit schaurigen, nervenzerfetzenden Bildern, wieder und immer wieder. Es war, wie wenn man eine steile Straße bergauf lief, erschöpft am vermeintlichen Gipfel anlangte und nach ein paar Metern bergab feststellen musste, dass es nur noch steiler bergauf zum nächsten Gipfel ging. Dabei bewegte man sich ständig im Kreis und kam an denselben Stationen vorbei.

Warum war er damals nur mit Anita zu diesem Treffen mit den Schauspielern gegangen, einer kleinen Feier nach den ersten Proben? Er hatte schon nachmittags getrunken und sich dadurch unwiderstehlich gefühlt. Dann war er neben Lucia Berlakovics zu sitzen gekommen, die ihm von Anfang an gefallen hatte. Natürlich hatte er gewusst, dass sie vergeben war, aber das hatte ihn keineswegs gestört, noch dazu, wo ihr Freund Nikolaus Bischof an jenem Abend nicht zugegen gewesen war. Seine Annäherungsversuche waren ihr überhaupt nicht unangenehm gewesen. Dann war alles sehr rasch vor sich gegangen. Zu rasch. Und jetzt zerstörte es sein Leben.

Vielleicht wäre alles anders gekommen, wenn Anita nicht gewesen wäre. Sie hatte sich um ihn gekümmert, dazugesehen, dass nichts ans Licht der Öffentlichkeit drang. Aber sie hatte ihm auch Tag für Tag eingeredet, was für ein schlechter Mensch er war. Er trug ja wirklich einen Teil der Schuld an Lucias Tod. Hatte das Kind, das er gezeugt hatte, nicht den Mord an ihr verursacht? Mit etwas Glück konnte man alles verheimlichen, denn die anderen hatten an dem bewussten Abend Gott sei Dank nicht allzu viel mitbekommen.

Aber er müsse stillschweigen, und zwar ein Leben lang, hatte Anita gesagt. Und Buße tun. Ein einfaches, unauffälliges, zurückgezogenes Leben führen. Alles müsse anders werden. Wenn er sich nicht an gewisse Spielregeln halte, würde eines Tages doch alles herauskommen. Und das wolle man schließlich vermeiden.

Jeden Tag erinnerte ihn Anita an seine Pflichten. Sie wurde nicht müde, ihn darauf hinzuweisen, was er mit seiner Unbedachtsamkeit angerichtet hatte. Was würde der extrem eifersüchtige Bischof tun, wenn er erfuhr, wer der Vater von Lucias Kind war? Anita wagte gar nicht, sich das auszumalen.

Sie quälte ihn, und er quälte sich. Tag für Tag, Nacht für Nacht. Konnte das nicht langsam ein Ende haben? Bischof, mit Sicherheit Lucias und seines Kindes Mörder, hatte die gerechte Strafe ereilt. Der Zeitpunkt war günstig. Wann sollte er es versuchen, wenn nicht jetzt? Was konnte schlimmer sein als die ständigen Bilder in seinem Kopf? Zur Buße gehörte auch das Bekennen. Es machte die Seele wieder frei. Warum sich nicht jemandem anvertrauen, etwa dem Oberkellner Leopold? Als er zu Anita heute Nachmittag eine Andeutung gemacht hatte, wäre sie freilich beinahe aus der Haut gefahren …

Ein leises Geräusch drang an Boceks Ohr und riss ihn aus seinen Gedanken. Es klang so, als sei jemand bei der Tür. Aber dann war es auch schon wieder still. Wenn er überreizt war, nahm er in seinem trostlosen Dahindämmern oft die seltsamsten Dinge wahr. Die Linie zwischen Traum und Realität verschwamm. Bocek horchte noch einige Sekunden in sich hinein, dann gab er Entwarnung.

Ein ungutes Gefühl blieb, das Gefühl von Nähe. Jetzt spürte Bocek deutlich die Ausdünstungen eines anderen Körpers. Dann bemerkte er die Umrisse einer männlichen Gestalt im Türrahmen.

»Bleib liegen und dreh ja nicht das Licht auf«, hörte er den Mann leise, aber deutlich. »Keine Angst, ich bin gleich wieder weg. Ich bin nur hier, um dir etwas Wichtiges zu sagen.« Der Mann machte eine bedeutungsschwere Pause. »Du würdest dir gerne alles von der Seele reden, nicht wahr? Vielleicht einen gewissen Oberkellner ins Vertrauen ziehen. Oder sogar zur Polizei gehen. Aber daraus wird nichts, hörst du?«

Bocek krümmte sich vor Angst in seinem Bett. Das war keiner seiner sonstigen Albträume. Da war eine Gestalt von Fleisch und Blut in seiner Wohnung. Er sah, hörte, spürte und roch es.

»Es liegt an dir, wie dein Leben weiterverläuft«, fuhr der Mann fort. »Wie du siehst, haben wir jederzeit Zutritt zu deiner Wohnung. Wir können mit dir machen, was wir wollen. Du solltest auf deine Cousine hören und den Mund halten, wie du es bis jetzt getan hast. Sonst denken wir uns ein paar schöne Sachen für dich aus, die höllisch wehtun. Aber das muss nicht sein, wenn du unsere Anordnungen befolgst. Zunächst verordnen wir dir eine kleine Nachdenkpause. Du wirst diese Wohnung in den nächsten Tagen nicht verlassen. Alles, was du brauchst, wird deine Cousine vorbeibringen. Du wirst auch niemandem die Tür aufmachen und mit niemandem reden. Hältst du dich daran, geschieht dir nichts. Jedes Zuwiderhandeln wird jedoch sofort bestraft. Merk dir eins: Von nun an bist du keinen Augenblick mehr alleine.«

Dann verschwand die Gestalt. Ein leises Klicken, die Tür fiel ins Schloss. Bocek verharrte regungslos in seinem Bett. Er traute sich nicht aufzustehen. Erst, als ihn ein natürlicher Drang dazu zwang, ging er hinaus auf die Toilette. Dort wurde ihm sofort speiübel.

Bocek befürchtete das Schlimmste. Er war sich seines Lebens nicht mehr sicher.

✳

Sonntag, 10. Juni

»Du warst vorige Nacht schon wieder fort. War denn das notwendig?«, klagte Leopold, als ihm Sabine kurz vor dem Mittagessen verschlafen über den Weg lief.

»Papa, ich bin in einer richtigen Stadt. Das muss ich ausnützen«, machte sie ihm klar.

»Ich habe geglaubt, du bist meinetwegen nach Wien gekommen«, murrte Leopold.

»Hätte ich dir etwa beim Schlafen zuschauen sollen? Ich war ohnehin den ganzen Tag mit dir unterwegs.«

Leopold passte dieser Ton überhaupt nicht. »Werd

nicht frech«, kam es reflexartig über seine Lippen. »Schließlich trage ich die Verantwortung für dich. Mit wem warst du denn aus?«

»Geht dich gar nichts an«, ließ ihn Sabine im Ungewissen. Schließlich musste sie ihm nicht auf die Nase binden, dass Thomas Korber sie auch gestern begleitet hatte. Es machte Spaß mit ihm, und er kannte eine Menge guter Lokale.

»Ich komm schon noch dahinter«, rief Leopold ihr nach, als sie im Bad verschwand, aber Sabine hörte es nicht mehr.

»Sei gnädig, Schnucki! Du warst in diesem Alter auch kein Kind von Traurigkeit«, meldete sich Erika Haller aus der Küche, wo eine größere Menge Schnitzel in der Pfanne brutzelte.

»Das war etwas ganz anderes. Damals war es noch nicht so gefährlich wie heute. Und sie kennt sich doch in der Stadt überhaupt nicht aus«, gab Leopold zu bedenken.

»Du siehst hinter jeder Ecke ein Verbrechen lauern. Das kommt daher, dass du dich mit Mord und Totschlag beschäftigst. Da will es nicht in dein Hirn rein, dass es auf der Welt friedlich zugehen kann. Auch in Wien bei Nacht«, redete ihm Erika ins Gewissen. »Jetzt lädst du ja deine Verdächtigen schon zum sonntäglichen Essen bei uns ein. Da könnte ich ebenfalls einiges dazu sagen.«

Erika tat es nicht, weil sie wusste, dass es unnütz vergeudete Kraft war, solange Leopold sich einbildete, in einem Mordfall ermitteln zu müssen. Sabines unerwartetes Auftauchen machte ihm zusätzlich zu schaffen. Es war nicht einfach, von heute auf morgen eine großjährige

Tochter zu bekommen, die einem dazu, außer des Nachts, nicht mehr von der Seite wich. Aber er sollte sich in seiner Vaterrolle üben, das schadete ihm gar nicht. Danach würde er wieder zum zärtlichen, liebevollen Brummbär werden, das wusste Erika.

Jetzt stand das Mittagessen auf dem Programm. Kathi traf pünktlich ein. Sie hatte die Nacht bei einer Freundin verbracht, um einmal in Ruhe über alles nachzudenken. Sie wusste, dass sie der Polizei auf Dauer nicht ausweichen konnte, aber die sich überstürzenden Ereignisse hatten bei ihr ein Gefühlschaos erzeugt. Jetzt ging es ihr wieder besser. Sie versprach, sich anschließend bei Inspektor Juricek zu melden.

Zunächst wurde herzhaft gegessen. Kathi langte zu, als hätte sie die ganze Woche nichts Anständiges in den Magen gekommen. Beim Kaffee zog sich Erika dezent zurück, sodass Leopold und Kathi ungestört über die Ereignisse der Mordnacht aus ihrer Sicht reden konnten. Sabine legte sich derweil auf die Couch. Halb verfiel sie wieder in einen Dämmerschlaf, halb hörte sie zu.

»Des mit der Bianca woa dem Max und mir wurscht«, eröffnete Kathi Leopold. »Do hobn mir nur mittaun, weul wir Steirer immer zsaummholtn. Wos mi oba total erschüttert hod, woa, wia i di Gschicht von der Wasner Karo ghead hob. Do is mir richtig kolt in Buckl obigrennt!«

Karoline Wasner war jahrelang Sommergast in der Pension von Kathi Saleggers Eltern gewesen. Kathi hatte mit ihr ein sehr gutes Verhältnis gehabt. Sie hatte von Karoline gehört, dass sie früher mit Begeisterung bei den Theaterproduktionen in Wolkersdorf mitgemacht hatte.

Da sich Kathi sehr fürs Theater interessierte, hatten die beiden Frauen öfters darüber gesprochen. Dann hatte sich Karoline einmal bei ihr in Wien gemeldet. »Nach vielen Jahren spielen sie heuer wieder Theater in Wolkersdorf«, hatte sie gesagt. »Sie suchen eine Regieassistentin. Da habe ich gleich an dich gedacht. Du wärst einmal hautnah bei so etwas dabei. Und da du in Floridsdorf wohnst, ist es nicht weit weg. Na, hast du Lust?«

Kathi hatte Lust gehabt. Die ersten Proben waren für sie sehr spannend verlaufen. Karoline hatte sie anfangs wie eine gute, alte Freundin unterstützt. Und dann hatte Kathi am Donnerstag während der Schanigartenfeier die schockierende Nachricht von ihrem gewaltsamen Tod vernommen.

»Sind Sie und Ihr Freund Max sofort zu dem Schluss gekommen, dass der Mord auf Bischofs Kappe ging?«, forschte Leopold.

»Die Karo hod mir gegenüber oamoi aungedeutet, dass sie wos über den Bischof woass«, erklärte Kathi. »Solaung er fuat woa, woa ›s ihr gleich, oba jetzt, wo er zruckkemmen is, vielleicht neama!«

Kathi hatte aus Karoline Wasners Erzählungen erfahren, dass Bischof bei vielen Ensemblemitgliedern äußerst unbeliebt gewesen war, weil er sich stets in den Mittelpunkt gestellt und eine Vorliebe für schlechte Scherze gezeigt hatte. Karoline hatte ihn überhaupt nicht leiden können. Dem Gefühl, ihm eins auswischen zu können, hatte sie unter Umständen mit Freuden nachgegeben. Durchaus möglich, dass sie über etwas im Bilde gewesen war, das mit dem ersten Mord zu tun hatte. Beinahe sicher war das dann der Grund für ihren Tod gewesen.

»Warum hätt sunst jemaund die Karo umbringen solln? Sie woa jo so a liaba Mensch«, begründete Kathi ihren Verdacht.

»Welchen Entschluss haben Max und Sie dann in der *Bierkrone* gefasst? Wolltet ihr Bischof wirklich töten?«, fragte Leopold.

»I hob oa Riesenwut auf eam ghobt und woit eam wos autoan«, schilderte Kathi. Max hätte dann eine SMS von Freunden aus einem anderen Gasthaus bekommen. Der Inhalt: Bischof habe das Lokal soeben verlassen und vorher in einem Telefongespräch angedeutet, dass er sich noch mit jemandem in der *Gruam* treffen wollte. »Er wohnt duat glei neben«, ergänzte Kathi.

»Das war für Sie das Zeichen zum Angriff«, schlussfolgerte Leopold.

»Mir san olle sofuat los«, bestätigte Kathi.

»Und später ist Ihnen Bischof beim Floridsdorfer Bahnhof begegnet.«

»Mir ned, dem Alois«, korrigierte Kathi. »I woa mit dem Max glei direkt Richtung *Gruam* unterwegs.«

»Sie haben also gar nicht gesehen, wie Alois Bischof verprügelt hat?«, horchte Leopold auf.

»Naa, ned wirklich«, gab Kathi Auskunft. »Beim Bahnhof san immer so vül Leit. Dem Alois is so wos egal, mir ned. Der Max und i hobn oafoch gschaut, dass ma eam bei der *Gruam* derwischen.«

Kathi war mit Max über die Schloßhofer Straße und den Kinzerplatz Richtung *Gruam* marschiert. Auf dem Weg hatte sie aber der größte Teil ihres Mutes verlassen. Die frische Luft hatte ihre alkoholisierten Gehirne ausgenüchtert. Sie waren übereingekommen, Bischof zu stellen und ihm Angst zu machen. Das musste genügen. Durch ihre Debatte hatten sie überdies Zeit verloren, sodass sie gar nicht mehr sicher sein konnten, noch auf Bischof zu treffen.

»Wia i eam gfundn hob, woa er scho tot«, schilderte Kathi das logische Resultat. »Leider hob i bei der Leich zuwigriffn. Des hätt i ned toa solln!«

»Dann waren Sie diejenige, die ich gesehen habe, als ich auf Bischofs Leichnam gestoßen bin«, stellte Leopold fest.

»Woascheinlich«, vermutete Kathi. »Mir hobn Sie kommen gheat. Do san mir natürlich schnöö weg. Der Max is beim Davaurennan schnöller ois i, oiso werdn S' mi hintennoch gsehn hobn!«

»Und so war es?«, forschte Leopold. »Ganz ehrlich?«

»Jo, oba wer wird mir glauben?«, antwortete sie verzweifelt.

Leopold dachte nach. Er war geneigt, Kathis Aussagen für bare Münze zu nehmen. Alles klang logisch, und sie sah ihm nicht wie eine Gewalttäterin aus. Ihre Sorge und Aufregung waren nicht gespielt. Allerdings neigte die gesamte Steirerpartie nach gesteigertem Alkoholkonsum wie am Tage der Feier zu beträchtlichen Aggressionen. Das durfte man nicht ganz vergessen.

Nicht klug wurde Leopold aus Alois Kerschenbauer. Wenn er Bischof wirklich so bedient hatte, wie er behauptete, hätte man das bei der Untersuchung des Leichnams erkennen müssen. Hatte er übertrieben? Oder die ganze Sache erfunden? Man hatte zwar gesehen, wie er Bischof verfolgt hatte, aber für die Abreibung gab es bis jetzt keinen Zeugen.

Wenn Alois jedoch geschwindelt hatte, warum? Um Kathi zu entlasten? Sie sah Leopold nicht so aus, als habe sie mehr als eine oberflächliche Beziehung zu Alois. Also war fraglich, wie viel er von ihr oder Max überhaupt wusste. Wozu also das Theater? Wollte er etwa von sich selbst ablenken? War die Abreibung nicht beim Bahnhof, sondern in der *Gruam* mit einem Messer erfolgt? Sämtliche Überlegungen in dieser Richtung mussten im Augenblick vage bleiben.

Leopold bat Kathi um die Kontaktdaten von Alois. »Wenn Sie alles sofort meinem Freund, dem Oberinspektor Juricek, beichten, könnten Sie mit einem blauen Auge davonkommen«, riet er ihr dann. »Ich werde ein gutes Wort für Sie einlegen.«

Er befand, dass nach wie vor zwei Fragen beantwortet werden mussten, um das Rätsel des Mordes an Nikolaus Bischof zu lösen: Was hatte Bischof mit den Morden an Lucia Berlakovics und Karoline Wasner zu tun? Und war Bocek etwa gar der Vater von Lucias Kind?

*

Leopold telefonierte kurz mit Oberinspektor Juricek. Danach begab sich Kathi schweren Herzens zur Einvernahme ins Kommissariat. »Die war's nicht«, betonte Sabine und sprang sichtlich erholt von der Couch auf. »Das ist eine von denen, die stark leiden, wenn sie merken, dass ein Unrecht geschieht, aber keiner Fliege etwas zuleide tun können.«

»Bei unseren steirischen Freunden zeigt der Alkohol

freilich eine stark enthemmende Wirkung«, gab Leopold zu bedenken.

»Das tut er bei anderen auch«, bemerkte Sabine trocken.

»Ich muss mich vergewissern, ob und wie stark Alois zugeschlagen hat. Zunächst machen wir aber einen schönen Sonntagnachmittagsspaziergang zu unserem Freund Bocek. Wenn wir ihn noch ein bisschen bearbeiten, rückt er mit seinem ganzen Geheimnis heraus, da bin ich mir sicher«, setzte Leopold ihr seine Pläne auseinander.

Sabine zierte sich. »Kannst du nicht allein gehen, Papa? Heute ist so ein richtiger Tag zum Fernsehen und Nichtstun!«

»Du kommst mit«, entschied Leopold sofort. »Die frische Luft wird dir nach den verrauchten Lokalen der vergangenen Nacht guttun. Außerdem hast du behauptet, dass du mich näher kennenlernen und daher viel Zeit mit mir verbringen möchtest, zumindest bei Tag.«

»Eher werktags«, schränkte Sabine ein.

»Quatsch, Töchterlein! Ich brauche dich nämlich. In deiner Gegenwart wird Bocek weich und gesprächig. Das müssen wir ausnützen.«

»Thomas soll mitkommen! Der war beim letzten Mal auch dabei«, forderte Sabine.

»Thomas muss seine Aufmerksamkeit heute seiner Freundin Christa widmen«, wandte Leopold ein. »In letzter Zeit kümmert er sich viel zu wenig um sie. Das kann schlimme Folgen haben, nicht nur für seine Beziehung. Er hat sich leider nicht immer unter Kontrolle.«

»Red nicht ständig solchen Blödsinn, Papa!«

»Glaub mir, es ist so! Du kennst ihn kaum.«

Sabine zog es vor, zu diesem Thema zu schweigen. Sie konnte Leopold ja nichts davon erzählen, dass sich Thomas Korber und Christa Wohlfahrt getrennt hatten. Von ihren eigenen Unternehmungen mit Thomas durfte sie erst recht nichts erwähnen. Heute wollte sie am späten Nachmittag noch einen Sprung mit ihm zum Heurigen gehen. Sie hoffte deshalb, dass sich die kriminalistischen Nachforschungen ihres Vaters nicht zu sehr in die Länge zogen und dass sie im entscheidenden Moment ohne Schwierigkeiten von ihm wegkam. In Halbturn, bei ihrer Mutter und ihrem Stiefvater, war so etwas viel leichter.

Vor dem Spaziergang zu Bocek konnte sie sich jedenfalls nicht drücken. Nach etwa zehn Minuten hatten sie seine Wohnung erreicht. Aber diesmal reagierte niemand auf ihr Anläuten. »Er ist sicher zu Hause«, raunte Leopold Sabine zu. »Er verschanzt sich nur.«

»Dann können wir uns ja wieder verdünnisieren«, schlug Sabine vor.

»Nichts da!«, zischte Leopold. Er bedeutete ihr, dass sie still sein sollte, und legte sein Ohr an die Tür. Dann läutete er erneut. »Herr Bocek, ich bin es, Leopold«, gab er sich zu erkennen.

Wieder nichts. Aber leise Geräusche drangen aus der Wohnung. »Da ist niemand daheim«, sagte Leopold auf einmal besonders laut. »Na schön, dann gehe ich eben wieder.«

Nun gab er Sabine zu verstehen, dass sie dableiben solle. Er selbst lief deutlich hörbar die Treppe hinunter, zog unten die Schuhe aus und schlich in seinen Socken wieder nach oben. Anschließend gingen beide zusammen einen Halbstock nach oben und setzten sich nach dem

Stiegenabsatz auf die Stufen. »Es ist jemand bei ihm«, flüsterte er Sabine ins Ohr. »Ich bin schon gespannt, um wen es sich handelt.« Dann harrten sie der Dinge, die da kommen würden.

Nach etwa einer Viertelstunde kam Boceks Cousine Anita zur Tür heraus. Leopold gab Sabine ein Zeichen, das sie sofort verstand: abwarten, und dann, wenn möglich, schnell in die Wohnung. Daraufhin stürzte er sich förmlich auf Anita. »Einen Moment«, rief er. »Frau Anita Albrecht, nicht wahr?«

Erschrocken drehte sich Anita um. »Was erlauben Sie sich, mich hier mitten auf dem Gang anzubrüllen?«, protestierte sie.

»Das muss sein«, teilte ihr Leopold in derselben Lautstärke mit. »Offensichtlich sind Sie schwerhörig!«

»Ich bin nicht schwerhörig«, widersprach Anita Albrecht.

»Ach so? Warum hat dann niemand aufgemacht, als ich angeläutet habe?«

»Wenn jemand anläutet, heißt das noch lange nicht, dass man öffnen muss«, belehrte Anita Leopold. »Es ist Sonntag, da sind solche Störungen nicht willkommen. Außerdem ist mein Cousin krank, er liegt mit Fieber im Bett. Was wollen Sie überhaupt?«

Leopold schaute kurz in Richtung Sabine. Gott sei Dank war sie von Anita noch nicht bemerkt worden. Sie hatte sich die Schuhe ausgezogen und wartete. Die Tür zu Boceks Wohnung stand immer noch einen Spalt offen. Mit etwas Glück konnte ihr Plan aufgehen.

Leopold bewegte seine Lippen und redete nun so leise, dass ihn Anita nicht verstand. Am Schluss des Satzes wurde er ein wenig lauter und sagte kryptisch »… unter Mordverdacht!« Dabei begab er sich unauffällig ein klein wenig weg von der Tür in Richtung Stiegenabgang.

Anita fiel darauf herein. Unwillkürlich ging sie ein paar Schritte auf Leopold zu, um herauszufinden, was er ihr mitteilen wollte. »Was ist los?«, fragte sie begierig.

Wieder nuschelte Leopold ein paar Worte und beendete den Satz mit »… unter Mordverdacht!«

»Wer steht unter Mordverdacht?«, wollte Anita aufgeregt wissen.

Barfuß und ohne einen Mucks trippelte Sabine hinter Anitas Rücken die Stiege hinunter und schlängelte sich wie ein Reptil bei Boceks Tür hinein. Um Anitas Aufmerksamkeit noch einmal entscheidend abzulenken, ließ Leopold indes ein markerschütterndes »Hatschi« vom Stapel.

»So passen Sie doch auf«, echauffierte Anita sich. »Also, was ist?«

»Sie sollten einmal zum Ohrenarzt«, schlug Leopold vor. »Jetzt habe ich es wirklich ganz deutlich gesagt. Es hallt auf dem Gang so, wenn man schreit. Vielleicht könnten wir alles kurz in der Wohnung besprechen. Da ist es gemütlicher, und man hört besser.«

»Wo denken Sie hin?«, wehrte sich Anita sofort gegen dieses Ansinnen. Entschlossen zog sie die Türe zu. »Ihr Gefasel ist lächerlich, und Matthias ist krank.«

»Darf ich Sie dann wenigstens ein paar Schritte begleiten?«, legte ihr Leopold ans Herz.

Anita horchte. Als sie den Riegel in Boceks Wohnung einschnappen hörte, war sie beruhigt. Sie hatte Sabine nicht bemerkt. »Machen Sie's kurz«, mahnte sie

Leopold draußen. »Ich habe schon gehört, dass Sie ein äußerst lästiger, aufdringlicher Zeitgenosse sind. Also reden Sie, sonst hat man doch keinen Frieden. Was gibt es so Wichtiges? Weshalb lassen Sie meinen Cousin nicht in Ruhe?«

»Er könnte der Schlüssel zur Aufklärung des furchtbaren Verbrechens sein, das sich am Donnerstagabend in der *Gruam* ereignet hat«, tat Leopold geheimnisvoll.

»Mein Cousin? Dass ich nicht lache!« Anita schaute ihm misstrauisch ins Gesicht. »Sie haben etwas vor! Sie möchten Matthias Dinge einreden, die nicht stimmen. Ihn zum Sündenbock machen. Aber Ihre plumpen Tricks werden nichts nützen. Matthias war in der Mordnacht zu Hause. Etwas anderes ist gar nicht möglich, denn ich habe ihm verboten fortzugehen. Sie sind der Einzige, der ihn beschuldigt. Wollen Sie ihn tatsächlich unter Mordverdacht stellen? Damit blamieren Sie sich bis auf die Knochen!«

Leopold schüttelte den Kopf. »Es ist wirklich schwer, wenn Sie so schlecht hören«, merkte er an. »Es ist keine Rede davon, dass Ihr Cousin unter Mordverdacht steht.«

Jetzt wunderte Anita sich. »Wer denn dann?«, wollte sie irritiert wissen.

»Können Sie sich das nicht denken? Sie natürlich«, ging Leopold direkt auf sie los.

Anita wurde rechtschaffen böse. »Was erlauben Sie sich?«, kreischte sie so laut, dass die Leute auf der Straße ihre Köpfe nach ihr umdrehten. »Ich werde mich bei diesem Oberinspektor Juricek über Sie beschweren!«

»Ah, den kennen Sie schon? Er hat Sie also befragt«, lächelte Leopold.

Anita Albrecht merkte, dass sie sich nicht besonders geschickt verhalten hatte. Sie ließ sich aber nicht von ihrer Linie abbringen. »Ich habe ihm ein paar wichtige Mitteilungen gemacht«, erklärte sie.

»Aha! Und welche?«

»Das werde ich Ihnen doch nicht auf die Nase binden!«

»Dann werde ich Ihnen einmal kurz meine Sicht der Dinge darlegen«, holte Leopold aus. »Sie stehen unter Mordverdacht, da bin ich mir sicher! So etwas sauge ich mir doch nicht aus den Fingernägeln. Sie waren nämlich seinerzeit auch Ensemblemitglied bei den Festspielen in Wolkersdorf. Die Bäuerin von der *kahlen Lentn* haben Sie gespielt, dem Poltner sein Eheweib, gleichzeitig Mutter der unehelichen Tochter Grillhofers, der Horlacherlies. Eine griesgrämige Rolle, soweit ich mich entsinne. Passt zu Ihnen! Was aber das Wichtigste ist: Sie kannten alle Personen, die mittlerweile eines gewaltsamen Todes gestorben sind, und standen zu ihnen lange Zeit hindurch in engstem Kontakt: Lucia Berlakovics, Karoline Wasner und Nikolaus Bischof!«

»Natürlich haben wir uns gekannt. Wir haben ja gemeinsam ein Stück auf die Bühne gebracht. Das ist doch kein Verbrechen«, verteidigte Anita Albrecht sich.

»Es handelte sich um eine kleine Gruppe von Menschen, die bei den Proben und Aufführungen ständig beieinander war«, fuhr Leopold fort. »Da ist es auch zu Reibereien gekommen. Verbürgt sind die Streitigkeiten zwischen Bischof und seiner damaligen Freundin Lucia. Mit Sicherheit steht fest, dass das Kind, welches sie im Leib trug, nicht von ihm war. Dann starb Lucia eines gewaltsamen Todes. Bischof wurde verdächtigt, entlastet und verließ Wolkersdorf schließlich auf Jahre. Er fuhr nach Hause zu Eltern und Bruder. Mit seiner Rückkehr sind offenbar alte Wunden aufgebrochen.«

»Und? Was hat das mit mir zu tun?«

»Bischof war unbeliebt«, erklärte Leopold. »Er hat gern seine Scherze mit anderen getrieben, und die gingen oft sehr weit. Da hat sich die Gruppe eben gewehrt. Nehmen wir an, Lucia wollte weg von ihm, zu ihrem neuen Liebhaber, von dem wahrscheinlich das Kind war. Sie musste sterben. Bis heute halten die ehemaligen Ensemblemitglieder zusammen und schweigen über die wahren Umstände ihres Todes, obwohl sie doch etwas darüber wissen müssten. Alle haben offensichtlich gegen Bischof gearbeitet. Außer – vielleicht – Vera Kuttin. Als er aus Oberösterreich zurückkam, brannte der Hut. Sie, Frau Albrecht, zählen noch heute zu dieser verschworenen Gemeinschaft. Damit sind Sie verdächtig, Bischof ermordet zu haben.«

Mittlerweile war Anita Albrecht knallrot im Gesicht. »Jetzt machen Sie aber einen Punkt mit Ihren haltlosen Anschuldigungen«, kreischte sie.

»Warum schotten Sie Ihren Cousin Matthias von der Umwelt ab?«, bohrte Leopold. »Worin bestehen seine Verfehlungen und Sünden, die er sich ständig vorwirft? Ich werde es Ihnen sagen: Er weiß etwas und muss ruhiggestellt werden. Sie reden ihm ein, dass er zur Rechenschaft gezogen wird, sobald er gegen Sie aussagt. Sie haben ihn mit etwas in der Hand, damit er Ihnen nichts tut. Aber da komme ich noch dahinter. Dann werden wir erfahren, auf welche Weise Sie in die Morde verwickelt sind. Da freue ich mich schon darauf.«

»Gar nichts werden Sie erfahren«, tobte Anita. »Ich werde meinen Cousin vor Ihnen zu schützen wissen.« Sie schaute Leopold mit giftigen Augen an. »Wenn ich erfahre, dass Sie ihn erneut belästigt haben, gnade Ihnen Gott. Da könnte sich tatsächlich eine verschworene Gemeinschaft wie ein Mann gegen Sie stellen.« Sie dachte kurz nach, dann fügte sie hinzu: »Ich rate Ihnen, nicht irgendwelche haltlosen Gerüchte über mich zu verbreiten. Das würde Ihnen ebenfalls schlecht bekommen.«

»Das Verbreiten von Gerüchten zählt zu den wichtigsten Aufgaben eines Oberkellners«, entgegnete Leopold. »Sonst schaut's mit dem Trinkgeld traurig aus.«

»Sie haben mich schon verstanden«, schleuderte Anita ihm entgegen. Dann beschleunigte sie ihren Schritt, um möglichst rasch von ihm wegzukommen. Dabei war sie erstaunlich flott unterwegs. Leopold versuchte sich vorzustellen, wie sie vor zwölf Jahren beisammen gewesen war. Vermutlich deutlich besser. Das bedeutete, dass der Aufstieg zur Anzengruberhöhe für sie damals ein Klacks gewesen sein musste.

*

»Sie sind … die junge Dame«, stotterte Bocek verlegen. Er hütete nicht das Bett. Körperlich wirkte er rege, wenn auch seelisch angeschlagen.

»Ich wollte einmal schauen, wie's Ihnen geht«, sagte Sabine, weil ihr nichts Besseres einfiel. Dann versperrte sie geistesgegenwärtig den Riegel der Tür, ehe sie mit Bocek in die Küche ging.

»Das ist nett«, äußerte Bocek wohlwollend. »Aber zurzeit sehr gefährlich. Im Augenblick fühle ich mich nirgends sicher. Glauben Sie, wir werden abgehört?«

Sabine kannte sich mit Wanzen nicht aus, hielt die Idee allerdings für etwas weit hergeholt. »Ich denke, wenn wir uns in die Küche setzen und leise miteinander reden, wird uns niemand belauschen«, beruhigte sie ihn.

Sie fand eine Dose einfachen Löskaffees und goss rasch zwei Tassen auf. »Jetzt machen wir es uns gemütlich«, versuchte sie ihn weiter zu entkrampfen. »Sie machen sich immer so große Sorgen. Warum sehen Sie nicht alles ein bisschen lockerer? Dass Ihr Kind gestorben ist, ist tragisch. Aber da können Sie ja nichts dafür, oder?«

»Oh doch«, entfuhr es Bocek. »Ich hätte von Anfang an dazu stehen müssen. Dann wäre es immer noch am Leben. Aber ich war zu feige.«

»Das, was Sie mir mitteilen wollen, ist für mich nach wie vor ein bisschen verwirrend«, merkte Sabine an. »Wenn ich ehrlich bin, sprechen Sie in Rätseln.«

Bocek machte eine wegwerfende Handbewegung. »Es ist auch nicht so wichtig«, grummelte er.

»Natürlich ist es wichtig«, bearbeitete Sabine ihn. »Sie sind ja scither ein ganz anderer Mensch geworden, wie mir mein Papa … also wie mir der Leopold mitgeteilt hat. Sie müssen die Geschichte loswerden, sonst gehen Sie an Trübsinn zugrunde.«

»Es geht nicht! Ich darf nicht«, wand sich Bocek.

»Blödsinn! Wer redet Ihnen so etwas ein? Ihre Cousine? Dann zeigen Sie ihr, wer der Herr im Haus ist«, machte Sabine ihm Mut.

Bocek spähte vorsichtig beim Fenster hinaus. »Er ist

wieder da«, registrierte er. »Der Kerl geht vor dem Haus auf und ab. Jederzeit kann er hereinkommen.«

»Wer?«, fragte Sabine.

»Ich werde überwacht«, gab Bocek Auskunft. »Wenn man merkt, dass Sie hier sind, hat das schlimme Folgen für Sie und für mich.«

»Seien Sie mir nicht böse, aber es bringt Ihnen überhaupt nichts, wenn Sie so beharrlich schweigen«, bedrängte Sabine ihn. »Glauben Sie, dieses Überwachen und Drohen hört von selbst wieder auf? Sie sollten Ihre Geschichte erzählen. Dann sind Sie den Ballast los, und Ihre Laune wird sich immens bessern. Ich würde Sie gern als den lustigen Kerl kennenlernen, von dem mir Leopold erzählt hat. Wenn Sie mir und ihm schon nicht vertrauen, wenden Sie sich an die Polizei! Es geht immerhin darum, ein paar Morde aufzuklären.«

Sofort ging Bocek in Abwehrstellung. »Polizei? Nie und nimmer!«

»Es ist das Beste, glauben Sie mir«, riet Sabine ihm. »Ein Kind zu zeugen ist kein Verbrechen, noch dazu mit einer so schönen Frau wie Lucia. Dass sie umgebracht worden ist, kann man Ihnen nicht vorwerfen. Oder doch?«

»Ich hätte ihren Tod verhindern können«, platzte es aus Bocek heraus.

Sabine grinste über das ganze Gesicht. »Da schau her«, merkte sie an. »Schön langsam schmilzt das Eis. Es war also die Lucia!«

»Ja … nein … Hören Sie auf, Sie … Sie bringen mich ja völlig durcheinander«, stotterte Bocek.

»Ist das nicht ein befreiendes Gefühl, dass es heraußen

ist?«, fragte Sabine. Bocek schwieg. Er saß da wie ein Häufchen Elend und starrte geradeaus.

»Ich verrate Sie schon nicht, weder bei Ihrer Cousine noch bei sonst jemandem«, teilte ihm Sabine zu seiner Beruhigung mit. »Aber geschehen muss etwas! Sie können hier nicht die ganze Zeit allein herumvegetieren. Vertrauen Sie dem Poldi und mir, wir schauen, was wir machen können. Ich werde Sie jetzt verlassen. Wenn Sie was brauchen, rufen Sie mich an. Das ist eine Karte mit meiner Nummer. Passen Sie gut auf sich auf!«

»Passen *Sie* lieber auf sich auf, wenn Sie jetzt hinausgehen«, kam es kaum hörbar von Bocek. »Der Mann ist sicher noch da! Es ist für uns beide verdammt schlecht, wenn Sie ihm begegnen.«

Sabine ging aus dem Haustor und kam in einen der Zwischenhöfe. Vorsichtig schaute sie nach links und nach rechts, aber der Mann, von dem Bocek gesprochen hatte, war nirgends auszumachen. So setzte sie unbekümmert einen Fuß vor den anderen und überlegte, was sie nun tun sollte. Ihre Aufgabe hatte sie erfüllt. Sie hatte Bocek sogar dazu gebracht, dass er sich verraten hatte. Leopold konnte ihr also nichts vorwerfen, wenn sie sich einfach aus dem Staub machte und mit Thomas traf. Sie hatte Durst, und die mittäglichen Schnitzel waren schön langsam auch verdaut.

Als sie so nichtsahnend daranging, dem Gemeindebau den Rücken zu kehren, kam der Mann. Er drängte sie zur Hausmauer und stieß sie mehrmals unsanft mit dem Kopf dagegen. Sie war dermaßen überrascht, dass sie sich gar nicht wehrte. Die kleine Welt hier schien plötzlich wie ausgestorben. Niemand war auf der Straße zu sehen.

Der Mann spuckte ihr ins Gesicht. »Was hast du bei Bocek gemacht?«, fragte er und versetzte ihr links und rechts eine Ohrfeige.

»Ich … habe ihn besucht«, stieß Sabine hervor.

»Hast du dabei etwa wieder den Journalistentrick ausgepackt? Und den armen Bocek zu verschiedenen Dingen befragt, die dich nichts angehen? Los, antworte!« Andreas Rohringer stieß sie erneut mit dem Kopf gegen die Wand.

»Ich habe bloß Kaffee mit ihm getrunken«, wand sich Sabine.

Wieder platzierte Rohringer seinen Speichel in ihrem Gesicht. »Ich habe dich und deine Freunde gestern gewarnt. Ihr sollt nicht bei unserer Theatergruppe oder in fremden Wohnungen herumschnüffeln. Da war ich noch freundlich.« Er brachte seinen Mund ganz nahe an Sabines Ohr und sagte ihr mit gedämpfter, aber eindringlicher Stimme: »Wenn ich dich noch einmal irgendwo sehe, wo du nicht zu sein hast, bin ich es nicht mehr. Da passiert Folgendes: Zuerst vergewaltige ich deinen schönen Körper, dann foltere ich ihn mit allen möglichen Instrumenten, dann bringe ich dich um! Überlege dir, ob du das willst!« Zum Abschied rammte Rohringer sein Knie in Sabines Unterleib, dann nahm er Reißaus.

»Halt! Stehen bleiben! Sofort«, hörte man Leopolds aufgeregte Stimme.

Rohringer drehte sich um. »Willst du auch eine Abreibung?«, fragte er provokant. »Dann komm her!«

»Wir werden Sie anzeigen! Das wird Sie teuer zu stehen kommen«, rief Leopold.

»Was habe ich denn verbrochen?«, kam es von Rohringer. »Ein bisschen was muss so eine neugierige Schlampe aushalten!«

Leopold wollte ihm nach, aber schon war Sabine zur Stelle und legte ihren Arm um ihn. »Lass es sein, Papa, das bringt überhaupt nichts«, redete sie auf ihn ein. »Der ist stärker als du. Das sieht doch ein Blinder!«

»Er kommt schon noch in meine Gasse«, prophezeite Leopold und ballte die Faust dabei. »Ich könnte mich ohrfeigen, dass ich nicht an einen Wachtposten gedacht habe. Ich hätte dich dieser Gefahr nie aussetzen dürfen.«

Sabine wischte ihr Gesicht mit einem Taschentuch ab. Anschließend schnäuzte sie sich. Sie sah mitgenommen aus, erfing sich aber rasch. »Dafür hat Bocek sich verplappert«, berichtete sie. »Du kannst mit beinahe 100-prozentiger Sicherheit davon ausgehen, dass er der Vater von Lucias Kind ist.«

»Ich habe mir das schon einige Zeit gedacht«, grübelte Leopold. »Mein Problem ist, dass die Liste der Verdächtigen damit immer länger wird. Ich traue es ihm zwar nicht zu, aber einen der Morde könnte Bocek trotzdem begangen haben. Dann haben wir diesen Rowdy Rohringer, einen Mann fürs Grobe, der sicher bereitwillig zur Stelle ist, wenn es gilt, eine lästige Person aus dem Weg zu räumen. Schließlich ist da Anita Albrecht. Die ist tipptopp in Form. Ein schneller Abstecher auf die Anzengruberhöhe ist für sie überhaupt kein Problem. Und wenn sie eine Wut hat, kann sie jederzeit jemanden mit einem Stein erschlagen oder mit einem Messer erstechen.«

»Was wirst du jetzt tun?«, wollte Sabine wissen.

»Ich habe Rohringer zwar gedroht, dass ich ihn anzeige, aber ich denke, es ist verlorene Liebesmüh. Der redet sich da raus«, befand Leopold. »Wir schnappen uns den Burschen schon noch, das verspreche ich dir! Wichtiger ist jetzt, meinen Freund, Oberinspektor Juricek, auf Bocek aufmerksam zu machen. Er und seine Leute sollen sich um ihn kümmern, bevor ihm etwas zustößt. Dann erfahren wir hoffentlich von ihm, was Cousine Anita und ihre Freunde die ganze Zeit verheimlichen.«

Sabine bewegte sich noch auf etwas wackeligen Füßen. Leopold realisierte wieder, dass sie ziemlich brutal behandelt worden war. »Wie geht es dir? Hast du Schmerzen?«, fragte er.

»Es ist nicht so schlimm«, versicherte sie.

»Wir sind gleich zu Hause. Da legst du dich ein wenig hin und kurierst deine Verletzungen aus«, schlug Leopold vor. »Oder sollen wir dich zur Sicherheit im Spital untersuchen lassen?«

Ein Blick auf die Uhr sagte Sabine, dass es höchste Zeit für ihr Treffen mit Thomas Korber war. »Ach was! Mir geht's schon wieder blendend«, betonte sie.

»Dann machen wir uns heute gemeinsam einen schönen Familienabend«, freute Leopold sich.

»Das … Das ist leider nicht möglich. Ich muss noch wohin«, rückte Sabine zögernd mit ihrer Absicht heraus.

Leopold schaute sie entgeistert an. »Bist du wahnsinnig? In deinem Zustand?«

»Das sind nur ein paar Kratzer und blaue Flecken«, spielte Sabine ihre Wehwehchen herunter.

»Ich glaube, wir fahren doch ins Spital! Vielleicht hast

du innere Blutungen«, legte ihr Leopold, der der Sache nicht traute, ans Herz.

»Auf keinen Fall«, lehnte Sabine resolut ab. »Ich bin mit dir mitgegangen und habe, denke ich, einen guten Job gemacht. Da habe ich mir doch eine kleine Belohnung verdient. Heute dauert es nicht lange. Könnte sein, dass ich schon zur ZIB 2 zu Hause bin. Da können wir noch ein wenig plaudern. Aber jetzt … Sorry, ich muss!«

Sie drückte Leopold einen schnellen Kuss auf die Wange, dann war sie dahin. Allerdings humpelte sie ein bisschen. »Die hat einen Freund aufgerissen, das steht fest«, sagte Leopold zu sich. »Aber wenn sie so hatscht, hat er keine Freude mit ihr, und sie ist schon zur früheren Zeit im Bild daheim. Mir soll's recht sein.«

KAPITEL 13

Wenig später holte die Polizei Bocek ab. Er ließ sich widerstandslos aufs Kommissariat bringen.

Leopold verspürte nach dem turbulenten Nachmittag ebenfalls keine Lust, nach Hause zu gehen. Er beschloss, noch auf einen Sprung bei seinem Lieblingsheurigen *Fuhrmann* vorbeizugehen. Wenn er Glück hatte, traf er dort auf Thomas Korber, obwohl er seinen Freund eher in den behütenden Armen von Christa Wohlfahrt vermutete.

Egal, er brauchte einfach ein bisschen Zeit zum Abhängen. Wenn er so mit seinem Weinglas allein an einem Tisch saß, kamen ihm oft die besten Gedanken. Woran mochte das liegen?

Eigentlich war ja das Kaffeehaus der prädestinierte Ort für alle Philosophen, Denker, Tüftler und Weltverbesserer. Man konnte dort genauso gut für die Schule lernen wie einen Roman schreiben oder ein Musikstück komponieren. Obwohl man allein war, befand man sich doch in Gesellschaft aller anderen, die ebenfalls allein dort waren. Ein unsichtbares Band verknüpfte all jene, die sich durch diesen Ort inspirieren ließen. Er lieferte genau den richtigen Geräuschpegel, den unersetzbaren Anteil an verbrauchter Luft und den allzeit gegenwärtigen Kaffeeduft, der die Zellen des Körpers ständig neu belebte. Wenn es ums Knobeln, Kombinieren oder Kreativsein ging, gab es keine Institution, die das Kaffeehaus schlagen konnte.

Beim Heurigen ging es lauter und geselliger zu. Hierher kam man auch weniger zum Denken als zum Trinken und um sich zu unterhalten. Man lernte bei einem Glaserl neue Menschen kennen, schloss Freundschaften oder verliebte sich. Aber es gab einen ganz bestimmten Zustand, der den Geist immer wieder in neue Bahnen lenkte. Man saß vor seinem Viertel, im Hintergrund spielte Musik, ein Kerzerl brannte und man spürte die Wirkung des Weins in sich aufsteigen wie Sokrates seinerzeit den Schierlingsbecher. Eine allgemeine Trägheit bemächtigte sich des gesamten Körpers. Man war weit weg von allem, tat sich bereits schwer, seine Betrachtungen in Worte zu fassen. Doch plötzlich war sie da, die geniale Idee, und niemand vermochte zu sagen, wie sie sich in den Kopf hineingeschlichen hatte. Man konnte nur befreiend ausrufen: »Jetzt hab ich's!« und hoffen, dass man es nicht bis zum nächsten Tag vergessen würde.

Eine solche Erleuchtung war es, die Leopold insgeheim suchte. Er hatte nämlich das Gefühl, dass er trotz der neuesten Entwicklungen im Mordfall Bischof nur langsam weiterkam.

Es gab zwei Gruppen, die für das Verbrechen in Frage kamen. Die eine war die Steirerpartie um Robert Almer. Motiv: Alkoholismus gepaart mit Aggressionen und Rachegelüsten. Kathi Salegger waren wegen des Mordes an Karoline Wasner die Sicherungen durchgegangen. Angeblich hatte sie im entscheidenden Augenblick der Mut verlassen. Angeblich! Beweisen ließ sich das nicht so einfach. Sie war jedenfalls mit ihrem Freund Max zur Tatzeit in der *Gruam* gewesen.

Frage: Was wusste Kathi von Karoline Wasner über den früheren Anzengrubermord an Lucia Berlako-

vics? War sie gar von ihr in die Schauspieltruppe einge-
schleust worden, um etwas herauszufinden, das damit
zu tun hatte?

Alois Kerschenbauer hatte zumindest dem Anschein
nach nichts mit diesem ersten Mord zu tun. Er hatte sich
als Held aufspielen und Bischof seine derben Annäherungsversuche an Bianca heimzahlen wollen, vielleicht
weil er selbst Gefühle für Bianca hegte. Angeblich war
es bei einer Abreibung mit den Fäusten geblieben. Doch
niemand hatte diese Attacke gesehen.

Frage: Sagte Alois also die Wahrheit? Und wenn nicht,
warum log er? Leopold musste ihn kontaktieren und
morgen unbedingt mit ihm sprechen.

Die zweite Gruppe bildeten die Mitarbeiter der *G'wissenswurm*-Produktion vor zwölf Jahren. Innerhalb dieser Gruppe gab es ein Geheimnis, davon war Leopold
überzeugt. Es stand in Verbindung mit den Morden und
schweißte das ehemalige Ensemble zusammen. Die Polizei war bei ihren Untersuchungen nicht dahintergekom-
men. Leopold hatte bis jetzt angenommen, dass es dabei
um die Identität des Vaters von Lucias Kind ging. Doch
Boceks Vaterschaft brachte die Ermittlungen um keinen
Schritt weiter.

Frage: Was hatten Anita Albrecht, Andreas Rohringer, Vera Kuttin und Felix Kupka zu verbergen? Gab es
etwa ein zweites Geheimnis?

Leopold setzte sich in den Garten beim *Fuhrmann*
und bestellte einen weißen Spritzer. Er stürzte ihn hastig hinunter und ließ sofort ein zweites Glas kommen.
Dann richtete er sich gemütlich auf seinem Sitz ein und
wartete auf die große Erleuchtung, die Antwort auf all

die Fragen, die er sich soeben gestellt hatte. Er spürte, wie sich der Wein langsam seinen Weg zu den verschiedenen Fraktionen seines Denkapparates bahnte.

Was folgte, war zunächst ein angenehmes Gefühl der Entspannung, sonst nichts. Plötzlich wurde der Wind stärker und kühlte die Luft merklich ab. Leopold lief es kalt über den Rücken. An ein geordnetes Denken war nicht mehr zu denken. Die einzige Möglichkeit bestand darin, nach drinnen zu wechseln.

Die anderen Leute hatten offenbar dieselbe Idee. Es kam zu einem kleinen Gedränge, und die Sitzgelegenheiten im Inneren des Lokals wurden rasch rar. »Magst dich zu uns gesellen, Leopold?«, redete ihn Roland Weinert an, ein Tarockierer, der phasenweise auch im *Heller* auftauchte, aber am liebsten beim Heurigen Karten spielte, weil die Konsumation dort billiger war.

»Ja, gerne«, nahm Leopold das Angebot dankend an. Mit dem Sinnieren war es jetzt jedenfalls vorbei. Stattdessen begann eine harmlose Plauderei, bei der das Wetter das anspruchvollste Thema war. Leopold bestellte noch einen weißen Spritzer. Da sah er plötzlich aus dem Augenwinkel ein paar Tische weiter Sabine sitzen – in Begleitung von Thomas Korber! Korber hatte seinen Arm vertraulich um Sabines Schulter gelegt.

»Entschuldigt mich bitte!« Mit bitterbösem Blick stand Leopold auf und ging zu den beiden hin. »Ist da noch ein Platz frei?«, fragte er. Dabei rempelte er Korber an und drängte ihn und Sabine auf ihren Sitznachbarn, der prompt ein paar Tropfen Wein verschüttete, dies aber kommentarlos mit sich geschehen ließ.

»Hallo, Leopold«, begrüßte Korber ihn jovial. »Schön,

dich zu sehen! Fast hätte ich ja vermutet, dass du kommst, aber normalerweise rufst du vorher an.«

»Damit du vorher schon gewarnt bist, was? Den Gefallen tue ich dir nicht! Sag einmal, was machst du da mit … mit …«, startete Leopold eine Tirade, ohne zu wissen, wie er den Satz beenden sollte, ohne seine Vaterschaft zu verraten.

»Mit deiner lieben Besucherin? Ich unterhalte mich gerade prächtig mit ihr.« Korber schmunzelte. Er mochte Leopold, wenn er wütend und verlegen zugleich war.

»Du hast bei deiner Christa zu sein«, donnerte Leopold. »Denk an deine Pflichten ihr gegenüber!«

»Schreib mir bitte nicht vor, was ich zu tun habe«, stellte Korber klar. »Im Augenblick sehe ich mich zu nichts verpflichtet, außer diesen schönen Abend zu genießen.«

»Ach so?« Leopold wurde stutzig.

»Machen wir's kurz: Ich bin nicht mehr mit Christa beisammen«, ließ Korber die Katze aus dem Sack. »Ich weiß, ich hätte es dir früher sagen sollen. Aber ich habe befürchtet, dass das kompliziert wird, weil du mich gedrängt hättest, mir alles noch einmal zu überlegen, eine Aussprache herbeiführen hättest wollen und so weiter. Nimm es, wie es ist. Wir sind im Guten auseinandergegangen.«

»Na bravo! Jetzt ist also der letzte Halt, den du hattest, auch noch weggebrochen«, konstatierte Leopold verärgert. »Und natürlich hast du nichts Besseres zu tun, als gleich ein junges, unschuldiges Geschöpf zu verführen. Da ist es direkt ein Glück, dass ich da bin, um das zu verhindern.«

»Jetzt reicht's aber, Papa«, schritt Sabine energisch ein.

Leopold blieb die Luft weg. »Also, das ... das war nicht fair«, beschwerte er sich.

»Sabine hat mir das schon vor einiger Zeit verraten«, gestand Korber. »Für so ein entzückendes Kind brauchst du dich doch nicht zu genieren. Wenn es auch nicht ganz beabsichtigt war, so ist doch etwas Großartiges dabei herausgekommen!«

»Deine Kommentare kannst du für dich behalten«, entrüstete sich Leopold, ehe er zum Angriff überging: »Der Mann, der neben dir sitzt, Sabine, ist ein ziemlich schlimmer Mensch! Er neigt zu Unmäßigkeit und Ausschweifungen sowie zu äußerst fragwürdigen Beziehungen mit dem weiblichen Geschlecht, sobald er einen über den Durst getrunken hat. Wenn ich nicht ständig ein Auge auf ihn haben würde, wäre er schon längst an den untersten Rand der Gesellschaft abgedriftet, und wenn Christa nicht gewesen wäre, wäre er wahrscheinlich sogar tot. Und was ist sein Dank? Er macht Schluss mit ihr und sucht sich gleich dich als neues Opfer aus.«

»Du redest so einen Stiefel daher«, konnte Korber nur den Kopf schütteln.

»Du brauchst Thomas gar nicht schlecht zu machen«, kam ihm Sabine zu Hilfe. »Ich kenne mich aus. Er hat mir bereits viel von sich erzählt, auch die schlechten Sachen. Und sonst ist er ausgesprochen nett!«

»Scheinheilig ist er, sonst gar nichts«, teilte Leopold weiter aus.

Nun übernahm Sabine endgültig das Kommando. »Gib acht, bevor du dich in einen Wirbel hineinredest«, warnte sie ihren Vater. »Deine Behauptungen könnten sich leicht gegen dich wenden. Wie scheinheilig waren denn deine Sprüche, als du meine Mutter verführt hast? Und wie sehr hast du dich darum gekümmert, wie folgenreich deine romantischen Stunden mit ihr waren? Gar nicht! Sonst hättest du nicht so verdattert dreingeschaut, als ich bei eurem Fest aufgetaucht bin.«

»Da war ich jünger. Außerdem ist das etwas ganz anderes«, beeilte sich Leopold zu sagen.

»Natürlich! Deine Fehltritte sind immer etwas anderes«, kommentierte Korber sarkastisch.

»Frag doch meine Mutter, die Rosi, wie das alles für sie war«, forderte Sabine Leopold auf. »Jawohl, das wirst du tun! Du wirst dich mit ihr an einen Tisch setzen und über das alles mit ihr reden, zur Strafe für deine unausgereiften Anschuldigungen.« Sie schaute ihn schelmisch an. »Weißt du, wie du mir vorkommst? Wie ein eifersüchtiger Vater, der halb durchdreht, wenn er seine Tochter zusammen mit einem Mann sieht, und dabei auf die perversesten Gedanken kommt. Ein Vater, der andererseits nicht einmal zugeben will, dass er sie gezeugt hat.«

»Jetzt ist es aber genug, oder?«, versuchte Leopold seiner Tochter Herr zu werden.

»Kommt ganz auf dich an! Wir können gemütlich und in Ruhe noch ein Glas trinken«, schlug Sabine vor. »Vorausgesetzt, du hörst endlich zu keppeln auf. Wir sind ein Team, das gerade dabei ist, einen Mord aufzuklären. Da sollten wir eigentlich zusammenhalten.«

»Na, was sagst du zu dem Friedensangebot?«, lag Korber auf der Lauer.

»Nehme ich es nicht an, bin ich der Böse, und nehme ich es an, ist meine Autorität beim Teufel«, seufzte

Leopold. »Mit einem Wort: Ich sitze ganz schön in der Tinte.« Schließlich gab er nach. Er ließ eine Runde kommen, und sie blieben sitzen. Korber wechselte dann in seine Wohnung gleich um die Ecke, und Sabine ging brav mit Leopold mit.

Innerlich grummelte es bei ihm noch, aber es schwang dabei immer mehr Anerkennung für Sabine mit. Die blöde Goschn hat sie von mir, dachte er bei sich. Da kann ich ihr nicht einmal böse sein.

✳

Montag, 11. Juni

»Wie war das Familienwochenende mit Frau und Kind?«, erkundigte sich Frau Heller am Montagmorgen gleich bei Leopold.

»Anstrengend«, war das Einzige, was ihm dazu einfiel.

»Sie müssen sich eben erst aneinander gewöhnen«, analysierte Frau Heller die Lage.

»Da wäre es gut, wenn die Tochter nicht so oft ausfliegen würde«, bemerkte Leopold. »Zuerst schläft sie, weil sie die ganze Nacht unterwegs war, dann geistert sie halbwach durch die Wohnung. Kaum ist sie munter, ist sie auch schon fort. Irgendwann kommt sie heim. Dann geht das Radl wieder von vorne an. Dazwischen besucht sie mich hier und stört mich bei der Arbeit.«

Obwohl der Sonntagabend harmonisch verlaufen war und Leopold keinen Grund zur Beschwerde gehabt hatte, hatte in der Nacht etwas in ihm zu arbeiten begonnen. Immer wieder hatte er in seinen Träumen Korber und

Sabine eng umschlungen wie ein Liebespaar gesehen. Natürlich fürchtete er, dass sich da etwas anbahnte. Oder waren die beiden sogar schon weiter, als er ahnte? Korber wohnte ja gleich neben dem *Fuhrmann*. Vielleicht hatte er den Treffpunkt absichtlich gewählt, um Sabine gleich in seine Wohnung abschleppen zu können. Wie gut, dass Leopold das durch seine Anwesenheit gerade noch verhindert hatte. Aber wie würde das weitergehen? Er konnte seine Tochter doch nicht auf Schritt und Tritt überwachen. Und Korber war unberechenbar. Was, wenn er Sabine ein Kind anhängte, wie Leopold damals ihrer Mutter Rosi?

»Sie stört doch nicht«, bemerkte Frau Heller indes und riss ihn aus seinen Gedanken. »Ich habe die junge Dame schon liebgewonnen. Sie wahrscheinlich auch. Aber Männer geben so etwas nicht zu. Leider fällt es Vätern schwer, eine emotionale Bindung zu ihren Kindern herzustellen. Wenn ich denke, wie sich mein Heinrich unserer Doris gegenüber verhalten hat …«

»Bitte keine Ratschläge, mir brummt der Kopf von gestern«, versuchte Leopold seiner neugierigen Chefin auszuweichen und sich auf seine Arbeit zu konzentrieren. Er drehte dienstbeflissen, aber gemächlich seine Runden. Nachdem er vor acht Uhr einen Schwung Schüler des benachbarten Gymnasiums abgefertigt hatte, war es herinnen und im Schanigarten ruhig geworden. Ein paar reifere Damen saßen bei Kaffee und Kuchen, jede für sich. Wieder so eine Gruppe, wo alle gemeinsam allein waren. Man hörte die Löffel im Kaffee, Leopolds Schritte auf dem Parkettboden und hie und da das Umblättern in der Zeitung, sonst nichts. Nur Frau Meixner las die Nachrichten halblaut vor sich hin. Das war keine Stimmung für die Erleuchtung im Mordfall Bischof, die Leopold immer noch suchte. Ein Blick auf Frau Meixner erinnerte ihn bloß daran, dass sie ihm zwei Euro schuldig war.

Seine Laune besserte sich schlagartig, als der Sombrero von Oberinspektor Juricek in sein Gesichtsfeld rückte. »Servus, Richard«, begrüßte er ihn jovial. »Großer Brauner?«

»Ja, bitte!« Juricek hängte den Sombrero auf einen Kleiderständer und stellte sich zur Theke. Dabei rieb er sich die Hände, als ob er sich aufwärmen wollte. »Das Fräulein Sabine nicht da?«, erkundigte er sich.

»Kommt später«, teilte Leopold ihm mit.

»Ihr zahlt ihr einfach nicht genug. Jetzt muss sie auch noch für das Bezirksblatt arbeiten!«

»Bitte lass mich damit in Ruhe, Richard! Es war …«

»Ein Versuch, deine neue Mitarbeiterin für deine Zwecke zu missbrauchen«, unterbrach ihn Juricek unsanft. »Du wirst wirklich immer unverschämter! Zu Bocek hast du sie gestern auch geschleppt. Sag einmal, bist du noch bei Trost? Das hätte schlimm ausgehen können! Das ist keine Rätselrallye, hier geht es schließlich um mehrere Morde.«

»Ich kann dir das erklären, Richard! Ich kenne Sabine von früher. Sie hat freiwillig mitgemacht«, versuchte Leopold sich herauszureden, während er Juricek den Kaffee servierte. »Ohne sie hätten wir Bocek nicht so viel herausgelockt. Wie schaut's denn überhaupt aus mit ihm?«

»Er hat gestanden, wenn du so willst«, berichtete Juricek. »Nicht den Mord natürlich, nein, nein, aber seine Vaterschaft, die ihm schon seit Jahren gewaltige psychische Probleme bereitet. Und doch …«

»Und doch?« Leopold legte die Ohren an.

»Seine Erzählung hat einen Haken«, führte Juricek aus. »Es geschah angeblich im Zuge einer Feier unter den Schauspielern, bei der er zugegen war. Bocek hatte vorher einiges getrunken. Bei der Feier wurde er auf Lucia scharf. Er gibt an, später intim mit ihr geworden zu sein. Und jetzt kommt's: Genauere Angaben kann er nicht machen. Er behauptet zwar steif und fest, sie geschwängert zu haben, mehr dazu weiß er aber nicht. Ob ihm der Alkohol da nicht einen Streich gespielt hat?«

»Wie schaut's mit einem Vaterschaftstest aus?«, fragte Leopold neugierig.

»Ist bereits in Arbeit«, versicherte Juricek. »Aber so etwas dauert leider ein bisschen.«

»Denkst du wirklich, dass er sich das alles nur eingebildet hat?«

»Leicht möglich! Und seine Cousine hat ihn in dem Glauben gelassen, ihn ständig in dieser Richtung bearbeitet. Das war für sie sehr praktisch. Einerseits bekam sie dadurch immer mehr Macht über ihren Cousin. Andererseits war es ideal, wenn sie den wirklichen Vater kannte und decken wollte. Bocek war sozusagen der Sündenbock für alle Fälle. Man ließ ihn nicht fallen und hatte ihn damit jederzeit bei der Hand, wenn man ein schwarzes Schaf brauchte.«

»Und er schwieg natürlich zu allem, was er eventuell wusste, aus Angst, verraten zu werden«, ergänzte Leopold.

»Was das betrifft, tappen wir leider immer noch im Dunkeln«, musste Juricek zugeben.

»Weshalb seid ihr eigentlich nicht früher draufgekommen, dass Bocek in die Sache verwickelt sein könnte?«

»Das hat mehrere Gründe«, seufzte Juricek und rührte dabei in seiner mittlerweile beinahe leeren Kaffeeschale um. »Man hat sich damals auf die Schauspielgruppe und den erweiterten Bekanntenkreis von Frau Berlakovics konzentriert. Später rückte Nikolaus Bischof als Hauptverdächtiger in den Mittelpunkt. Dass Bocek einmal bei einer Feier im Vorfeld der Proben anwesend war, interessierte zu dem Zeitpunkt offenbar niemanden. Die Theaterleute hatten das vergessen oder wollten dazu nichts sagen. Es sind damals sicher Fehler gemacht worden. Andererseits halten die alle zusammen wie Pech und Schwefel. Man hat das Gefühl, sie bekommen ihr Stichwort und sprechen dann brav ihren Text.«

»Was habt ihr vor?«

»Den Test abwarten. Vielleicht ist Bocek ja doch der Vater.«

»Und wenn nicht?«

Juricek fuhr sich mit der Hand über sein schütteres Haar. »Dann kann's jeder gewesen sein«, konstatierte er nüchtern. »Möglicherweise hatte Lucia eine kurze, aber intensive Affäre, von der niemand etwas wusste. Davon ist man bis jetzt ja auch ausgegangen. Schauen wir einmal, was unsere Aktion mit Bocek ausgelöst hat. Unter Umständen sind gewisse Leute nervös geworden. Er wird jetzt von uns überwacht. Und die Cousine knöpfe ich mir selbstverständlich auch vor.«

»Was geschieht mit Rohringer? Der hat Sabine ganz schön bedient«, erinnerte Leopold den Oberinspektor.

»Das lass unsere Sorge sein. Sie hätte sich jedenfalls nicht auf eine so gefährliche Unternehmung einlassen dürfen. Nicht sehr verantwortungsvoll von dir, sie dazu zu überreden«, stellte Juricek klar. »Ich bitte dich überhaupt, dich von jetzt an rauszuhalten. Du siehst ja, was herauskommt, wenn du dich unaufgefordert einmischst. Will heißen: Ich möchte dich nicht mehr bei Bocek oder anderen Verdächtigen sehn. Ist das klar?«

»Was ist eigentlich mit Kathi Salegger?«, fragte Leopold, den Juriceks Warnung sichtlich wenig beeindruckte.

»Wir überprüfen sie und ihre Aussage wie alles andere auch«, erklärte Juricek. »Derzeit reichen die Indizien für eine Festnahme nicht aus, aber das hast du sicher vermutet, als du sie zu uns geschickt hast.«

»Weit seid ihr also mit euren Ermittlungen nicht gekommen«, stellte Leopold zusammenfassend fest.

»Nein«, räumte Juricek ein. »Dabei habe ich die ganze Zeit das Gefühl, dass es gar nicht so schwer ist. Wir haben nur etwas übersehen. Aber was?«

»Diese Frage stelle ich mir auch«, meinte Leopold achselzuckend und räumte das Silbertablett mit Juriceks leerer Kaffeeschale und dem halb vollen Glas Wasser von der Theke ab.

*

Als Thomas Korber mittags nach der Schule auf ein Bier hereinschaute, verhielten sich sowohl er als auch Leopold distanzierter zueinander als sonst. Der Sonntagnachmittag hatte doch seine Spuren hinterlassen. Leopold machte im Eiltempo das durch, was die Väter heranwachsender Töchter während der Pubertät ihres Kindes oder später Schritt für Schritt verspürten: Eifersucht und ständiges Konkurrenzdenken. Korber war nun Freund und Rivale zugleich.

»Gibt's was Neues?«, fragte Korber.

»Bocek ist unter Umständen doch nicht der Vater von Lucias Kind«, antwortete Leopold knapp.

»Aha«, nickte Korber und trank von seinem Bier. Damit war die Unterhaltung fürs Erste beendet.

In dieser Situation auf eine Erleuchtung zu warten, war wohl verlorene Liebesmüh. Deshalb hörte Leopold bei einer Unterhaltung zwischen Frau Heller und Bertha Silber mit, die am zweiten Fenstertisch saß und soeben mit Genuss den Mittagsteller, Fleischknödel mit Sauerkraut, verspeist hatte. »Das Essen war heute wieder ausgezeichnet«, lobte Frau Silber. »Auch sonst wird hier alles stets mit Liebe gemacht. Deshalb fällt es mir umso schwerer, eine kritische Anmerkung bezüglich Ihres letzten Gartenfestes zu machen. Aber es muss einfach aus mir heraus. Seien Sie mir bitte nicht böse!«

Frau Heller machte, wie immer in solchen Fällen, ein Schnoferl. Sie mochte es gar nicht, wenn von ihren Gästen etwas beanstandet wurde. »Der Erfolg war doch sensationell! Die Leute haben getobt«, merkte sie an.

»Die Leute waren laut, weil sie etwas getrunken haben«, präzisierte Frau Silber. »Sie haben zu der ländlichen Musik gejohlt und gegrölt. Wenn Sie das als ein positives Zeichen deuten, ist es Ihre Sache. Von diesem Gedudel habe ich mir nicht allzu viel erwartet. Aber bei Ihren bisherigen Veranstaltungen habe ich den kulturellen Beitrag immer sehr genossen. Diesmal ist er beinahe untergegangen und war, vorsichtig ausgedrückt, äußerst lieblos.«

Ein Affront! Was erlaubte sich diese Frau, sonst gern gesehener Gast, eigentlich? Glaubte sie, als Gemahlin eines beliebten Internisten die feine Lady herauskehren zu müssen? »Das haben Sie sehr unpräzise ausgedrückt. Was meinen Sie denn?«, lauerte Frau Heller mit eisigem Lächeln.

»Das muss Ihnen doch selber aufgefallen sein«, deutete Frau Silber an. »Herr Bischof – Gott hab ihn selig, wer konnte ahnen, dass er ein so schreckliches Ende nehmen würde – hat seinen Text bei der Lesung heruntergeradelt wie ein Schulbub. Wenn ich an die Aufführungen mit ihm in Wolkersdorf denke, wird mir heute noch warm ums Herz. Aber am Donnerstag hat er jegliche künstlerische Brillanz vermissen lassen.«

»Finden Sie?«, meinte Frau Heller von oben herab.

»Jawohl! Zwölf Jahre sind zwar eine lange Zeit, aber so etwas sollte man eigentlich nicht verlernen«, insistierte Frau Silber. »Sie haben ihn damals doch selbst gesehen!«

»Er hat vor seinem Auftritt nervös gewirkt. Ich vermute, er war indisponiert«, suchte Frau Heller nach einer Erklärung, als sie merkte, dass ihr Gegenüber nicht lockerließ.

»Das Ganze war ein wenig komisch«, äußerte Frau Silber. »Er hat ja das Fenster als Ein- und Ausstieg benützt. Die Nervosität allein kann das nicht gewesen sein. Wissen Sie, was ich vermute? Bischof war überhaupt nicht vorbereitet. Außerdem hat er einen ziemlich desorientierten und provokant gelangweilten Eindruck auf mich gemacht. Man sollte zwar über einen Toten nichts Schlechtes reden, aber …«

»Dann tun Sie es auch nicht«, fuhr Frau Heller energisch dazwischen.

»Seien Sie doch nicht gleich so eingeschnappt«, ereiferte sich Frau Silber. »Man wird wohl noch die Wahrheit sagen dürfen! Es war eine glanzlose Darbietung! Mit meiner Meinung bin ich übrigens nicht alleine! In Zukunft sollten Sie bei der Auswahl Ihrer vortragenden Gäste vorsichtiger sein.« Sie lächelte Frau Heller mit dem Bewusstsein ihrer kulturellen Überlegenheit ins Gesicht, ehe sie sich verabschiedete und ging.

»Impertinente Person«, schnatterte ihr Frau Heller hinterher. »Nicht einen Euro hat sie für die Unterhaltung zahlen müssen. Trotzdem regt sie sich künstlich auf.«

»Ich möchte mich nicht einmischen, aber die Lesung hatte wirklich keinen besonderen künstlerischen Wert«, bemerkte Korber von seinem Platz an der Theke aus. »Dabei kannte ich persönlich Bischofs schauspielerische Leistungen nicht. Ich kann mir vorstellen, dass die Enttäuschung für jemanden, der ihn früher live auf der Bühne erlebt hat, größer gewesen ist.«

»Jetzt fallen Sie mir auch noch in den Rücken«, war Frau Heller außer sich. »Da möchte man den Leuten etwas bieten, und das ist der Dank dafür! Das nächste Mal mache ich eine Galavorstellung mit geschmalzenen Eintrittspreisen vor ausgesuchtem Publikum, damit mir das nicht wieder vorkommt.« Mit diesen Worten verschwand sie durch ihre kleine Küche, um sich von den kritischen Äußerungen über ihre Veranstaltung zu erholen.

»Ich rätsle immer noch, ob es die Angst vor seinem Mörder war, die bei Bischof zu dieser mageren Vorstellung geführt hat«, überlegte Leopold. »Oder ob es etwas anderes war.«

»Alkoholisiert war er, glaube ich, nicht«, warf Korber ein.

»Nein, aber am Vortag«, grübelte Leopold. »Und nach der Lesung dürfte er auch gesoffen haben.« Sein Umgangston mit Korber näherte sich wieder der Normalität an.

»Planst du heute erneut so einen großartigen Einsatz wie gestern?«, fragte Korber, sein Bier leerend.

»Ich weiß noch nicht«, antwortete Leopold. »Alois Kerschenbauer kommt später auf einen Sprung vorbei. Vielleicht erfahre ich das eine oder andere wichtige Detail. Und dann werde ich mir die Dinge durch den Kopf gehen lassen.«

»Dann lass ich dich mit deinen Gedanken allein«, teilte ihm Korber kurzerhand mit. »Auf mich wartet ein Stoß Schularbeiten zum Verbessern.«

Leopold wunderte sich, dass Korber gar keine Anstalten machte, auf Sabine zu warten. Des Rätsels Lösung sah er wenig später auf dem Display seines Handys. Seine Tochter hatte ihm eine SMS geschickt: »Komme heute doch nicht ins Kaffeehaus. Bis später. LG Sabine.«

KAPITEL 14

Nach Beendigung seines Dienstes tauschte Leopold die Oberkellnerlivree gegen seine Privatkleidung aus und setzte sich, die Beine leger überkreuzt, in den Schanigarten. Noch immer wehte ein leichtes Lüftchen, aber die Sonne war heraußen, und es wurde zusehends wärmer. Sabine war nicht da, Korber war weg, und Frau Heller hatte sich eine Auszeit genommen. Vielleicht war jetzt eine gute Zeit nachzudenken und auf die Erleuchtung zu warten.

Verwundert kam sein Kollege Waldi Waldbauer zu seinem Tisch. »Was machst du denn noch da?«, erkundigte er sich. »Wartest du etwa auf jemanden?«

»Glaubst du, ich bleib extra da, damit ich dir bei der Arbeit zuschaue?«, entgegnete Leopold. »Deinen hatscherten Gang kenne ich schon in- und auswendig. Frag also nicht so dumm und bring mir ein Achtel Weiß vom Hauswein.«

»Das macht aber keinen guten Eindruck bei den Gästen, wenn sich ein Angestellter im eigenen Lokal vor ihren Augen betrinkt«, merkte Waldi vorsichtig an.

»Ich betrinke mich ja nicht«, rechtfertigte sich Leopold. »Ich greife nur zu einer Stimulanz, die mir helfen soll, die Gedanken in meinem Kopf zu ordnen. Außerdem fürchte ich, dass der Herr, der mich gleich besuchen kommt, schon gar keinen guten Eindruck hinterlassen wird. Mach dir also keine Gedanken und tu einfach deine Arbeit.«

Kaum hatte Waldi ihm den Rücken zugekehrt, schnaufte schon Alois Kerschenbauer im blauen Arbeitsgewand daher. »Ah, do bist jo«, grüßte er Leopold.

»Was ist denn das schon wieder?«, mokierte sich der sofort. »Zum Umziehen hat's wohl nicht gereicht. Darf ich Sie darauf aufmerksam machen, dass diese Kleidung außerhalb gewisser Baustellen und Fabriksgelände nicht erwünscht ist?«

»Es hod ghoassn, i soll glei noch der Oabeit kemman. Drum hob i no des Werdergwaund au«, verteidigte Alois sich und entnahm seinem Hosensack etwas in Aluminiumfolie Verpacktes. Beim Öffnen stellte sich heraus, dass es sich um ein Wurstbrot mit Käse und Gurkerl handelte. »Mei Jausn«, ließ er Leopold wissen.

»Das geht doch nicht«, beanstandete Leopold irritiert. »Die Konsumation mitgebrachter Speisen und Getränke ist bei uns wie in jedem anständigen Lokal verboten.«

»Den Doppler hob i eh dahoam lossn«, zeigte sich Alois unbeeindruckt. »Oba es hod ghoassn, i soll glei kemman, do is koa Zeit mehr zum Essen blieben!«

»Und dann wundert ihr euch, wenn ihr überall schief angeschaut werdet! Sie sind in Wien, da haben Sie sich den hiesigen Sitten und Gebräuchen anzupassen. Sonst wird man in Ihnen immer den wilden Fremden aus dem finsteren Tal sehen«, belehrte Leopold den heißhungrig in sein Brot beißenden Alois, der aber nur mit vollem Mund »Waunst moanst« antwortete und dabei ein paar Brösel auf der Tischplatte verteilte.

Waldi Waldbauer war ebenfalls nicht begeistert, als er Leopolds Achtel brachte und Alois beim fröhlichen Verspeisen seines Brotes sah. »Vielleicht machen der Herr einen Spaziergang um den Häuserblock, bis Sie aufgegessen haben«, forderte er Alois auf. »Ich kümmere mich in der Zwischenzeit um Ihr Getränk. Was darf's denn sein?«

»Bring mir a Bier. Bis du mit dem daherkimmst, bin i scho längst fertig«, schnauzte Alois in Richtung Waldi. »I versteh die Aufregung ned. Es hod ghoassn, i soll glei kemman.«

»Jetzt beruhigen Sie sich einmal«, versuchte Leopold nun einen versöhnlichen Schritt. »Es ist ja schön, dass Sie gleich gekommen sind. Ich habe Sie auch nicht aus Spaß hierher bestellt. Ihre Aussage ist äußerst wichtig für die Aufklärung des Mordes an Nikolaus Bischof. Angeblich haben Sie ihn in der Schnellbahnunterführung gestellt und verdroschen. Das hat aber niemand gesehen.«

Alois würgte die letzten Reste seines Brotes hinunter, machte ein verhaltenes Bäuerchen und wischte sich mit dem Oberarm über den Mund. Dann zündete er sich eine Zigarette an. »Jo mei«, stöhnte er.

»Sie helfen niemandem, wenn Sie Ihre Tat nur erfunden haben, damit Kathi aus dem Schneider ist. Sie hat uns bereits alles aus ihrer Sicht geschildert.«

»Jo mei«, kam es noch einmal aus Alois' Mund.

Leopold wurde ungeduldig. »Sie können mir vertrauen«, redete er auf Alois ein. »Ich verstehe ja, wenn man der Polizei gegenüber vorsichtig ist. Aber ich bin Privatperson. Und mit dem, was ich bereits weiß, kann ich Ihnen und Kathi mehr helfen, als Sie glauben. Dazu müssen Sie mir aber sämtliche Zusammenhänge erschließen. Ihre Auseinandersetzung mit Bischof ist dabei von entscheidender Bedeutung. Ich will die Wahrheit wissen. Warum wollten Sie ihm ans Leder?«

Ein weiteres stereotypisches »Jo mei« folgte. »Wegen der Bianca natürlich«, ergänzte Alois schließlich.

»Sie mögen sie wohl, nicht wahr?«

Alois druckste ein bisschen herum, nach zwei hastigen Zügen an seiner Zigarette entschlüpfte ihm aber ein zögerndes »Jo«.

Ein Mann der vielen Worte war Alois offenbar nicht. Das Bier, das er brav aus seinem Glas trank, löste seine Zunge aber doch ein wenig. Er sei, meinte er, kein Frauenheld, Bianca habe es ihm jedoch schon längere Zeit angetan. Deshalb habe er so eine Wut bekommen, als ihr Bischof am Nachmittag auf die Brust gegriffen hatte. Die anderen ebenso. »Bei so was holtn mir Steirer immer z'sammen«, verlautbarte er stolz.

Die Wut war in Abwesenheit Bischofs dann abgeebbt. In der *Bierkrone* hatten Alois und seine Freunde allerdings die Nachricht erhalten, dass er gerade aus dem benachbarten *Damenspitzerl* aufbrach. Da hatten sich wieder Aggressionen aufgebaut. Beim Bahnhof waren die Steirer auf Bischof getroffen. Alois hatte Bianca imponieren wollen und begonnen, ihn gehörig zu beflegeln. Bianca hatte sich jedoch bereits in eine bereitstehende Straßenbahn gesetzt. Da war Alois Kerschenbauer noch wütender geworden, hatte den abdrehenden Bischof verfolgt und in der Unterführung zwei-, dreimal kräftig auf ihn eingeschlagen. Warum nicht öfter?

»Er hod si ned gwehrt. Do hods koan Spaß gmocht. Oiso hob I eam gehn lossn«, erklärte Alois.

Leopold lauschte interessiert. Sein Glas Wein war bereits leer. Er wartete darauf, dass der Alkohol Einzug in seinem Kopf hielt und sämtliche Hindernisse auf dem Weg zur gewünschten Erleuchtung aus dem Weg räumte. »Seien Sie bitte ehrlich: War es wirklich so? Davon hängt viel ab«, wandte er sich inzwischen an Alois.

»Warum sollt i liagn?«

»Um von Kathi abzulenken.«

»Von der hob i goa nix gwisst. Die Bianca woa mir wichtig, sonst niemand! I hob sie dann a glei angruafn und ihr olles erzööt.«

Klang in gewisser Weise logisch. »Denken Sie jetzt genau nach, Alois! Wie stark haben Sie zugeschlagen?«, wollte Leopold wissen.

»Jo mei! Stoak holt«, behauptete Alois.

»So dass Bischof leicht verletzt war oder blutete?«

»Des woass i ned! Oba normalerweise miassat er scho an kloan Denkzettel im Gsicht ghobt hobn!«

Und doch hatte man an Bischofs Leiche keine Spur dieser Auseinandersetzung gefunden. Woran das wohl liegen mochte? Hatte Alois seine Kräfte überschätzt? Hatte er seinen Gegner im Dunkeln schlecht getroffen? Oder log er einfach das Blaue vom Himmel herunter? Dabei sah dieser Mann nicht so aus, als ob er für so etwas genügend Intelligenz hätte.

Leopold beschloss, den Hergang der Dinge genauer zu untersuchen. Außerdem spürte er, dass ihm zu seiner Erleuchtung ein, zwei Gläser Wein fehlten. »Haben Sie Zeit? Kommen Sie auf einen Sprung mit mir ins *Damenspitzerl*?«, fragte er Alois deshalb.

»Jo mei! Warum ned?«, antwortete Kerschenbauer achselzuckend. Und im Nu waren die beiden aus dem Schanigarten des Café Heller verschwunden.

✳

Vor der Theaterprobe spazierte Vera Kuttin zusammen mit Andreas Rohringer durch den Schlosspark von Wolkersdorf, vorbei am romantischen Teich, in Richtung Gymnasium. Vera nahm die Idylle des kleinen Schmuckstückes mittlerweile kaum mehr wahr. Schon Hunderte Male war sie diesen Weg gegangen. Außerdem war sie voll und ganz ins Gespräch mit Rohringer vertieft. Ihr passte so einiges nicht. »Warum bist du dem Mädchen ans Leder? Das kann uns in die größten Schwierigkeiten bringen«, warf sie ihm vor.

Er grinste schäbig. »Ich habe schon aufgepasst, dass ich ihr nicht zu wehtue«, verantwortete er sich. »Aber irgendwas hab ich ja tun müssen, damit sie nicht glaubt, sie kann Bocek so mir nichts, dir nichts ausfratscheln. Ich habe nur versucht, Anitas Fehler auszubessern. Die hat sich von dem vorlauten Oberkellner ganz schön abtäuschen lassen.«

»Du hast damit erreicht, dass die Polizei aufmerksam auf uns geworden ist. Das heißt, wir mussen extrem vorsichtig sein. Anita wird es hoffentlich gelingen, Bocek ruhig zu halten. Noch hat er nicht alles erzählt. Er hat vorläufig nur seine Vaterschaft gebeichtet. Es wird also bald auffliegen, dass er es nicht ist. Unangenehm, aber nicht mehr zu verhindern.«

»Ich knöpfe ihn mir noch einmal vor und bearbeite ihn so, dass er sich vor Angst in die Hosen macht.«

»Gar nichts wirst du tun«, ordnete Vera Kuttin an.
»Du wirst dich nicht mehr in der Nähe seiner Wohn-
anlage blicken lassen. Du kannst davon ausgehen, dass
sie jetzt von der Polizei überwacht wird. Nur Anita als
seine Cousine kann zu ihm.«

»Du meinst, wir sollen uns auf die Proben zu unserem Stück konzentrieren und so tun, als wäre nichts?«,
fragte Rohringer.

»Es wird uns vorläufig nichts anderes übrig bleiben«,
stellte Vera Kuttin fest. »Warten wir einfach ab. Die Polizei hat immer noch nicht viel Konkretes in der Hand, der
Oberkellner auch nicht. Allerdings …«

»Was ist?«

»Du sagst, Kathi hat am Samstag draußen mit ihm
getuschelt?«

»Ja, sie haben sich kurz unterhalten.«

»Das gefällt mir nicht«, beanstandete Vera. »Kathi ist
uns von Karoline empfohlen worden. Damals wussten
wir nichts von Karos bösen Absichten. Was, wenn sie
Kathi verdorben hat? Wenn dieses junge Geschöpf mehr
weiß, als ihm zusteht?«

Rohringer zeigte sich sofort wieder handlungsbereit:
»Soll ich mich darum kümmern?«

»Auf keinen Fall«, ließ ihn Vera gleich wissen. »Ich
mache das. Ich denke, ich habe da ein bisschen mehr
Gefühl.«

»Und wenn dein Verdacht zutrifft?«

Vera Kuttin zuckte mit den Achseln. »Ich weiß nicht.
Die übliche Vorgangsweise wahrscheinlich. Aber dann
muss ein für allemal Schluss sein, sonst stürzt uns diese
dumme Geschichte alle ins Verderben.«

»Mitgehangen, mitgefangen«, bemerkte Rohringer knapp. »Ich bin jedenfalls da, wenn man mich braucht.«

⁂

Das *Damenspitzerl* war eines jener kleinen Lokale um den Floridsdorfer Spitz herum, das am Nachmittag öffnete, um einen Teil der nach Hause strömenden arbeitenden Bevölkerung aufzufangen und zum Genuss von einem oder mehreren alkoholischen Getränken zu verführen. Einladend sah es drinnen nicht aus. Dafür konnte man trinken und nach Herzenslust rauchen, was aufgrund einer Gesamtfläche von weniger als 50 Quadratmetern immer noch erlaubt war. Die Luft hing hochprozentig und schwer über den Gästen. Im Unterschied zur *Bierkrone* gab es kein offenes, sondern nur in Flaschen abgefülltes Bier. Aber denjenigen, die hier hereinkamen, war das egal. Man brauchte nicht viel Geld für einen Rausch jenseits eines *Damenspitzerls*, das war für die meisten das Wichtigste.

Besonders bei Burgenländern und Steirern war das Lokal äußerst beliebt. Alois Kerschenbauer wurde deshalb gleich jovial begrüßt. Leopold ließ ihn zunächst bei seinen Kumpanen und bestellte an der Theke ein Achtel Weiß. Der Wirt, ein mittelgroßer, stark übergewichtiger Mann mit geröteten Augen, knallte es lieblos vor ihn hin und wurde erst zugänglicher, als ihn Leopold fragte: »Sie auch eins?«

»Ich trinke Weinbrand, wenn's dich nicht stört«, kam die automatische Antwort. Damit schenkte sich der Wirt aus einer Flasche ein, die er gleich neben sich stehen hatte.

»Prost! Ich bin der Fritz«, sagte er dann und kippte den Inhalt seines Glases in einem Zug hinunter.

Leopold stellte sich ebenfalls vor. »Ganz schöner Betrieb«, versuchte er ein Gespräch mit Fritz anzufangen.

»Muss so sein«, erwiderte der Wirt. »Wenn jetzt nichts los ist, kann ich gleich zusperren. Später wird's dann ruhiger.«

»Wie schaut's denn zur Sperrstunde aus?«

»Stammgäste. Einmal mehr, einmal weniger. Aber es ist ruhig und gemütlich. Bei mir hat's noch nie einen Wickel gegeben.« Fritz richtete seinen imposanten Oberkörper ein wenig auf, um zu demonstrieren, dass er mit Streithähnen kurzen Prozess machen würde.

»Vielleicht kannst du dich an einen Mann erinnern, der vorigen Donnerstag gegen Mitternacht hier gewesen sein soll: etwas größer als du, blondes, gewelltes Haar und Vollbart.«

Fritz kniff die Augen zusammen. »Bist du von der Polizei?«, fragte er misstrauisch. »Da war nämlich schon einer da.«

»Nein«, stellte Leopold sofort klar. »Aber ich kenne den Herrn gut, deswegen mein Interesse. Normalerweise trifft man ihn in solchen Lokalen nicht an. Darum wundere ich mich, dass er ausgerechnet hier gewesen sein soll.«

»Der ist umgebracht worden, nicht wahr?«, vergewisserte Fritz sich und schenkte sich erneut einen Weinbrand ein.

»Ja, und wir stehen alle vor einem Rätsel.«

»Da kann ich dir auch nicht viel weiterhelfen«, erklärte Fritz mürrisch. »Es war so ein Typ da, ganz kurz. Den haben sie offenbar vorher schon gesucht. Er hat sich dort hinten in die Ecke gedrückt und schnell einen Kaffee getrunken. Dann ist er wieder gegangen. Hereingepasst hat er jedenfalls nicht.«

»Keinen Alkohol?«

»Nein! Ich hab dir ja gesagt, er hat nicht da hereingepasst. Ganz verloren hat er gewirkt.«

»Hat er telefoniert?«

»Ich hab was anderes zu tun, als ständig zu beobachten, was jeder Einzelne macht«, brummte Fritz. »Solange die Leute Ruhe geben, ist es mir egal. Nur wenn sich ein Wickel anbahnt, fahre ich dazwischen. Er wird sein Handy schon einmal in der Hand gehabt haben. Und jetzt muss ich leider was tun, die Leute haben Durst.« Zur Sicherheit füllte er sein Glas erneut mit Weinbrand, ehe er sich um seine Gäste kümmerte.

Leopold ließ den Wein und die spärlichen Informationen von Fritz auf sich einwirken. Laut Juricek war Bischof zum Zeitpunkt seines Todes alkoholisiert gewesen. Aber wo hatte er sich seinen Rausch geholt? Im *Damenspitzerl* allem Anschein nach nicht. Und im *Heller* hatte er ebenfalls nüchtern gewirkt.

Vielleicht konnte ihm Alois noch einmal helfen. Aber der war gerade in eine hitzige Debatte mit einem steirischen Landsmann verwickelt. »Waun i hoam wüll, so setz i mi noch der Oabeit ins Auto, foa zu meine Leit und am nächsten Tog in der Fruah wieder noch Wien«, setzte er ihm auseinander. »150 Kilometer, 200 Kilometer oder mehr – des san doch olles heitzutog koane Distanzen!«

Typisch, dass er die Steiermark als Heimat und Wien, wo er lebte und sein Geld verdiente, immer noch als

Fremde ansah. Das konnten sich diese Gscherten einfach nicht abgewöhnen. Sein Gegenüber fragte ihn, warum es denn notwendig sei, eine so verhältnismäßig lange Strecke unter der Woche hin und her zu fahren.

»Man muass holt immer gstöllt sein, wenn die Öltern wos von oan wollen, oder der Bruader – und dann schau i glei, wos es neichs gibt«, klärte Alois den Kollegen auf.

Das war wiederum ein edler Charakterzug dieser ländlichen Menschen, dachte Leopold. Sie hatten noch Familiensinn. Sie halfen einander und scheuten dabei weitere Wege nicht. Wobei es aufgrund der modernen Autos und Verkehrswege heutzutage wirklich ein Klacks war. In seiner Jugend hatte man sich noch auf ein kleines Abenteuer eingelassen, wenn man einem Mädchen imponieren hatte wollen und mit ihr auf einen Kaffee von Wien nach Salzburg gefahren war …

Alois beschrieb in der Zwischenzeit die auf der Autobahn in Richtung seines Zuhauses zurückzulegende Strecke und verglich sie mit den kurvigen Tücken der Landesstraßen. Er nannte die Dichte des Verkehrs zu jeder Tages- und Nachtzeit. Er erörterte Gründe, die seine außertourlichen Fahrten rechtfertigten. Häufig ging es darum, rasch etwas aus der Stadt vorbeizubringen. Dafür bekam man von den Eltern eine ordentliche Jause – man sah ja so verhungert aus und hatte sicher tagelang nichts Gescheites gegessen – und machte anschließend mit dem Bruder einen Sprung ins Dorfwirtshaus.

Jetzt schien Leopold der geeignete Zeitpunkt gekommen, die Unterhaltung zu unterbrechen. »Hatten Sie den Eindruck, dass Bischof alkoholisiert war, als Sie ihn prügelten?«, fragte er Alois geradeheraus.

»Er hod mi ned anghaucht«, bemerkte Alois nach kurzem Überlegen.

»Und sonst? Hat er was gesagt? Wie waren seine Reaktionen?«

»Er hod ned vüü gredt. Noch meine Hieb woa er schnöö davon. Tamelt is er ned.«

»Ihrer Meinung nach war er also nüchtern?«

»Mei, jo«, entschloss Alois sich zu antworten.

Viel Zeit war Bischof vor seinem Tod demnach nicht geblieben, um sich zu betrinken. Oder hatte er Alois gegenüber sein schauspielerisches Talent bewiesen und sich unheimlich zusammengerissen?

Leopold nippte an seinem Glas. Im *Damenspitzerl* wurde es immer belebter und lauter. Doch in seinem Hinterkopf reduzierte sich der Geräuschpegel zu einem angenehmen, gleichmäßigen Rauschen. Er war der Wahrheit jetzt definitiv auf der Spur. Etwas, vor dem er seine Augen bisher verschlossen hatte, drängte sich unaufhaltsam in den Vordergrund. Ein Licht ging ihm auf! Die ersehnte Erleuchtung! Heureka!

Er klopfte Alois auf die Schulter. »Ich hab's«, rief er ihm zu. »Ich habe die Lösung! Noch ein Bier?«

»Mei, jo«, ließ sich Alois nicht lange bitten, obwohl er keine Ahnung hatte, was Leopold meinte.

✳

Montag, 11. Juni, abends

Anita Albrecht stand in der Küche von Matthias Boceks Wohnung und wärmte ihm eine Gemüsesuppe auf. »Hattest du wieder Besuch?«, fragte sie in Richtung Wohnzimmer.

»Nein«, kam die matte Antwort. Bocek hing mehr in seinem Lehnsessel als er saß und ließ die Bilder auf dem Schirm seines Fernsehers interesselos an seinen Augen vorüberlaufen. Er kam sich vor wie in einer Festung, aus der alle Wege zurück in die Zivilisation versperrt waren. Die Aufregungen der letzten Tage hatten ihn zusätzliche Kraft gekostet.

»Das ist auch gut so. Du wirst in Zukunft zu niemandem mehr über deine und unsere privaten Angelegenheiten sprechen«, trichterte Anita ihm ein, während die Suppe köchelte.

»Aber die Polizei wird weitere Fragen an mich haben«, erwähnte Bocek.

»Das haben wir alles schon besprochen«, erinnerte Anita ihn. »Was wirst du in einem solchen Fall tun?«

»Ich werde sagen, dass ich bereits alles erzählt habe, was ich weiß«, leierte Bocek herunter.

»Richtig«, bestätigte Anita, einen Teller Suppe hereinbringend. »Mehr kannst du auch beim besten Willen nicht aussagen. Und du warst nur bei dieser einen Feier dabei, hörst du? Sonst bist du nie mit Leuten vom Theater zusammengekommen. Vorsicht, die Suppe ist heiß!«

»Ich würde gerne wissen, welche Dinge ich nicht sagen darf, und warum ich sie nicht sagen darf«, begehrte Bocek ein klein wenig auf. Dabei rührte er mit dem Löffel in der Suppe um.

»Du wirst gar nichts sagen, das ist am sichersten«, belehrte Anita ihn. »Wer lange nachdenkt und in der Vergangenheit herumkramt, verplappert sich. Das kannst du dir nicht leisten. Es genügt, dass du mit deinem dummen Verhalten bezüglich deiner Vaterschaft alle auf dich aufmerksam gemacht hast. Da hast du dich ganz schön hineingeritten.«

Plötzlich funkelten Boceks Augen. »Es gibt da etwas, das mir wieder in den Sinn kommt, und je länger ich darüber nachdenke, desto komischer kommt es mir vor«, erinnerte er sich. »Damals war doch …«

»Du wirst es gefälligst für dich behalten«, unterbrach Anita ihn unsanft.

»Und wenn mich die Polizei darauf anspricht? Das kann durchaus sein, und dann ist es meine Pflicht, wahrheitsgetreu zu antworten«, ließ er nicht locker.

»Wie schmeckt dir denn die Suppe?«, wechselte Anita plötzlich das Thema.

»Danke, gut«, antwortete Bocek schlürfend.

»Das freut mich«, grinste Anita höhnisch. »Ich dachte mir schon, es würde keine besonderen geschmacklichen Auswirkungen haben. Eine kleine, spezielle Note, sonst nichts.«

Bocek kannte seine Cousine. Er ahnte nichts Gutes. »Was meinst du?«, fragte er.

»Ach, nichts. Ich habe nur zu Hause noch schnell in deine Suppe gepinkelt, bevor ich sie ins Essgeschirr abgefüllt habe«, gestand sie ihm spöttisch.

Bocek verzog das Gesicht. Er hatte noch etwas von der Suppe im Mund, das er jetzt aber nicht mehr hinunterbrachte. Er sprang auf und rannte auf die Toilette, wo er sich lautstark übergab. »Schön langsam wirst du senil und glaubst alles, was man dir erzählt«, empfing Anita ihn, als er kreidebleich zurückkam.

»Du … hast mich angelogen?«, keuchte Bocek mitgenommen.

»Sieh es als Warnung«, drohte Anita. »Wenn du weiterhin Anstalten machst, anderen gegenüber mitteilungsbedürftig zu sein, musst du in Zukunft mit unappetitlichen Überraschungen rechnen. Weißt du, was man alles ins Essen und Trinken mischen kann, ohne dass jemand etwas davon merkt? Da machst du dir keine Vorstellung davon. Seltsame Krankheiten kannst du dir einfangen, tagelange Übelkeit oder höllische Schmerzen in der Bauchgegend.«

»Warum quälst du mich so?«, heulte Bocek drauflos. »Was habe ich dir getan?«

»Hör zu«, schärfte ihm Anita ein. »Ich habe mich jahrelang um dich gekümmert, habe dir geholfen, als du nach Lucias Tod am Boden warst. Den Arsch reiße ich mir auf für dich. Und was ist der Dank? Du fängst an, Geschichten zu erzählen, Geschichten, von denen du dir einen großen Teil einbildest, die aber für deine Cousine schlimme Folgen haben könnten. Da soll ich nicht wütend werden? Ich brauche einen Cousin, auf den ich mich verlassen kann. Wie ich mich dir gegenüber verhalten werde, liegt also in deiner Hand. Noch Suppe?«

Bocek würgte es sofort wieder. »Nein«, rief er panisch. Dann ließ er sich ermattet in seinen Lehnsessel fallen.

KAPITEL 15

Leopold war an diesem Abend außerordentlich gut drauf. Er hatte noch zwei Achtel mit Alois und seinen Kollegen getrunken und den Wirt auf ein weiteres Stamperl eingeladen. Dann war er den Weg vom *Damenspitzerl* zur Schnellbahnunterführung, weiter zur *Gruam* und wieder zurück abgegangen und hatte sich alles genau angeschaut. Die Dinge fügten sich in seinem Kopf zu einem großen Ganzen zusammen. Der einzige Nachteil: Beweis für seine Theorie hatte er keinen.

Da fiel ihm Sabine ein. Sie konnte ihm wichtige Dienste leisten. Doch sie hatte den ganzen Tag nichts von sich hören lassen. Jetzt, wo es in die entscheidende Phase ging und er ihre Hilfe benötigte, drückte sie sich auf einmal und ließ die sonst so gern zur Schau gestellte töchterliche Zuneigung vermissen. Das passte Leopold gar nicht. Er rief sie am Handy an, sie hob aber nicht ab. Also erkundigte er sich bei Erika, was los war. Statt einer Antwort hörte er die Frage: »Wo bist du?«

Es klang ungeduldig. »Auf dem Heimweg«, turtelte er deshalb in sein Handy.

»Ich hoffe, du hast unsere neue Adresse nicht vergessen und irrst zwischen den Gasthäusern der Umgebung hin und her«, reagierte Erika scharfzüngig.

»Ich bin ja gleich da! Aber hast du gar keine Ahnung, was mit Sabine ist? Ich mache mir Sorgen.«

»Sie wird schon irgendwann gegen Mitternacht auftauchen wie jeden Tag«, ließ Erika ihn wissen. »Zerbrich dir nicht über sie den Kopf, Schnucki, und komm jetzt bitte.«

»Bei mir bist du immer gleich so streng«, erwiderte Leopold eingeschnappt. Seine gute Laune war beinahe wieder dahin.

»Mit dir habe ich ein partnerschaftliches Verhältnis, mit ihr nicht«, machte Erika ihm klar. »Vielleicht möchte ich einfach nur einen schönen Abend mit dir erleben.« Dann legte sie auf.

Nun probierte Leopold es bei Thomas Korber. Doch auch der meldete sich nicht. Leopold wurde grantig. Was war schon wieder los? Da dämmerte es ihm: Wenn weder Sabine noch Thomas ihre Handys aufgedreht hatten, steckten sie möglicherweise wieder beisammen. Aber wo? Wenn sie in die Innenstadt gefahren waren, konnte Leopold nicht viel machen. Vielleicht befanden sie sich jedoch wieder beim Heurigen *Fuhrmann.* Von da konnte sich das Geschehen jederzeit in Korbers Junggesellenwohnung verlagern. Was, wenn sie den Heurigen als vorbereitende Zwischenstation überhaupt ausgelassen und sich dort bereits ihr Lager bereitet hatten?

Es war endgültig aus mit Leopolds Hochstimmung. Er musste sich Klarheit verschaffen. Für Überlegungen zu den Morden war später Zeit. Er ratterte mit seinem Auto und einigen Achteln Wein intus Richtung Jedlersdorf.

Der *Fuhrmann* hatte seine Tore bereits geschlossen. Leopold hatte ganz vergessen, dass er am Montag schon zeitig zusperrte. Jetzt kam es darauf an, ob die beiden Korbers Wohnung in eine Lustgrotte verwandelt hatten. Leopold ging die paar Schritte bis zu dem Haus. Im zweiten Stock brannte schwaches Licht. Schummerbeleuchtung. Das bedeutete: Alarmstufe eins!

Er läutete an der Gegensprechanlage, doch lange Zeit rührte sich nichts. Erst nach einer gefühlten Ewigkeit hörte er ein Knacken und Korbers wohlbekannte Stimme: »Wer ist da?«

»Ich bin's«, meldete sich Leopold. »Darf ich einen Sprung raufkommen?«

Kurze Pause, dann: »Das ist im Moment eher ungünstig.«

»Kann ich mir denken. Es muss aber sein.«

»Es hat sicher Zeit bis morgen. Gute Nacht!«

Leopold beantwortete dieses plumpe Ablenkungsmanöver, indem er bei Frau Szekely anläutete, einer alten Witwe, die immer jedem aufmachte. Oben stand Korber bereits notdürftig bekleidet in der offenen Tür. »Ich habe ja gewusst, dass du dich nicht abschütteln lässt«, äußerte er genervt. »Es geht aber wirklich nicht.«

»Warum denn?«, fragte Leopold scheinheilig.

»Wenn du's unbedingt wissen willst: Ich habe Besuch!«

»Ach so? Da wüsste ich nun wirklich gern, *welchen* Besuch!«

»Du hast das Talent, immer dann aufzutauchen, wenn man sich auf ein ganz und gar privates Stündchen freut«, schalt Korber seinen Freund. »Kannst du dich erinnern, wie du einmal hereingeplatzt bist, als ich gerade mit Christa beschäftigt war? Keine gute Eigenschaft von dir!«

Leopold war drauf und dran, gewaltsam in die Wohnung einzudringen. »Wo ist sie?«, rief er.

»Das geht dich nichts an«, antwortete Korber bestimmt.

»Das geht mich sehr wohl etwas an!«

»Es ist meine Privatsache, mit wem und auf welche Art ich meine Abende verbringe!«

»Ist es nicht!«

In diesem Augenblick huschte eine in ein Handtuch gehüllte junge Frau durchs Vorzimmer. »Halt«, redete Leopold sie an. »Wer sind Sie?«

Die Frau machte einen erschreckten Blick zur Tür, piepste »Huch!« und verschwand wieder.

»Das ist ja gar nicht Sabine«, stellte Leopold erstaunt fest.

»Das habe ich auch niemals behauptet«, seufzte Korber. »Hast du bitte ein Einsehen und lässt mich mit der Dame allein?«

»Selbstverständlich! Entschuldige«, murmelte Leopold, dem die Sache peinlich wurde. »Gute Nacht und … nichts für ungut!«

Er ging die Stiege hinunter und zu seinem Auto. Langsam wurde er dabei nüchtern. Er hatte sich eben seinem Freund Thomas gegenüber ganz schön blamiert. Immerhin, und da atmete Leopold einmal tief durch, handelte es sich bei der Dame, mit der er sich vergnügte, nicht um Sabine. Schlimm genug, dass er sich so kurz nach der Trennung von Christa um einen Ersatz bemühte.

Es blieb allerdings die Frage, wo sich Sabine herumtrieb, und weshalb sie am Handy nicht zu erreichen war.

*

Natalie Vogt streifte das Handtuch ab und zog wieder Hose und Bluse über ihre Unterwäsche an. »Das war knapp«, atmete Korber auf. »Ich hatte so eine Eingebung, dass Leopold mich heimsuchen würde, vor allem, als er uns am Handy nicht erreichte. Danke, Natalie!«

Natalie kam aus Mönchhof, einer Nachbarortschaft von Halbturn, und war eine langjährige Freundin Sabine Patzaks. Die beiden hatten sich am Nachmittag getroffen. Thomas Korber war dann zu ihnen gestoßen, und schließlich waren alle in seiner Wohnung gelandet.

»Ich werde jetzt gehen und euch allein lassen«, sagte Natalie. Sie und Sabine hatten spontan die Idee mit dem Täuschungsmanöver gehabt, als Leopold unten angeläutet hatte.

»Schon?«, fragte Korber. »Möchtest du nicht noch ein Gläschen trinken?«

»Nein«, lehnte Natalie dankend ab. »Ich muss heim. Ihr seid sicher nicht böse, wenn ihr den Rest des Abends ohne mich verbringt. Ich habe euch beobachtet, wie ihr euch die ganze Zeit in die Augen geschaut habt. Ich kenne mich aus. Du läufst übrigens immer noch halbnackt herum, Thomas. Das wäre doch ein Anfang.«

»Oh!« Korbers Gesicht lief rot an, als er merkte, dass er in Unterhemd und Unterhose vor seinen weiblichen Gästen saß.

»Brauchst dich vor mir nicht zu genieren«, beruhigte Natalie ihn. »Und vor Sabine sicher auch nicht. Also dann tschüss! Bleibt sitzen, ich finde allein hinaus!«

Sie umarmte Korber und Sabine und verließ die beiden. Als sie weg war, bekam Sabine einen Lachanfall. »Schade, dass ich mich habe verstecken müssen«, prustete sie. »Ich hätte gern Papas dummes Gesicht gesehen, als Natalie mit dem Handtuch durchs Vorzimmer gelaufen ist.«

»Normalerweise übertölpelt er mich, diesmal war es umgekehrt«, registrierte Korber zufrieden.

»Ich denke, ich warte noch ein bisschen, bis die Luft rein ist, dann mache ich mich auch auf den Weg«, teilte Sabine ihm mit.

»Warum? Es ist doch noch nicht spät«, versuchte Korber sie umzustimmen. Dabei legte er seinen Arm um sie und drückte sie sanft an sich. Sie ließ es geschehen.

»Ich weiß nicht«, sagte sie, beinahe flüsternd.

»So, wie wir im Moment dasitzen, sind wir ein ungleiches Paar«, gab Korber zu bedenken. »Entweder ich ziehe mir wieder was an, oder …«

»Nein, Thomas«, wehrte sie ab. »Das ist keine gute Idee! Ich muss gehen.«

Ein paar Augenblicke später lagen sie sich in den Armen und küssten einander leidenschaftlich. Korber griff dabei unter Sabines T-Shirt, worauf sie es sich rasch über den Kopf zog. Während seine Augen wie elektrisiert an ihren Brüsten hingen, begründete sie ihren Sinneswandel: »Ich lasse Erika und den Papa noch ein bisschen fernsehen.«

⁕

Nacht von Montag, 11. Juni auf Dienstag, 12. Juni

Nachdem sie sich leidenschaftlich geliebt hatten, wurden beide müde und Sabine Patzak schlief neben Thomas Korber ein. Sie machte sich später doch auf den Heimweg. Die Morgendämmerung setzte bereits ein. Vor Leopolds und Erikas Wohnungstür zog sie die Schuhe aus, um nur ja keinen Lärm zu machen. Jedes noch so kleine Geräusch konnte ihren Vater aufwecken und unabsehbare Folgen haben. Sabine hatte bereits bei Korber geduscht, also brauchte sie sich nur mehr abzuschminken und in den Pyjama zu schlüpfen. In ihrem Kopf liefen dabei immer wieder die Zärtlichkeiten der letzten Stunden ab.

Auf Zehenspitzen schlich sie ins Wohnzimmer. Die Couch war Gott sei Dank schon ausgezogen. Aber als sie sich hinlegen wollte, fuhr im Halbdunkel ein Kopf in die Höhe. »Weißt du, wie spät es ist?«, fuhr Leopold sie an.

»Raus mit dir! Das ist mein Bett«, setzte Sabine zum Gegenangriff an.

»Was man nicht benützt, darauf verliert man sein Recht!«

»Hat Erika dich aus dem Schlafzimmer verbannt?«, fragte Sabine misstrauisch.

»Nein, ich habe auf dich gewartet«, setzte Leopold ihr auseinander. »Das könnte dir so passen, dich einfach im Morgengrauen hereinzuschleichen, als wäre nichts gewesen. Bei mir nicht! Nicht, solange ich die Verantwortung für dich habe.«

»Ich bin 21«, protestierte Sabine. »Das heißt, ich bin erwachsen.«

»Du bist mein Gast. Wenn dir was passiert, bin trotzdem ich schuld«, redete Leopold weiterhin heftig auf sie ein. »Was sollte ich in so einem Fall deiner Mutter erzählen? Jedes vernünftige Kind meldet sich zwischendurch telefonisch oder hebt zumindest ab, wenn man es anruft.«

»Tut mir leid, ich hatte mein Handy auf lautlos. Daheim in Halbturn habe ich übrigens keine Probleme, wenn ich fortgehe. Meine Mutter und mein Stiefvater sind viel toleranter als du.«

»Keine Ausflüchte! Wo warst du, und mit wem?«

»Ich war unterwegs mit einer Freundin.«

»Bis jetzt? Und wo?«

»Das geht dich nichts an.«

Leopold schluckte. Egal, was er tat, Sabine gab ihm kontra. So kam er nicht weiter. »Versteh mich bitte«, ging er es etwas sanfter an. »Ich bin noch reichlich ungeübt als Vater. Außerdem hast du mir in den letzten Tagen viel geholfen, da hast du mir heute gefehlt. Thomas hatte auch keine Zeit. Gerade jetzt kommt der Mordfall in eine entscheidende Phase, in der ich deine Unterstützung notwendig brauche. Darum bin ich nervös geworden.«

»Dann komme ich später im Kaffeehaus vorbei und bin wieder ganz für dich da«, tröstete Sabine ihn.

»Was heißt später?«, zog Leopold sofort die Zügel an. »Auf der Stelle wirst du mir helfen und ein paar Dinge auf deinem Handy nachschauen. Wir dürfen keine Zeit verlieren. Ich muss Oberinspektor Juricek über den neuesten Stand der Dinge unterrichten, denn wenn sich mein Verdacht bestätigt, heißt es rasch handeln!«

»Papa, ich bin müde«, wehrte Sabine sich. Sie wollte ihren Kopf nicht mit Mordfällen belasten, sie wollte an die vergangenen Stunden denken.

»Du wirst mir diesen Gefallen tun, eher gehe ich nicht aus dem Zimmer«, blieb Leopold stur.

»Na gut, aber sobald der Fall gelöst ist, besuchst du die Mama! Eher wirst du mich nicht los«, forderte Sabine.

Leopold willigte ein. Nun entspannte sich die Lage. Sabine fand recht schnell das heraus, was ihn so brennend interessierte. Einmal mussten beide sogar herzlich lachen. Da wurde Erika munter und kam aus dem Schlafzimmer. »Wie die Turteltäubchen«, bemerkte sie. »Es ist ja immer so: Zuerst bist du wütend, Schnucki, dann löst sich alles in Wohlgefallen auf. Jetzt lass Sabine aber in Ruhe und komm!«

Leopold hatte alles, was er wollte, und folgte ihr brav. Im gemeinsamen Bett begann Erika dann, ihn zu streicheln. »Du hast dich wieder völlig grundlos über deine Tochter aufgeregt«, eröffnete sie ihm dabei. »Schau, wie sich deine Sorgen in Nichts aufgelöst haben.«

»Ich glaube, sie hat einen Freund, mit dem sie's treibt«, war Leopold überzeugt. »Wenn ich da dahinterkomme!«

»Aber Schnucki, gib Ruh, das ist doch völlig natürlich«, besänftigte Erika ihn. »Für junge Leute sind die Themen Liebe und Sex ständig aktuell. Eigentlich sollte das ja ein Leben lang anhalten, meinst du nicht?« Sie war mit ihrer Hand nun bei einem sehr empfindlichen Körperteil Leopolds angelangt, der sich für die zärtliche Behandlung bedankte, indem er sich vorsichtig aufrichtete.

»Musst du nicht schon auf?«, fragte Leopold leise.

»Es ist noch genug Zeit«, beruhigte Erika ihn. »Was, denkst du, hat dieser Freund mit Sabine gemacht? Könntest du mir das einmal zeigen? Ich bin schrecklich neugierig.«

»Er hat …«, begann Leopold, sagte dann aber nichts mehr, sondern zeigte nur noch. Das Bett begann unter den rhythmischen Bewegungen zu quietschen, und rasch stöhnten beide dem Höhepunkt entgegen.

Der Papa kann's noch ganz schön, dachte Sabine und sank, von Thomas Korber träumend, in tiefen Schlaf.

KAPITEL 16

Dienstag, 12. Juni

»Ausgeschlossen«, wetterte Juricek. »Sag einmal, bist du jetzt ganz übergeschnappt?«

»Ich dachte bloß, es sei am einfachsten, den Täter auf diese Art und Weise zu überführen. Wir waren mit einer ähnlichen Taktik bereits erfolgreich«, rechtfertigte Leopold sich auf dem Kommissariat, während er Automatenkaffee aus einem Plastikbecher hinunterwürgte. »Ist übrigens scheußlich, dieses Gebräu. Jetzt weiß ich, warum du so gern zu uns ins Kaffeehaus kommst.«

»Nur halb so scheußlich wie dein Vorschlag. Wie stellst du dir denn das vor? Wir haben überhaupt keine Möglichkeit, Kathi Salegger ausreichend zu schützen.«

»Wir müssen eben dicht dranbleiben. Anbeißen wird unser Mörder auf jeden Fall, wenn wir ihn zum Schein von Kathi erpressen lassen, denn sie könnte von Karoline Wasner in alles eingeweiht worden sein.«

»Schlag dir das aus dem Kopf«, redete Juricek auf Leopold ein. »Abgesehen davon, dass ich in diesem Fall ohne meinen Kollegen Frank nichts unternehmen kann und dass wir nie genügend Leute für die Aktion bekommen: Es geht nicht um einen überschaubaren Ort wie etwa eine Wohnung. Das Ganze würde sich vermutlich im freien Gelände in der Nähe der Anzengruberhöhe abspielen. Mitten in der Nacht! Wie sollen wir dem Täter da das

Handwerk legen, bevor er Kathi umgebracht hat? Hinter jedem Baum kann er hervorkommen. Warst du schon einmal oben?«

Leopold nickte. »Natürlich! Da kannst du deine Leute rundherum platzieren.«

»Das ist zu riskant, das Gelände in der Dunkelheit alles andere als ideal, und wann und wie der Mörder zuschlagen würde, bleibt höchst ungewiss«, tat Juricek den Vorschlag ab. »Diese Leute sind gefährlich. Das, was sie jahrelang erfolgreich verdrängt hatten, ist durch die letzten zwei Morde wieder an die Oberfläche gekommen. Sie machen Fehler, die Fassade beginnt zu bröckeln. Wir brauchen nur Geduld.«

Leopold lächelte sarkastisch. »Zu warten kann der größte Fehler sein«, versuchte er Juricek zu überzeugen. »Die Theatergruppe samt ehemaligen Mitstreitern ist nervös, da gebe ich dir recht. Das heißt für mich jedoch, dass Kathi sich bereits in großer Gefahr befindet. Ihre Beziehung zu Karoline Wasner ist ebenso bekannt wie ihre Gespräche mit mir. Ich sage dir, dass man sich schon Gedanken darüber macht, was sie weiß und wie man sie loswird. Der Mörder kann jederzeit zuschlagen. Wenn wir unsere kleine Erpressung arrangieren, bestimmen wenigstens *wir*, wie's langgeht.«

»Das ist ein Risiko, das ich nicht eingehen darf und will«, wies Juricek Leopolds Ansinnen erneut zurück. »Wir kommen auch mit unseren normalen Methoden gut voran.«

»Davon merke ich nichts. Sonst hättet ihr den Täter ja schon«, spöttelte Leopold. »Ich weiß, wer's war, aber du willst mir wieder einmal nicht glauben.«

»Weil deine ganzen Ausführungen und sogenannten Beweise an den Haaren herbeigezogen sind«, behauptete Juricek. »Geh einfach deiner normalen Arbeit nach, und misch dich nicht dauernd drein. Das Fräulein Sabine wird dir dankbar sein, wenn sie nicht alles alleine machen muss.«

»Das sieht dir ähnlich! Das ist der Dank für meine Unterstützung«, regte Leopold sich auf. »Der Dank dafür, dass ich dir gleich drei wichtige Zeugen mit interessanten Informationen geschickt habe: Kathi Salegger, Alois Kerschenbauer und Matthias Bocek.«

»Ich gebe zu, dass du uns damit geholfen hast«, erkannte Juricek neidlos an. »Aber vertraue jetzt bitte uns und lass die Finger von dem Fall. Vor allem: Keine Eigenmächtigkeiten bitte!«

Leopold merkte, dass es diesmal bei Juricek kein Durchkommen gab. Man sah ihm die Enttäuschung an. »Bei meiner Theorie passt alles so schön zusammen, bis ins kleinste Detail«, ärgerte er sich. »Ist übrigens der Vaterschaftstest von Bocek da?«

»Nein, der kommt erst im Lauf des Tages. Dann wissen wir mehr.« Juricek nahm Leopold an der Schulter. »Es kann schon sein, dass du in die richtige Richtung denkst«, gab er zu. »Aber wir haben nichts in der Hand. Das sind brutale Leute, wie auch schon Fräulein Sabine zu ihrem Leidwesen erfahren musste. Versprich mir deshalb, dass du dich ab jetzt raushältst.«

»Na gut«, murmelte Leopold zerknirscht. Es fiel ihm schwer, sich zu fügen. Ernüchtert ging er auf die Straße und zu seinem Auto. Alle Anstrengungen waren umsonst gewesen. Ohne polizeiliche Unterstützung konnte er im

Augenblick gar nichts machen. Vor allem würde man ihm sämtliche weiteren Aktionen als Behinderung der behördlichen Ermittlungen auslegen. Es sah im Augenblick ganz schlecht aus.

Seine Gedanken wurden vom Läuten seines Handys unterbrochen. Es war Kathi. »Was gibt's?«, fragte er.

»Seit der gestrigen Prob hob i a unguats Gfühl«, richtete sie ihm aus. »Wie waunns wer auf mi obgsehn hätt.«

Leopold atmete einmal tief durch. »Warum melden Sie das nicht der Polizei?«, wollte er wissen.

»Sie san mir liaba«, bekundete Kathi.

»Mir sind praktisch die Hände gebunden«, teilte Leopold ihr mit.

»Ah, Ihna follt scho wos ein«, machte Kathi ihm Mut.

Es war also genauso, wie er es vorhergesagt hatte. Kathi steckte in Schwierigkeiten. Was sollte er tun? Sich an seine Abmachung mit Juricek halten? Das brachte er in dieser Situation nicht fertig. Kathi vertraute ihm, da konnte er nicht tatenlos zusehen. »Besprechen wir das im *Heller*«, gab er ihr Bescheid. »Wann haben Sie Zeit?«

»I hob im Gschäft grod Mittagspause«, informierte sie ihn. »I bin ned weit weg.«

»Gut! Dann treffen wir uns in zehn Minuten!«

＊

Am Dienstag gab es im *Heller* immer Schnitzelmenü. Kathi hatte also wieder ein paniertes Stück Schweinefleisch und eine Portion Erdäpfelsalat auf dem Teller. Es schien ihr aber überhaupt nichts auszumachen. Sie langte kräftig zu.

Dabei berichtete sie Leopold über ein seltsames Gespräch, das sie nach der vortägigen Probe mit Vera Kuttin gehabt hatte. Vera hatte sie zur Seite genommen und über ihre Bekanntschaft mit Karoline Wasner befragt. Dann hatte sie wissen wollen, warum sie am Samstag plötzlich aus dem Gymnasium gelaufen sei und mit diesem Oberkellner geredet habe. Sie hatte sich weiters erkundigt, warum Kathi Regieassistentin habe werden wollen und was Karoline ihr über die früheren Zeiten erzählt habe. Sie habe den Eindruck, dass Kathi seit Karolines unglücklichem Tod nicht mehr bei der Sache sei, und das sei schlecht. Die Proben kämen langsam in die entscheidende Phase. Vieles würde nicht so funktionieren, wie es sollte. Unter Umständen müsse man sich um einen Ersatz für sie umschauen. »Sie hod so siasslat gredt und mi dabei gleichzeitig angschaut, dass es mir kolt den Buckel obegrennt is«, schilderte Kathi.

»Und wie haben Sie reagiert?«, fragte Leopold, während er sich ein Stück Schnitzel in den Mund schob und derart für den kommenden Dienst stärkte.

»Mir hod der Schädel brummt«, antwortete Kathi. »I hob ned gwisst, wos i sogn soll. I hob holt erwähnt, dass mir die Karo vüü übers Theater aunvertraut hod, damit's mir glaubt, dass i mi auskenn. Dann hob i no gsogt, dass mir der Karo ihr Tod sehr noo geht und dass ma des Schwein von oan Mörder schnöö derwischn muass.«

»Das könnte unklug gewesen sein«, befand Leopold. »Vera Kuttin hat wahrscheinlich gar nicht vor, Sie hinauszuwerfen. Sie wollte Sie nur aushorchen, was Sie wissen. Karoline Wasner ist umgebracht worden, weil sie den Mörder von Lucia Berlakovics und sein Geheimnis kannte. Hat sie Ihnen wirklich nie etwas darüber mitgeteilt?«

»Naa«, wies Kathi die Behauptung sofort zurück.

»Da wurde jahrelang etwas vertuscht. Dann sind zwei weitere Morde geschehen. Jetzt sind alle nervös. Das schöne Gebäude, das sie errichtet haben, bricht Stück für Stück auseinander. Es könnte in der Tat für Sie gefährlich werden, Kathi.«

»Des hob i mir glei denkt. Drum bin i jo zu Ihnen!«

»Eine gute Entscheidung«, urteilte Leopold, der voller Tatendrang war. Allerdings wusste er, dass es beinahe Irrsinn war, ohne polizeiliche Hilfe etwas gegen den mutmaßlichen Täter zu unternehmen und Kathi dabei als Lockvogel zu verwenden. Aber diese Frau fühlte sich bedroht und war in der Hoffnung zu ihm gekommen, dass er etwas unternahm. Er durfte sie nicht enttäuschen.

»Ich werde versuchen, Ihnen zu helfen, Kathi«, versprach er ihr. »Sie müssen dabei jedoch mitmachen. Und das ist mit einem nicht zu unterschätzenden Risiko verbunden.«

»Wia moanen S' des?«, erkundigte sie sich.

»Nun, es gilt immerhin, einem Mörder eine Falle zu stellen. Der Person, die auch Ihre Freundin Karoline Wasner auf dem Gewissen hat. Das kann ins Auge gehen.«

»Soll i mei Messer einstecken?«

Leopold musste lächeln. »Das kann nicht schaden«, meinte er. »Aber verlassen können wir uns darauf nicht. Wir benötigen einen guten Plan und Unterstützung.«

»Den Max?«

»Der könnte die Kontrolle über sich verlieren, wenn es um Sie geht. Das ist mir zu unsicher.«

»Er flippt scho ned aus«, versicherte Kathi.

»Vielleicht ist es gar keine so schlechte Idee«, nickte Leopold zustimmend. »Den Alois könnten wir auch gut gebrauchen.«

»Dann nehmen mir eam holt aa mit«, befand Kathi.

»Das regeln wir später«, schlug Leopold vor. »Zunächst möchte ich Ihnen auseinandersetzen, was ich vorhabe. Ich hoffe, Sie sind dann immer noch bereit mitzumachen.«

*

Kathi Salegger saß nun bei einer weißen Mischung und machte von Minute zu Minute einen selbstbewussteren Eindruck. Leopold hatte ihr einige Zeilen auf ein Blatt Papier geschrieben, die sie sich immer wieder durchlas. »Schaffen Sie es, Vera Kuttin das am Telefon zu sagen?«, fragte Leopold sie.

»Sölbstredend«, ließ Kathi keinen Zweifel aufkommen. »Seit i bei der Theatergruppn mitmoch, kimm i mir wia a holbe Schauspielerin vua.«

»Sie dürfen nichts auslassen, das ist ganz wichtig. Ich kann Ihnen nicht helfen. Wenn sie meine Stimme hört, war alles umsonst«, prägte Leopold ihr ein.

Kathi trank ihr Glas aus, memorierte noch einmal kurz den Text und wählte Veras Nummer. Ein Schauspieler musste viel mehr Sätze im Kopf behalten. Im Vergleich dazu war ihre Aufgabe einfach. Sie musste nur daran denken, Hochdeutsch zu sprechen, damit alles deutlich rüberkam.

»Hallo«, meldete sich Vera Kuttin. »Kathi? Was gibt's?«

Der Anfang war immer schwer. »Es hat mir nicht gefallen, wie du gestern mit mir geredet hast«, begann Kathi. »Als ob ich mich nicht bemühen würde. Dass Karos Tod ein Schock für mich ist, interessiert dich überhaupt nicht.«

»Deswegen rufst du an?«, blieb Vera emotionslos. »Willst du mich schulmeistern? Ich bin die Regisseurin und nehme mir die Freiheit, Kritik zu üben, wo ich es für notwendig erachte. Bei dir ist es notwendig. Ich brauche motivierte Leute. Wem das nicht passt, der soll gehen, solange noch Zeit ist.«

»Ich möchte ja als Karos Nachfolgerin bleiben«, bekräftigte Kathi. »Aber weil du so abschätzig über mich redest, möchte ich noch etwas: das Geld, das ihr zugestanden wäre.«

Am anderen Ende der Leitung war eine kleine Unsicherheit zu bemerken. »Wovon sprichst du?«, erkundigte sich Vera Kuttin.

»Das weißt du genau«, behauptete Kathi. »Ich spreche davon, was Karo über euch gewusst hat. Deshalb ist sie doch umgebracht worden, oder? Euer Pech, dass sie es mir vorher verraten hat. Also werdet ihr das Geld jetzt mir bezahlen. Ich verlange 25.000 Euro für mein Stillschweigen. Damit kann ich mir endlich ein neues Auto kaufen.«

»Du bist wohl nicht ganz bei Trost«, entgegnete Vera.

»Ich bin sehr wohl bei Trost. Dass du mich loswerden willst, ist ein Zeichen, dass du Angst vor mir hast. Sonst hättest du mir gestern nicht so viele Fragen gestellt. Damit hast du mir endgültig die Scheu genommen. Ich möchte das Geld übrigens noch heute haben.«

»Was weißt du eigentlich so Großartiges?«, forschte Vera misstrauisch.

»Ich weiß eine ganze Menge, zum Beispiel, dass Lucia damals schwanger war, wer der Vater des Kindes ist und wer sie umgebracht hat. Das steht alles auf einem Zettel, den ich von Karo bekommen habe. Es ist auch nicht schwer zu erraten, durch wessen Hand sie und später Nikolaus Bischof gestorben ist, oder? Noch habe ich der Polizei nichts gesagt, aber schon morgen könnte das der Fall sein.«

»Und was würdest du der Polizei sagen?«, stellte Vera Kathi weiter auf die Probe.

Die wurde nun deutlicher, indem sie zwei Sätze genauso herunterlas, wie Leopold sie aufgeschrieben hatte. Damit brachte sie Vera Kuttin ordentlich ins Schwitzen. »Bist du sicher, dass du dir das nicht alles nur einbildest?«, wollte Vera wissen.

»Das soll die Polizei beurteilen«, blieb Kathi cool.

»Sei nicht gleich eingeschnappt«, lenkte Vera ein. »Wenn du nur zu unserem Ensemble gestoßen bist, um dir ein kleines Zubrot zu verdienen, ist das zwar bedauerlich, aber man kann sich ja einigen. Ich mache dir einen Vorschlag: 20.000 Euro morgen Abend. Karoline wollte auch nicht mehr.«

Leopold bedeutete Kathi, das Preisangebot anzunehmen. »Gut«, stimmte sie zu. »Aber es muss noch heute sein. Und keine faulen Tricks.«

»Glaubst du, die Summe lässt sich so schnell herbeischaffen?«

»Aber sicher!«

»Na gut!« Es entstand eine kleine Pause, dann fragte Vera: »Hast du denn gar keine Angst?«

»Die Übergabe muss gleich nach der Probe beim Gymnasium stattfinden«, betonte Kathi.

»Wenn du unbedingt möchtest«, willigte Vera ein. »Aber wir müssen ungestört sein. Wenn du auch nur einen deiner Freunde mitbringst, wird die Übergabe hinfällig. Alles muss ein Geheimnis zwischen uns bleiben.«

»Gut! Dann bis heute Abend!« Kathi beendete das Gespräch und stürzte die Hälfte einer weiteren weißen Mischung hinunter, die ihr Leopold wohlweislich eingeschenkt hatte.

»Schön langsam trinken«, ersuchte er sie. »Das wird heute eine schwierige Aufgabe, da müssen Sie fit bleiben.«

Kathis Wangen glänzten rot vor lauter Aufregung. »Woa i guat?«, wollte sie wissen.

»Hervorragend«, gratulierte Leopold. »Es ist genau das eingetreten, was wir wollten: Wir haben einigen Leuten zu denken gegeben. Da raucht es jetzt in den Köpfen. Wir müssen uns aber gewissenhaft vorbereiten, schauen, was alles möglich ist und ob es in etwa so ablaufen kann, wie ich mir das vorstelle.«

»Wia geht's weiter?«

Leopold gab Kathi ein paar Instruktionen. »Wir passen auf Sie auf. Es kann Ihnen nichts passieren«, machte er ihr Mut, ehe sie das *Heller* in Richtung ihres Arbeitsplatzes verließ. Dass er keineswegs sicher war, ob es tatsächlich so sein würde, verschwieg er ihr lieber.

✳

Sabine Patzak und Thomas Korber gingen Hand in Hand zum *Heller*. Erst als sie von dort aus gesehen werden konnten, lösten sie den Griff und taten so, als hätten sie sich eben zufällig getroffen. »Es war schön gestern«, flüsterte ihr Korber ins Ohr.

Ihr schweigender Blick samt sanfter Berührung sollte ihm zeigen, dass sie auch so dachte. »Papa war nachher noch ganz schön anstrengend«, vertraute sie ihm an. »Ich glaube, der hat heute einiges vor.«

»Ohne mich«, gab ihr Korber gleich zu verstehen. »Ich trinke ein Anstandsbier und verschwinde unauffällig. Ich muss einiges für die Schule arbeiten. Was hältst du später von einem weiteren gemütlichen Abend bei mir daheim? Ich lasse dich auch früher weg, damit du keine Schwierigkeiten bei deinem Vater hast.«

Sabine fragte: »Glaubst du, dass das richtig ist?« Sie dachte: Wunderbar, dass du so fühlst wie ich.

»Wie lange bist du noch in Wien?«, wollte er statt einer Antwort wissen.

»Nicht mehr lange, fürchte ich. Ich gehe der Mama schon ab. Es ist zwar nur eine kleine Landwirtschaft, aber es gibt immer viel zu tun.«

»Das ist alles viel zu schade für dich. Du solltest im Herbst mit einem Studium beginnen, wie du es dir vorgenommen hast.«

»Vielleicht tue ich es, vielleicht auch nicht«, meinte Sabine achselzuckend. »Ich weiß nicht so recht.«

Dann schwiegen beide, bis sie an der Theke des *Heller* standen. Leopold, dem man seine unruhige Erwartungshaltung sofort anmerkte, stürzte auf sie zu. »Endlich«, begrüßte er sie hektisch. »Gut, dass ihr da seid. Aber heute wird nicht geplaudert, nicht getrunken und nicht geflirtet. Heute wird gearbeitet!«

Korber wollte etwas dagegen einwenden, doch Leopold ließ ihn nicht zu Wort kommen. »Deine kleine Freundin – du weißt schon, die Schönheit im Handtuch – kannst du gleich verständigen, dass das heute nichts wird. Du musst den romantischen Abend leider absagen!«

Sabine gefiel Leopolds Getue gar nicht. »Was ist los, Papa?«, fragte sie.

»Alarmstufe eins«, setzte ihr Leopold auseinander. »Alles Mitmenschliche hat vorläufig hintanzustehen. Es zählt nur mehr die optimale Ausführung meines Einsatzplanes!«

»Kannst du mir das bei einem Bier erklären?«, ersuchte Korber.

Leopold knallte ihm ein schlecht eingeschenktes Seitel vor die Nase. »Mehr gibt's nicht! Du brauchst heute einen klaren, nüchternen Kopf«, begründete er diese Maßnahme. Dann berichtete er, was sich in den letzten Stunden ereignet hatte.

»Und du willst, dass wir mit dir nach Wolkersdorf fahren und uns bei der Anzengruberhöhe auf die Lauer legen«, resümierte Korber.

»Falsch! Ich möchte, dass *du* mich begleitest«, verbesserte Leopold ihn.

»Und was ist mit mir?«, wollte Sabine wissen.

»Du bleibst hier und versiehst meinen Dienst, sonst kann ich ja nicht weg«, belehrte Leopold sie.

»Das ist gemein! Jetzt, wo's spannend wird, darf ich nicht mitkommen«, protestierte Sabine. »Aber zum Nachschauen im Internet war ich gut genug!«

»Du wirst dieses eine Mal tun, was ich dir sage! Das ist viel zu gefährlich für dich. Ich muss auf dich aufpassen.

Vorgestern bist du durch meine Schuld in eine schlimme Situation geraten. Das darf nicht wieder vorkommen«, machte Leopold ihr klar.

»Mich schickst du ohne mit der Wimper zu zucken in den Krieg«, kritisierte Korber.

»Hoffentlich stößt dir nichts zu«, entfuhr es Sabine.

Leopold war diese Gefühlsduselei gar nicht recht. »Keine Sentimentalitäten«, ordnete er an. »Es wird schon noch etwas von dir für deine Handtuchlady überbleiben. Ich erkläre dir gleich, wie ich mir die Aktion vorstelle. Aber zunächst ...« Sein Blick kreiste, nach Frau Heller Ausschau haltend, durchs Kaffeehaus.

»Hier bin ich, wenn Sie mich suchen«, hörte er die gestrenge Stimme seiner Chefin hinter sich. Sie war soeben aus ihrer kleinen Küche gekommen. »Da hört man ja schöne Sachen. Sie wollen so mir nichts, dir nichts davon?«

»Ich habe bereits des Öfteren um eine Flexibilisierung meiner Arbeitszeit gebeten, damit ich die Balance zwischen Arbeit und meinen bescheidenen Versuchen, ein Verbrechen im Dienste der Öffentlichkeit aufzuklären, halten kann«, entgegnete Leopold. »Leider herrschen diesbezüglich bei uns immer noch die starren Regeln des vorigen Jahrhunderts. Glücklicherweise darf ich eine talentierte Tochter mein Eigen nennen, die ...«

»Hören Sie auf mit dem Geschwafel, da bekommt man ja Kopfweh«, unterbrach Frau Heller ihn. »Sabine und ich werden dafür sorgen, dass Sie niemandem abgehen. Und zur Not ist mein Heinrich da. Da muss er sich halt von seinem Patschenkino losreißen und mithelfen. Schauen Sie nur, dass Sie heil und gesund wieder zurückkommen, und diese junge Frau natürlich auch.«

»Selbstverständlich, Frau Sidonie.«

Das war leichter gegangen, als Leopold befürchtet hatte. Sabine bockte zwar noch ein bisschen, fügte sich dann aber in ihr Schicksal. Leopold durfte sich mit Thomas Korber verabschieden. »Wir müssen uns mit Alois treffen«, setzte er ihm auseinander. »Das heißt, wir beide machen zunächst einen Sprung ins *Damenspitzerl*.«

KAPITEL 17

Die Theaterprobe ging kurz nach 21.30 Uhr zu Ende. Mittlerweile war es beinahe vollständig dunkel geworden. Die Mitglieder des Ensembles verstreuten sich schnell in alle Windrichtungen. Kathi Salegger und Vera Kuttin hatten sich etwas zurückfallen lassen und spazierten über den Platz vor dem Wolkersdorfer Gymnasium. Die Luft war frühsommerlich lau, doch Kathi spürte die angenehme Wärme vor lauter Aufregung kaum. Sie musste jetzt etwas sagen, damit die Dinge ins Rollen kamen. Sie fragte Vera: »Hast du das Geld?« Etwas Besseres fiel ihr nicht ein.

Vera Kuttin lächelte sarkastisch: »Bist du mit 2.000 Euro zufrieden?«

Kathi schüttelte den Kopf. »Dann musst du dich gedulden. Mehr habe ich leider nicht da«, vertröstete Vera sie.

»Oba i mecht mei Göld no heit! Volle 20.000 Euro, beschwerte Kathi sich.

»Sprich Hochdeutsch, Kind, dein schreckliches Gebelle versteht kein Mensch«, wies Vera sie zurecht. »Du bekommst dein Geld, keine Sorge. Es dauert eben ein bisschen.«

Sie entfernten sich immer weiter vom Schulgebäude. »Es war ausgemacht, dass ich es hier kriege«, machte Kathi Vera aufmerksam.

»Ich fürchte, das kannst du dir aus dem Kopf schlagen«, belehrte Vera sie. »Hier ist es zu unsicher. Ich denke, wir werden beobachtet. Die Polizei ist ja leider auf uns aufmerksam geworden. Du musst dich noch bewegen, um zu deinem Geld zu kommen.«

»Aber ...«, kam ein unterdrückter Protest von Kathi.

»Du weißt schon, was ich meine«, setzte Vera ihr auseinander. »Wir gehen da hoch.« Sie zeigte auf den sanft ansteigenden Hügel jenseits der Straße, wo es zur Anzengruberhöhe ging, dem Lieblingsplatz des österreichischen Volksdichters bei seinem seinerzeitigen Aufenthalt in Wolkersdorf, als er den *G'wissenswurm* schrieb.

»Dort habt ihr Karo umgebracht«, wurde Kathi emotional.

»Sie war frech und vorlaut, da gab es keine andere Möglichkeit«, erklärte Vera. »Hat sie dir erzählt, dass sie schon einmal Geld bekommen hatte? Und nicht genug kriegen konnte? Es wäre immer so weitergegangen, wir hätten nie Ruhe gehabt. Ich hoffe, du bist vernünftiger.«

Kathi griff kurz zu ihrer Tasche, in der sie das Messer hatte. Sie wusste, dass sie es nur im Notfall verwenden durfte, aber es tat gut zu wissen, dass sie nicht gänzlich unbewaffnet war. »Komm«, forderte Vera Kuttin sie auf. »Der Geldbote wartet bereits. Du möchtest sicher die Person kennenlernen, über die dir Karo so viele schöne Sachen erzählt hat.«

Als Kathi sich zierte, schob sie sie mit sanftem Druck vor sich her und sagte: »Zurück geht es nicht mehr. Das war dir doch klar, oder?«

*

Etwa zur selben Zeit versah Sabine Patzak ihren Dienst im Café Heller. Dabei stellte sie sich außerordentlich geschickt an und erntete dafür nicht nur von Frau Heller, sondern auch von den Gästen viel Lob. »In zwei Tagen können Sie alles, und ich brauche Ihnen nichts mehr zu erklären«, schwärmte Frau Heller. »Schade, dass Sie nicht in Wien bleiben können. Sie täten gut als Alternative zum grantigen Leopold.«

In Gedanken war Sabine jedoch ganz bei ihren Vater und bei Thomas Korber. Wie leicht konnte ihnen bei der heiklen Mission etwas zustoßen. Sie hatte am eigenen Leib erfahren müssen, wie brutal es bei kriminalistischen Ermittlungen unter Umständen zuging. So etwas war kein Jux, sondern todernst. Nicht dabei sein zu dürfen und nicht zu wissen, wie die Aktion ablief, war wohl am schlimmsten von allem.

Obwohl Sabine es sich nicht anmerken ließ, war ihr Inneres aufgewühlt. So bemerkte sie zunächst Oberinspektor Juricek trotz seines unübersehbaren Sombreros nicht, als er sich an die Theke stellte, wie es seine Gewohnheit war. Er hob kurz seinen Hut zum Gruß, räusperte sich und lächelte sie an: »Fräulein Sabine! Das ist eine nette Überraschung!«

»Oh, der Herr Oberinspektor! Was darf's denn sein?«, erkundigte Sabine sich und lächelte zurück.

»Ein großer Brauner und dieses köstliche Schinkenbrot mit Gurkerl«, teilte er ihr mit. »Mit Liebe zubereitet und diesmal vollständig, wenn's geht. Ist Leopold nicht da?«

»Nein«, antwortete Sabine.

»Das ist aber schade. Ich hätte etwas mit ihm zu bespre-

chen gehabt. Ich wollte ihn sogar wegen seiner detektivi-
schen Nase loben. Sie wissen nicht zufällig, wo er ist?«

»Nein!« Ohne weitere Auskünfte stellte Sabine
den Kaffee vor den Oberinspektor auf die Theke. Der
zuckerte ihn, rührte um und wusste nicht so recht, was
er sagen sollte. Er war sich offenbar sicher gewesen, Leopold im *Heller* zu treffen.

Sabine kämpfte mit sich. Sollte sie etwas verraten
oder nicht? Sie wollte ihrem Vater nicht in den Rücken
fallen. Doch als sie sich an die Zubereitung des Brotes
machte, wurde sie von ihren Gefühlen übermannt. Sie
begann zu heulen. Die Tränen liefen ihr über die Wangen. »Ich weiß, wo er ist«, stieß sie hervor. »Mein Papa
und Professor Korber sind nach Wolkersdorf gefahren,
um den Mörder zu stellen. Die Kathi Salegger ist auch
mit, als Lockvogel. Bitte tun Sie was! Ich hab solche
Angst, dass etwas Schlimmes passiert!«

Juricek hatte gerade einen großen Schluck von
seinem Braunen genommen, als es aus ihr losbrach.
Beim Wort »Papa« verkutzte er sich, sodass er Teile
des Getränks aus seinem Mund auf den Parkettboden
hustete. »Sie brauchen sich nicht gleich anzuspeiben,
so schlecht ist der Kaffee auch wieder nicht«, kommentierte Herr Kreuzer den Vorfall vom ersten Billardtisch
aus. Frau Heller kam indes mit einem Kübel. Juricek
erfing sich rasch. Er fuhr mit einem Taschentuch über
seinen Mund und betrachtete kritisch die Flecken auf
seinem Hemd. »Der Leopold ist Ihr Papa?«, fragte er
dann erstaunt.

Sabine nickte stumm. Da war es auch schon aus mit
Juriceks guter Laune. »Er hat sich wieder einmal äußerst

verantwortungslos verhalten«, schleuderte er seinen Vorwurf in Leopolds Abwesenheit in Richtung Sabine.

»Kathi hat Angst gehabt, dass ihr etwas passiert. Er wollte ihr helfen«, verteidigte Sabine ihren Vater.

»Dann hätte sie zu uns kommen müssen«, ärgerte sich Juricek. »Ich habe ihm gesagt, er soll sich diese Idee aus dem Kopf schlagen. Das hat er mir sogar versprochen. Und jetzt macht er wieder einen Alleingang, der mich das Schlimmste befürchten lässt. Nicht zum Aushalten ist das! Wenn etwas passiert, möchte ich nicht in seiner Haut stecken! Ich hoffe, er hat sich alles gut überlegt, denn wenn es so ist, wie ich vermute, kommen wir unter Umständen zu spät.« Er drehte sich in Richtung Türe um, nahm sein Handy heraus und rief Chefinspektor Frank an. Dann war er draußen.

Sabine seufzte. Sie hatte zwar etwas gesagt, was sie nicht hätte sagen sollen, aber es beruhigte sie ungemein, dass die Polizei eingeschaltet war. Das Geld für den Kaffee würde sie vom Oberinspektor schon noch bekommen. Gedankenverloren machte sie das Schinkenbrot mit Gurkerl und aß es dann selber auf. Nun waren auch ihre leiblichen Bedürfnisse fürs Erste gestillt.

Als ihr Handy klingelte, schaute sie gleich, ob der Anruf von Thomas oder Leopold kam. Aber es war keiner von beiden, es war Matthias Bocek. Sie erinnerte sich dunkel, ihm bei ihrem letzten Besuch ihre Nummer gegeben zu haben. »Herr Bocek! Was ist denn los, dass Sie so spät in der Nacht anrufen?«, erkundigte sie sich.

»Ich muss Sie sprechen«, hüstelte Bocek ins Telefon.

»Worum geht es denn?«

»Das kann ich Ihnen am Telefon nicht sagen.«

»Dann machen wir das morgen, Herr Bocek! Ich arbeite gerade.«

»Es ist dringend«, insistierte Bocek mit schwacher Stimme. »Ist Herr Leopold da?«

»Nein, tut mir leid«, gab Sabine Auskunft.

»Schade. Aber Sie kommen doch, oder?«

»Ich habe Ihnen schon gesagt, es geht leider nicht«, eröffnete Sabine ihm. Daraufhin war es still in der Leitung. »Herr Bocek, sind Sie noch da?«, fragte sie.

Sie hörte Boceks schweres Atmen. »Sie müssen mir helfen. Ich weiß nicht, was ich tun soll. Ich habe Angst«, sagte er.

Bocek hatte ein Problem, das konnte Sabine heraushören. Doch worauf würde sie sich einlassen, wenn sie um diese Zeit zu ihm in die Wohnung ginge? Vielleicht brauchte er nur jemanden, der sich seine wirre Geschichte anhörte. Die Mörderjagd spielte sich ja in Wolkersdorf ab, oder?

»Bitte«, flehte Bocek.

Es klang besorgniserregend. Unter Umständen genügte es, wenn ihn jemand kurzzeitig beruhigte. Und Sabine hatte Ablenkung ohnehin nötig. »Bewacht Sie jemand, oder ist sonst jemand bei Ihnen?«, fragte sie.

»Nein«, antwortete Bocek. »Ich bin allein. Bitte beeilen Sie sich.«

Das Kaffeehaus war recht leer geworden. Die restlichen Gäste konnte Frau Heller problemlos allein bedienen. Abkassieren durfte Sabine sowieso nicht. Also bat sie, gehen zu dürfen. Dann verabschiedete sie sich ohne weiteren Kommentar. Es musste ja nicht jeder von ihrer kleinen Verabredung wissen. An Thomas Korber schickte sie eine SMS, einerseits, um ihm ein paar verliebte Worte zu schreiben, andererseits, um ihn von ihrem Besuch bei Bocek zu informieren.

*

Höher und höher ging es hinauf. Kathi war schon ein wenig außer Atem. »Am Waldrand steht eine Bank«, erklärte Vera Kuttin ihr. »Dort wartet dein Geld auf dich – und die Person, um die es geht, denn die möchte dich persönlich kennenlernen.«

Ein leichter Schauder lief Kathi über den Rücken. Gleich war es also so weit. Sie wunderte sich, mit welcher Sicherheit Vera auf das Ziel zusteuerte, während sie in der nun vollständigen Dunkelheit nur Umrisse sah. Aber Vera wohnte hier schon ziemlich lange und war diesen Weg in der Vergangenheit sicher des Öfteren gegangen. Kathi spürte ihren Atem in ihrem Nacken. Sie hatte keine Chance, Messer oder Handy unbemerkt aus der Tasche zu nehmen. Und davonlaufen durfte sie nicht, sonst war alles umsonst gewesen.

Jetzt sah sie die Bank, und auf dieser Bank saß ein Mensch. Sie zögerte. Vera gab ihr einen leichten Stoß. Der Mann erhob sich langsam. Auf den ersten Blick war er groß, eine mächtige Gestalt. »Kommen Sie ruhig näher«, forderte er Kathi auf.

Zögernd schritt Kathi auf den Mann zu. Sie konnte nun schemenhaft seine Gesichtszüge erkennen. Einmal hatte sie ihn schon gesehen, im Café Heller und später, als sie ihm mit Max nachgegangen war. Nur hatte er damals einen Vollbart getragen. »Kommen Sie! Ich möchte den Menschen sehen, der schon wieder meine Ruhe stört«, sprach er sie an. »Offenbar ist es mir nicht vergönnt, mein Leben normal weiterzuführen. Jeder will an mir sein Geld verdienen.«

Kathi schlotterten die Knie. Sie musste sich anstrengen, um etwas aus ihrem Mund herauszubringen. »Es ist ja nur wegen Karo! Weil Sie … Weil Sie …«, stotterte sie.

»Sie brauchen sich nicht zu entschuldigen. Es ist legitim, dass ein Mensch, der Fehler gemacht hat, auch dafür bezahlt«, sagte der Mann. »Ich kann mir ja noch immer aussuchen, in welcher Form ich es tue. Ich kann Ihnen das Geld geben oder gleich als reuiger Sünder ins Gefängnis gehen, denn irgendwann wird man mir auf alles draufkommen. Sie haben Glück, dass ich mich noch ein wenig an einem Leben in Freiheit erfreuen will. Also habe ich wieder einmal eine kleine Spazierfahrt gemacht und Ihnen alles so mitgebracht, wie Sie es wollten. Sagen Sie mir nur noch: Wie hat mich Karoline dargestellt? Als brutalen Menschen?«

»Sie hat gemeint … es sei alles wegen des Kinds gewesen«, war das Einzige, was Kathi einfiel.

»Mehr nicht? Was hat sie denn über meinen Bruder und Lucia erzählt?«

Kathi wand sich. »Das weiß ich alles nicht mehr so genau«, gestand sie.

Die Augen des Mannes funkelten in der Dunkelheit. Er war sich offenbar nicht sicher, ob ihn Kathi anschwindelte oder nicht. Schließlich begann er in dem Drang, seine Sache richtig darzustellen, zu erzählen: »Wenn Sie wüssten, wie es mit Nikolaus und mir seit unseren Kindheitstagen war. Mein Bruder war eineinhalb Jahre jünger als ich, aber er hat mich immer erfolgreich dazu gebracht, das zu tun, was ihm gerade einfiel. Besonders liebte er seine sogenannten Scherze, und da kam es ihm gerade recht, dass wir einander sehr ähnlich sahen. Mit einem künstlichen Vollbart konnte man mich kaum mehr von ihm unterscheiden. Wenn Sie bei dem Gartenfest waren, haben Sie es selbst miterlebt: Ich habe die Lesung gehalten, nicht Niki.

Vor zwölf Jahren hatte er den unglückseligen Einfall zu testen, ob seine Freundin Lucia uns beide unterscheiden könne. Er veranstaltete zu dem Zweck eine Feier im kleinen Kreis, an der ich statt ihm teilnahm. Die anderen waren eingeweiht: Vera, Andreas, Anita, Felix. Anitas Cousin Bocek kam noch aus irgendeinem Grund dazu, aber der war so illuminiert, dass er nur wenig mitbekam. Die Beziehung zwischen Nikolaus und Lucia war damals schon ziemlich brüchig. Sie schliefen nicht mehr miteinander. Lucia wollte mich deshalb an diesem Abend zunächst eifersüchtig machen, indem sie sich dem betrunkenen Bocek an den Hals warf. Sie erkannte mich tatsächlich nicht. Wie Sie sich leicht vorstellen können, langweilte ich mich furchtbar an diesem Abend. Aber Lucia gefiel mir. Allmählich sackte Bocek weg. Anita schleppte ihn zum Auto, die anderen brachen auch auf. Jetzt war es Zeit, mich um Lucia zu kümmern. Ich erzählte ihr von dem Streich und gab meine Identität preis. Wir kamen uns rasch näher. Es wurde eine prächtige Sommernacht, in der ich das Kind zeugte, durch das es zu dem ganzen Unglück kam.

Vera, Andreas, Anita und Felix zog ich ins Vertrauen. Alle waren auf meiner Seite und hielten Niki gegenüber dicht. Bocek redeten wir ein, er sei der Vater, damit er nicht auf dumme Gedanken kam. Anita, die mit seinem Lebenswandel überhaupt nicht einverstanden war, nutzte die Gelegenheit, um ihn zu terrorisieren. Lucia war zuerst auf unserer Seite. Dann aber meinte sie, Niki alles gestehen zu müssen. Sie wollte das Kind, war in mich verknallt und hatte vor, dass wir zusammenbleiben. Das war jedoch überhaupt nicht in meinem Sinn. Und Niki durfte keinesfalls etwas erfahren, sonst hätte er mich wahrscheinlich umgebracht. Ich brauchte Zeit, um mir etwas einfallen zu lassen. Aber die Situation drohte immer gefährlicher zu werden. Es gab nur zwei Möglichkeiten: Entweder Lucia wurde vernünftig, oder ich musste sie zum Schweigen bringen. Glauben Sie nicht, dass mir die Entscheidung leichtgefallen ist, Kathi! Aber schließlich erarbeitete ich einen Plan. Ich fuhr von Fuschl nach Wolkersdorf. Niki durfte von meiner Anwesenheit dort nichts wissen. Vera sollte ihn dazu bringen, nach dem üblichen Zusammensitzen der Schauspieler nach der Aufführung mit ihr in ihre Wohnung zu gehen, damit ich mich ungestört mit Lucia treffen konnte. Leider kam es zu einem wilden Streit zwischen ihr und Niki. Beinahe wäre alles dahin gewesen und sie hätte unser Geheimnis verraten, aber Gott sei Dank wollte Lucia offenbar auf das Ergebnis unserer Aussprache warten. Was weiter geschah, brauche ich Ihnen wohl nicht zu erzählen. Wir spazierten hinauf in Richtung Anzengruberhöhe, Lucia und ich. Meine letzten Versuche, sie zu einem Umdenken zu bewegen, scheiterten. Ich erschlug sie mit einem großen Stein. Es fiel mir nicht schwer. Ich habe in meiner Jugend einmal auf einem Schlachthof gearbeitet. Es macht mir nichts aus, einen Menschen sterben zu sehen.«

Kathi wünschte sich weiß Gott wohin. Der Mann kam ihr vor wie der reine Teufel. »Und … Karoline?«, stammelte sie.

»Sie hatte Lucia und mich noch im Ort zusammen gesehen. Alle redeten ihr ein, dass es Niki gewesen sein musste, doch irgendwann scheint sie die Zusammenhänge erkannt zu haben«, schilderte Lothar Bischof. »Aber alles der Reihe nach. Sie wissen sicher, dass mein Bruder zuerst des Mordes verdächtigt, schließlich aber für unschuldig befunden wurde. Der Vater des Kindes und damit der mutmaßliche Mörder galten als unbekannt. Ich kam in den Überlegungen gar nicht vor, denn offiziell hatte ich mich nicht aus Fuschl wegbewegt. Die Eingeweihten waren auf meiner Seite. Bocek fühlte sich mitschuldig und schwieg wie ein Grab. Ich nahm Niki, der für einige Zeit hier wegwollte, bei mir auf und ließ ihn als Buchhalter für meine Bäckerei arbeiten. Wir hatten immer wieder unsere Auseinandersetzungen, und ich wünschte ihn mir oft weit weg, aber was Lucias Tod betraf, entspannte sich die Situation. Bis Vera auf die unglückselige Idee kam, die Anzengruber-Festspiele wiederaufleben zu lassen. Sie kontaktierte Niki und fragte ihn, ob er ihr bei der Planung helfen würde. Daraufhin setzte er sich in den Kopf, wieder hierherzuziehen. Damit begannen die Probleme erneut. Er kontaktierte die Leute, interessierte sich plötzlich wieder für Lucias Tod. Karoline erinnerte sich. Sie war in Geldnöten, weil sie sich bei der Renovierung ihres Hauses übernommen hatte. Hat sie Ihnen etwas davon gesagt?«

»Nein«, kam Kathis dumpfe Antwort.

»Wie ich schon sagte, das ist alles durchaus legitim«, fuhr Bischof fort. »Aber auf Dauer keine gute Geschäftsgrundlage. Die Leute kommen immer wieder und wollen etwas. Daher muss man es sofort unterbinden. Also fasste ich den Entschluss, sie bei der Übergabe um die Ecke zu bringen. Niki bat mich telefonisch, bei der Kaffeehauslesung für ihn einzuspringen, weil es ihm angeblich nicht gut ging. Das verkomplizierte die Sache. Ich musste zurück nach Hause und erneut nach Wien. Aber alles lief gut.«

»Hat Karo viel gelitten?«, wollte Kathi wissen.

»Wenn es Sie beruhigt: Sie war sofort tot«, setzte Bischof ihr auseinander. »Sie hatte auch keine Angst. Sie dachte, sie hätte alles im Griff und war überzeugt, die Sache würde freundschaftlich ablaufen. Geldgier macht blind. Bei Ihnen ist das ein wenig anders. Sie zittern am ganzen Leib, das merkt man trotz der Dunkelheit. Ich weiß auch, warum: Weil Sie bluffen! Sie wissen nichts, Sie vermuten nur. Karoline hat Ihnen gar nichts von mir erzählt, stimmt's?«

»Weshalb musste Ihr Bruder sterben?«, versuchte Kathi, Bischof wieder zu seiner ursprünglichen Geschichte zu bringen.

»Ich weiß gar nicht, wie oft ich ihn während unserer gemeinsamen Jahre in Fuschl in meinem Inneren bereits getötet habe«, gestand er ihr. »Mittlerweile war ich ihn ja losgeworden. Oder glaubte es zumindest. Ich hörte, dass er unter den Schauspielern die alten Sachen aufwärmte. Das passte mir gar nicht. Und er verlor oft die Kontrolle über sich, weil er mehr und mehr trank.

In jener Nacht, als das mit Karo passierte, fuhr er besoffen nach Wolkersdorf und wollte zu Vera. Zufällig sah er mein Auto. Vera redete ihm zwar ein, er habe sich alles eingebildet, aber er dürfte sich dann doch einiges zusammengereimt haben. Am nächsten Tag fuhr er wieder nach Wien, wo er offenbar von Kneipe zu Kneipe zog, bis er beim Gartenfest auftauchte. Anita schnappte ihn dort gleich und brachte ihn bei sich unter. Er sollte bei ihr seinen Rausch ausschlafen. Man suchte ihn bereits, das war gefährlich. Nach der Lesung rief ich sie an. Ich wollte mir von Niki die Gage holen, die mir zustand, damit wenigstens das Benzingeld herinnen war. Er nahm ihr das Telefon aus der Hand und stellte mich aggressiv zur Rede. Er hatte vom Mord an Karoline erfahren und eins und eins zusammengezählt. Was hätte ich tun sollen? Ich stand unter Zugzwang, um mir meinen Frieden zu bewahren, und hielt ihn sowieso nicht mehr aus. Wir vereinbarten ein Treffen in der *Gruam*. Ich wollte etwas früher dorthin als abgemacht und auf ihn warten. Das ging sich jedoch nicht aus, weil mich unterwegs so ein Idiot stellte und verdreschen wollte. Kann es sein, dass Sie ihn kennen? Egal, Niki war schon da und wartete seinerseits. Ich stach zu, bevor er eine Debatte mit mir anfangen konnte. Tja, und jetzt, wo ich schon längst wieder in meinem schönen Fuschl sitze und meine Ruhe haben möchte, kommen Sie daher.«

Lothar Bischof schlug sich ein paar Mal kräftig mit der Faust in die Hand, so als trainiere er bereits für jenen Hieb, mit dem er Kathi niederstrecken würde. Sie schaute sich um. Es war niemand mehr hinter ihr. »Wo ist Vera?«, fragte sie.

»Die ist schon längst wieder weg«, gab Bischof achselzuckend Auskunft. »Anscheinend kann sie kein Blut sehen.«

Kathi erschauderte. Sie wollte einfach umfallen und von nichts mehr etwas wissen. »Das Geld befindet sich in der Tasche oben auf der Bank«, teilte Bischof ihr mit. »Sie müssen es sich schon selber nehmen.«

»Ich will es nicht mehr«, schleuderte Kathi ihm entgegen. »Ich möchte gehen!«

»Glauben Sie ja nicht, dass Sie so einfach fortkommen! Ich bin Ihretwegen extra die weite Strecke nach Wien gefahren. Das hätten Sie sich früher überlegen müssen.« Noch stand Bischof ruhig da. Er hatte Kathi vor sich wie die Schlange die Maus.

Es war höchste Zeit. »Ich habe Freunde mitgebracht«, ließ sie ihn wissen. »Die werden mir schon helfen.«

»Ach so? Wen denn?« Bischof lachte und machte einen Schritt auf sie zu.

»Herr Leopold, kommen Sie bitte schnell und helfen Sie mir! Es ist so weit! Herr Leopold, wo sind Sie?«, rief Kathi in die Nacht.

»Sie bluffen schon wieder«, konstatierte Bischof. »Husch, husch, jetzt wird's ernst!«

Da hörte man Stimmen und das Knacksen von Zweigen. Der Wald war plötzlich voller Leben. Max lief auf Kathi zu, nahm sie schützend in seine Arme und zog sie von Bischof weg. Mehrere Gestalten kamen hinter ihm aus dem Dickicht herausgerannt. Alois Kerschenbauer war als Erster bei Bischof. Er versuchte wie schon damals in der Unterführung beim Bahnhof einen rechten Haken anzubringen, doch Bischof erinnerte sich recht gut an diese letzte Begegnung und wich aus. Er musste trachten, der Übermacht, die sich ihm von allen Seiten näherte, zu entfliehen. Den herbeieilenden Robert Almer stieß er mit dem Ellenbogen zur Seite. »Haltet ihn«, schrie Leopold aus Leibeskräften, doch es schien, als habe sich Lothar Bischof erfolgreich den Weg freigekämpft.

Da tauchte wie aus dem Nichts eine bullige Gestalt vor ihm auf und verstellte ihm den Weg: Fritz, der Wirt vom *Damenspitzerl*. Er packte Bischof und schubste ihn ein, zwei Meter zurück. Dort wartete Alois bereits. Ein zweites Mal verfehlte er sein Ziel nicht. Zwei Faustschläge sandten Bischof zu Boden, wo ihn Alois gemeinsam mit Robert Almer fixierte. »Jetzt liegst auf der Erd, du Sauhund«, plärrte ihm Alois ins Gesicht.

Nun waren auch zwei uniformierte Polizisten zur Stelle und nahmen Bischof fest. »Gott sei Dank, wir haben den Burschen«, merkte Leopold triumphierend an.

*

Juricek hetzte mit einigen seiner Leute den Hang hinauf. Als er registrierte, was oben vor sich ging, wurde ihm leichter. »Es scheint alles gut gegangen zu sein«, raunte er Inspektor Bollek zu.

»Diesmal hat sich dein Freund, der Herr Hofer, zu viel herausgenommen«, gab der mit einem schäbigen Grinsen zurück.

»Er hat die Beamten im Polizeiposten in Wolkersdorf in Kenntnis gesetzt. Als man dort hörte, dass die Sache bereits im Laufen war, gingen zwei Mann mit und Chefinspektor Frank wurde verständigt. Es war zwar nicht die feine englische Art – wir kennen unseren Leopold, aber Frank hat schließlich mitgemacht«, erklärte Juricek. »Und eine schlagkräftige Truppe war auch zur Stelle.«

Tatsächlich stand ein imponierender Haufen Männer beisammen, die gerade einen von Fritz, dem Wirt, mit Weinbrand gefüllten Flachmann reihum gehen ließen. »Gegen uns Steirer hot a so oa Drecksau holt überhaupt koa Chance«, verkündete Robert Almer im Siegestaumel.

»Ich bin zwar ein waschechter Wiener, aber meine Mutter war Steirerin«, erwähnte Fritz mit glasigen Augen.

»Na, daun gheast jetzt gaunz zu uns! Prost«, herzte ihn Robert Almer.

»Servus Richard«, begrüßte Leopold indes seinen Freund. »Was sagst du? Ich habe doch noch polizeiliche Unterstützung gekriegt. Und so viele andere sind mitgekommen, um zu helfen. Die Steirerpartie sowieso, und dann hat Fritz auch noch das *Damenspitzerl* zugesperrt und sich uns mit seinen Gästen angeschlossen.«

»Ich hab einfach einen Zettel an die Tür geklebt: ›Wegen Mörderjagd heute ausnahmsweise geschlossen‹«, lächelte Fritz und zauberte von irgendwoher einen weiteren Flachmann mit Weinbrand hervor.

»Ein illustres Völkchen«, bemerkte Chefinspektor Frank, der nun auch auf der Bildfläche erschien. »Dein Freund … Sagen wir es so, er hat uns ganz schön ins Schwitzen gebracht. Was machen wir mit ihm?«

»Lass es gut sein«, meinte Juricek beschwichtigend, ehe Bollek etwas sagen konnte. »Niemand ist zu Schaden gekommen, und wir haben unseren Mörder. Leopold hat mir schon oft geholfen. Irgendwann einmal nehme ich ihn mir zu Brust und lasse ihn für all seine Sünden büßen. Aber nicht, solange sich seine reizende Tochter in Wien befindet.«

Leopold war baff. Gott sei dank konnte bei dem Licht keiner seine Gesichtsröte sehen. »Du weißt … ?«, stammelte er.

»Freilich! Ich war doch im *Heller*«, half ihm Juricek auf die Sprünge. »Dort habe ich überhaupt erst von Sabine erfahren, was los ist. Was meinst du, ist noch offen? Dann könnten wir sie auf einen Sprung besuchen.«

»Geht nicht«, meldete sich da Thomas Korber aufgeregt zu Wort. »Sie hat mir eine SMS geschrieben, dass sie früher Schluss gemacht hat. Bocek hat sie angerufen. Sie wollte einen Sprung bei ihm vorbeischauen. Ist das nicht komisch?«

Leopold schaute auf das Display von seinem Handy. »Mir hat sie keine Nachricht hinterlassen, und dir schon?«, wunderte er sich.

»Das ist doch jetzt unwesentlich«, erwiderte Korber.

»Da irrst du dich! Dieses mütterlich verzogene Kind hat gefälligst seinen Vater zu informieren, wenn es sich auf gefährliches Terrain begibt«, ärgerte Leopold sich.

»Ich möchte nicht zur Diskussion stellen, wen du über deine Aktionen des Öfteren informieren solltest«, erinnerte Juricek seinen Freund. »Aber es scheint mir tatsächlich bedenklich. Was möchte Bocek von ihr? Und warum ist sie seinem Ruf gefolgt?«

»Vielleicht ist er in Gefahr. Seine Cousine dreht doch ständig durch«, vermutete Korber. »Oder dieser Andreas Rohringer treibt sich wieder in seiner Gegend herum. Dann herrscht allerdings höchste Alarmstufe für Sabine!«

Er versuchte, sie am Handy zu erreichen, aber sie hob nicht ab.

»Wir müssen dort hin«, sagte Leopold zu Juricek. »Ich befürchte das Schlimmste!«

»Dann fahren wir«, beschloss der Oberinspektor. »Das hier ist ohnedies das Revier von Frank und seinen Leuten. Und beeilen wir uns. Wer weiß, was da abläuft!«

KAPITEL 18

Der Spaziergang an der frischen Luft tat Sabine Patzak gut. Sie war neugierig, was es mit Matthias Boceks Bitte auf sich hatte. Vielleicht war es sogar relevant für den Mordfall. Dann konnte sie ihrem Vater doch noch behilflich sein. Sie empfand es nach wie vor als ziemlich starkes Stück von ihm, sie ausgerechnet in der letzten, entscheidenden Phase seiner Ermittlungen vom Geschehen auszuschließen. Vorher hatte sie mitten in der Nacht im Internet für ihn recherchieren müssen. Sie hatte dort recht schnell Fotos von Lothar Bischof gefunden, anhand derer sich eine große Ähnlichkeit mit seinem Bruder Nikolaus feststellen ließ. Das war nun der Dank dafür. Im Kaffeehaus für ihn servieren und sich nebenbei Sorgen machen, das durfte sie. Bei Bocek konnte sie wenigstens beweisen, dass sie was drauf hatte. Ein kleiner Wermutstropfen für ihre Stimmung war, dass sie während der Arbeit vergessen hatte, ihr Handy aufzuladen und der Akku jetzt leer war. Aber da musste sie eben einmal ohne es auskommen.

Boceks Wohnung war beinahe die einzige, in der um diese Zeit noch Licht brannte. Vorsichtig sah sich Sabine um, ob jemand hinter einer Ecke lauerte wie Andreas Rohringer das letzte Mal, ehe sie zur Stiegentür ging und anläutete. Bocek meldete sich sofort und öffnete.

Als sie in die Wohnung kam, hatte er bereits seinen Pyjama an und dirigierte sie in die Küche. »Da sind wir ungestört«, setzte er ihr auseinander.

»Ich dachte, es ist niemand bei Ihnen«, wurde Sabine misstrauisch.

»Nein … das heißt ja … meine Cousine«, stotterte Bocek herum.

Sabine errötete vor Verlegenheit. »Das hätten Sie mir am Telefon mitteilen müssen«, machte sie Bocek Vorwürfe. Auf eine Begegnung mit Anita Albrecht konnte sie verzichten.

»Aber sie ist ja das Problem, weswegen ich Sie hergebeten habe«, sprach Bocek weiterhin in Rätseln. »Ich brauche Ihren Rat, wie ich sie von hier wegbekomme.«

»Da kann ich Ihnen wirklich nicht helfen«, wand sich Sabine. »Sie kennen sie viel besser als ich. Es ist doch Ihre Verwandte. Sie wird sicher gleich von selbst nach Hause gehen.« Sie horchte einmal kurz. Es war unheimlich still.

Da bemerkte sie etwas, das ihr den kalten Angstschweiß auf die Stirne trieb. Auf der Arbeitsfläche neben dem Herd lag ein Fleischklopfer. Er war voll mit Blut. »Anita kann nicht mehr nach Hause gehen«, sagte Bocek tonlos. »Anita liegt im Wohnzimmer. Sie ist tot.«

Sabine schnürte sich langsam die Kehle zu. »Um Gottes willen, Herr Bocek! Sie haben doch nicht …«, stammelte sie.

»Wollen Sie sie sehen?«, fragte Bocek, als habe er ihr gar nicht zugehört.

»Nein«, kreischte Sabine. Tränen liefen ihr unkontrolliert die Wangen hinunter.

»So beruhigen Sie sich doch. Es ist alles gut«, redete Bocek weiterhin ohne Emotionen vor sich her. »Sie hat es ausgestanden. Die Frage ist nur, wie wir sie aus der Wohnung kriegen. Sie sind nicht zufällig mit dem Auto da?«

Sabine schüttelte den Kopf. Sie brachte immer noch kaum etwas heraus. »Warum …?«, setzte sie an.

»Warum sie gestorben ist?« Bocek lächelte müde. Er fuhr sich mit der Hand in den Ausschnitt seines Pyjamas, so als würde er dadurch mehr Luft bekommen. »Ich habe heute einen Anruf von der Polizei bekommen. Man hat mich verständigt, dass der Vaterschaftstest ausgewertet sei. Demnach bin ich nicht der Vater von Lucias Kind.«

Er machte eine Pause. Sabine verstand seinen Kummer nicht. »Dann brauchen Sie sich ja keine Vorwürfe mehr zu machen«, sagte sie, um ihn fröhlicher zu stimmen.

Bocek machte eine wegwerfende Handbewegung. »Jahrelang war ich davon überzeugt, dieses Kind gezeugt zu haben. An seinem und an Lucias Tod schuld zu sein«, versuchte er ihr begreiflich zu machen. »Es war die Strafe dafür, dass ich nie viel über meine kleinen Liebesabenteuer nachgedacht hatte. Ich war ein verantwortungsloser Lebemann und musste dafür büßen. Und wie ich gebüßt habe! Mein Körper wurde krank und schwach, meinen Nächten fehlte der Schlaf, meinem Leben die Freude. Eines Tages würde ich mit dieser Sünde vor meinen obersten Richter treten müssen.«

»Was reden Sie denn da?«, sprach ihm Sabine Mut zu. »Sie sind ja schlimmer als die alten Mutterln bei uns in der Kirche!«

»Jeden Tag habe ich von Anita gehört, wie schlimm das alles war«, presste Bocek hervor. »Sie hat mich damit tyrannisiert. Sie hat mir gedroht, das Leben zur Hölle gemacht. Können Sie das nicht verstehen? Ich möchte sie nicht mehr sehen. Sie muss weg. Helfen Sie mir! Bitte!«

»Herr Bocek, haben Sie sie …« Sabine rang nach Worten. »Haben Sie sie umgebracht?«

»Ich konnte nichts mehr essen. Mir ist schon schlecht geworden, wenn ich sie gesehen habe. Gestern hat sie behauptet, sie habe in meine Suppe gepinkelt. Und heute …« Bocek atmete schwer. »Heute, als ich ihr die Nachricht von der Polizei erzählt habe, da … da …«

»Was war da?«

»Da hat sie mich ausgelacht, und … und … *Du bist jahrelang zu blöd gewesen, dass du da selber draufkommst*, hat sie gesagt. *Du bist nichts mehr als ein blöder, alter Mann. Ohne mich wärst du ganz aufgeschmissen.* Ich bin dann in die Küche und habe den Fleischklopfer genommen. Kein Messer. Ich wollte schlagen, nicht stechen. Ich wollte mich austoben.«

»Oh Gott«, kam es ganz schwach aus Sabines Mund.

»Aber jetzt ist mir leichter, wo ich Ihnen die ganze Geschichte erzählt habe«, wurde Bocek munterer. »Uns wird schon etwas einfallen, wie wir Anita aus der Wohnung schaffen. Wollen Sie vorher mit mir ein Glas Wein auf den Schrecken trinken?«

Sabines Mund verzog sich zu einem verkrampften Lächeln. »Nein danke! Es ist schon spät, und ich bin müde«, lehnte sie höflich ab. Wie kam sie, verflixt noch einmal, aus dieser Situation heraus? Bocek erwartete von ihr, dass sie gemeinsam mit ihm die Leiche weiß Gott wohin brachte. Dabei war es gar nicht möglich, Anita Albrechts leblosen Körper unbemerkt durchs Haus und auf die Straße zu schleppen. Und was dann? Egal, gehen würde Bocek sie nicht so leicht lassen. Und ausgerechnet in dieser Situation funktionierte ihr Handy nicht.

Plötzlich spürte sie Boceks Atem. Sein Gesicht war ganz nahe dem ihren. »Darf ich Sie küssen?«, fragte er. Seine Augen bekamen dabei einen eigenartigen Glanz. Gleichzeitig rann ihm in seiner Vorfreude ein wenig Speichel aus dem Mund.

Entsetzt rückte Sabine bis zur Kante der Sitzbank. »Lassen Sie das, Herr Bocek«, redete sie auf ihn ein. »Sie sollten an Ihre Cousine denken und daran, was Sie mit ihr gemacht haben.«

»Das tue ich ja«, ließ sich Bocek nicht beirren. »Darum ist mir so leicht. Mir kommt es so vor, als würde ich schweben.« Er schaute sie herausfordernd an. »Ich habe wieder Gefühle«, knurrte er. »Das erste Mal seit zwölf Jahren. Gefühle für Sie! Kommen Sie, die Nacht ist jung!«

Er rutschte näher zu ihr, versuchte nach ihr zu greifen. Sie sprang entsetzt auf. »Tun Sie das ja nicht, Herr Bocek«, rief sie ihm zu. »Ich schreie um Hilfe!«

»Ich habe nach langer Zeit wieder das Verlangen nach einer Frau. Ich schwindle Sie nicht an! Soll ich es Ihnen zeigen?«, bedrängte Bocek Sabine unbeeindruckt. Da er nur seinen Pyjama anhatte, waren seine Gefühle bereits eindeutig zu erkennen. Das bestärkte Sabine in dem Entschluss, eine möglichst große Distanz zwischen sich und ihn zu legen. Sie schaffte es aus der Küche hinaus, doch versperrte er ihr den Weg zur Wohnungstür.

»Lassen Sie mich zärtlich zu Ihnen sein! Bitte tun Sie mir diesen Gefallen! Dann kümmern wir uns um Anita«, flehte Bocek sie an.

Sabine wagte es nicht, sich mit dem Mann anzulegen, wo neues Leben in ihn zurückkehrte. Automatisch nahm sie den Rückwärtsgang in Richtung Wohnzimmer. Wenn es eng wurde, konnte sie dort aus dem Fenster springen. Sie hoffte, dass man so etwas aus dem ersten Stock überleben konnte.

Taumelnd stieß sie die Tür auf. Sie schaute zu spät nach hinten und stolperte über Anita Albrechts Leiche. Es war kein schöner Anblick. Bocek musste mehrmals zugeschlagen haben. Der Teppich war voller Blut, und aus dem entstellten Gesicht starrten zwei Augen ins Leere. In ihrer Panik wusste Sabine nichts anderes zu tun, als schluchzend in die Ecke zu krabbeln und sich dort hinzuhocken. Jetzt kommt er, dachte sie, und ich kann mich nicht wehren.

»Sie dürfen hier nicht hinein«, ereiferte sich Bocek. »Kommen Sie sofort wieder heraus.«

Als sie seiner Anordnung nicht folgte, setzte er vorsichtig einen Fuß ins Wohnzimmer. In diesem Moment schien ihn wieder aller Mut zu verlassen. Er wischte sich mit einem Taschentuch über die Stirn und griff sich in den Ausschnitt seines Pyjamas. Er atmete schwer.

»Schau mich nicht so an«, begann er in Richtung der Leiche zu faseln. »Ich tue ihr nichts. Ich tue keinem Mädchen etwas. Ich weiß, wohin das führt, du brauchst es mir gar nicht zu sagen. Ich mache alles wieder gut. Schau mich nur bitte nicht so an und versprich mir, dass du dich von hier fortschaffen lässt!«

»Herr Bocek?«, redete Sabine ihn vorsichtig an. Doch er war hinaus in die Küche verschwunden. Seine zwischenzeitliche Euphorie hatte sich in eine neue Niedergeschlagenheit verwandelt. Die Angst vor seiner Cousine beherrschte ihn noch immer.

Sabines Problem schien damit zumindest für den Augenblick gelöst zu sein. Doch Boceks Stimmung konnte jederzeit umschlagen. Vorsichtig stand sie auf, öffnete das Fenster und schaute, wie hoch es bis nach unten war.

Da sah sie alle ihre Freunde herbeikommen: Thomas Korber als Ersten, dann Juricek, dahinter Leopold und schließlich zwei Beamte. Sie winkte: »Hallo, hier bin ich! Ich mache euch auf!« Wie der Blitz lief sie an der Küche, wo Bocek heulend auf der Bank saß, vorbei und ließ sie herein.

Dann fiel sie Thomas Korber in die Arme. Sie hörte dabei weder Leopolds Proteste noch Juriceks verärgerten Ausruf: »So eine Sauerei! Als ob wir nicht schon genug Ärger mit eingeschlagenen Schädeln gehabt hätten!«

*

Nach Boceks Verhaftung waren alle ziemlich aufgekratzt. Leopold lud Korber und Juricek noch auf einen Kaffee in die neue Wohnung ein. Erika Haller versorgte ihre Gäste mit ein paar Häppchen zur Stärkung. Sie war froh, dass Leopold und Sabine das gefährliche Abenteuer schadlos überstanden hatten. Der Fall war nun gelöst und damit zu Ende. Dafür opferte sie gern einen Teil der Nacht.

»Mir war der Kerl schon bei der Lesung verdächtig«, erwähnte Thomas Korber. »Ich konnte mir schwer vorstellen, dass jemand, der einmal in Hauptrollen auf der Bühne gefeiert wurde – wenn auch als Amateur – so liest. Das war wirklich zweitklassig. Ich habe gleich auf dieses Indiz aufmerksam gemacht, aber man hat nicht auf mich gehört. Später wurde ich von einem Kaffeehausgast bestätigt.«

»Von einem Indiz war das eben weit entfernt«, betonte Leopold. »Das erste offensichtliche Glied in der Beweiskette war, dass der Tote anders gekleidet war als der vermeintliche Nikolaus Bischof bei seinem Auftritt.«

»Die Wohnung war nicht weit entfernt. Theoretisch hätte er die Möglichkeit gehabt, sich dort umzuziehen – vorausgesetzt, er wäre unerkannt bei meinen Männern vorbeigekommen, die vor dem Hauseingang postiert waren«, brachte sich Juricek in die Debatte ein.

»Und zu welchem Zweck hätte er das tun sollen, wo er doch von euch gesucht wurde?«, warf Leopold ein. »Nein, nein, das war äußerst seltsam. Spätestens, als du erfahren hast, dass Alois Kerschenbauer Bischof eine Abreibung verpasst hatte, hätte es bei dir klingeln müssen. Das Gesicht der Leiche war nämlich unversehrt.«

»Damals wussten wir noch gar nicht, was an den Gerüchten um die Rauferei dran war«, rechtfertigte Juricek sich. »Außerdem hatten wir keine Ursache, Lothar Bischof zu verdächtigen.«

»Warum eigentlich nicht?«, wollte Leopold wissen.

»Er war offiziell immer in Fuschl, bestätigt von seinen Eltern, denen offenbar das Alter zusetzt. Donnerstagnachmittag war er angeblich einkaufen gefahren, aber dann wieder zu Hause«, erklärte Juricek. »Warum hätten wir daran zweifeln sollen? Er war nie mit der Theatergruppe in Verbindung gebracht worden. Deshalb gab es damals keinen Vaterschaftstest. Mag sein, dass die Ermittlungen vor zwölf Jahren ein wenig schlampig geführt wurden. Doch darauf, dass er vorigen Donnerstag zweimal nach Wien und zurück gefahren ist, wäre ich nicht so schnell gekommen.«

»Aber ich«, triumphierte Leopold. »Durch eine Unterhaltung zwischen Alois und einem Kollegen im *Damenspitzerl*. Dabei habe ich erfahren, dass es unter Gscherten – pardon, Zuwanderern aus den Bundesländern – durchaus üblich ist, auch längere Strecken von Wien in die Provinz mehrmals pro Woche mit dem Auto zurückzulegen. Da ist mir ein Licht aufgegangen. Wenn man die Sache so betrachtete und die von mir vorher erwähnten Gesichtspunkte mit einbezog, sprach nun einiges für Lothar Bischof als Mörder. Dass er die Gelegenheit gehabt hatte, war nicht mehr zu leugnen. Sabine hat ein Foto von Lothar aus dem Internet für mich herausgesucht. Darauf war die Ähnlichkeit der Brüder unverkennbar. Wenn Lothar einen Vollbart trug, war er von Niki kaum mehr zu unterscheiden. Du wolltest mir natürlich nicht glauben und hast meine Beweisführung als fantastisch bezeichnet.«

»Mag sein, dass das ein Fehler war«, bekannte Juricek. »Bischof ist eben äußerst geschickt vorgegangen. Wenn er in der Nacht unterwegs war, ist das keinem aufgefallen, weil alle dachten, er würde schlafen. Als er zur Lesung nach Wien fuhr, hatte er eine plausible Ausrede. Wahrscheinlich hat er zwischendurch sogar daheim angerufen und seinen Eltern einen Schmäh erzählt. Als wir ihn Freitag zeitig in der Früh anriefen, um ihn vom gewaltsamen Ableben seines Bruders zu verständigen, war er bereits in seiner Bäckerei. Nach Wien wollte er erst in ein paar Tagen kommen, weil er, wie er angab, sich in dieser Situation um seine Eltern kümmern musste. Natürlich hatte er nicht vor, uns seine kleine Gesichtsverletzung zu zeigen.«

»Trotzdem hättest du mir vertrauen können«, befand Leopold.

»Du hast mir gar keine Zeit gegeben, deine Geschichte nachzuprüfen, sondern gleich wieder dein eigenes Süppchen gekocht«, warf ihm Juricek vor. »Man kann nur froh sein, dass alles so ausgegangen ist.«

»Die Polizei in Wolkersdorf war eingeweiht«, rechtfertigte Leopold sich. »Irgendetwas musste ich ja unternehmen, um der armen Kathi ihre Angst zu nehmen, nachdem du mich so kaltschnäuzig abgewiesen hast.«

»Du wolltest ihr die Angst nehmen, indem du sie dem Mörder gegenübergestellt hast. Ich möchte gar nicht im Detail darauf eingehen«, meinte Juricek sarkastisch.

»Wir waren eine starke Truppe: die Steirerpartie von Robert Almer und noch etliche Gäste plus Wirt vom *Damenspitzerl*. Es hat alles wunderbar geklappt. Kathi hat genau das gemacht, was ich ihr gesagt habe, sie war ein großartiger Lockvogel. Und für den offiziellen Bericht waren zwei Polizisten dabei«, schilderte Leopold. »Ich weiß nicht, was du hast. Jedenfalls konnte ich Lothar Bischof schneller nach Wien lotsen als du. Und ob du aus dem ehemaligen Ensemble etwas herausbekommen hättest, bezweifle ich. Die haben nämlich zusammengehalten wie Pech und Schwefel. Wieso eigentlich? Hat Bischof sie derart großzügig abgefunden?«

»Er wird mir das sicher beim Verhör sagen«, mutmaßte Juricek. »Aber ich denke, alle, die von der Sache wussten, haben vor zwölf Jahren ein hübsches Sümmchen für ihr Schweigen erhalten. Dann kam ein anderer Faktor dazu. Durch ihr Stillhalteabkommen hatten sie sich mitschuldig gemacht. Sie mussten wohl oder übel im eigenen Interesse hoffen, dass die Sache nicht aufflog. Deshalb wurden einzelne Leute wie Andreas Rohringer, Vera Kuttin oder Anita Albrecht auch so nervös. Früher oder später wären wir auf eine undichte Stelle gestoßen.«

»Apropos Anita: Was geschieht mit Bocek?«, wollte Leopold wissen.

»Er hat die Tat im Affekt begangen. Alles Weitere wird man sehen. Er wird sicher von einigen Ärzten untersucht werden«, sagte Juricek und blickte dabei auf seine Uhr. »Jetzt muss ich aber heim. Ein paar Stunden Schlaf brauche ich«, seufzte er. Er erhob sich und ging als Erstes zu Sabine Patzak. »Wie lange bleiben Sie in Wien?«, fragte er sie zum Abschied.

»Nicht mehr lange«, gab sie zur Antwort. »Ich denke, heute oder morgen fahre ich nach Hause ins Burgenland. Das ist eine gute Zeit, jetzt, wo alles vorüber ist.«

»Dann wird in Zukunft wohl jemand anders das Schinkenbrot mit Gurkerl und Mayonnaise machen müssen«, bedauerte Juricek. »Es war jedenfalls schön, Sie kennengelernt zu haben.«

*

Sabine Patzak beschloss, noch am selben Tag in ihre Heimat zurückzukehren. Leopold sollte sie nachmittags nach seinem Dienst mit dem Auto nach Halbturn bringen. Sie packte alles in ihre Reisetasche, verabschiedete sich von Erika Haller und bewegte sich in Richtung Café Heller. Vorher machte sie allerdings einen Abstecher zum Floridsdorfer Gymnasium, wo Thomas Korber bereits auf sie wartete.

»Komm mich im Sommer einmal besuchen«, lud sie ihn ein.

»Ich denke, das lässt sich machen«, nahm er das Angebot an. »Noch schöner wäre es freilich, wenn du deine Pläne wahrmachen und im Herbst ein Studium in Wien beginnen würdest.«

»Ich hoffe«, lächelte sie Korber an. »Jedenfalls ist es der Plan. Aber Pläne können ganz schnell in eine andere Richtung gehen.«

»Ich baue darauf, dass es so kommt«, sagte er, während er seinen rechten Arm um ihre Schulter legte.

»Das darfst du nicht«, schärfte Sabine ihm ein. »Wir müssen jeder unser eigenes Leben leben. Und vielleicht ...« Da hatte Korber sie allerdings bereits ganz zu sich hergezogen. Beide standen sie nun innig umschlungen vor dem Gymnasium und knutschten sich vor den unbarmherzigen Augen der Schülerinnen und Schüler ab wie zwei Pubertierende.

»... vielleicht wird's ja doch was«, beendete Sabine ihren Satz, als Korber sie losließ. »Mach's gut inzwischen!«

»Du auch!« Korber bemühte sich, fröhlich dreinzuschauen, aber es gelang ihm nicht so recht. Zum Abschied drückte ihm Sabine einen Kuss auf den Mund. Dann war sie unterwegs in Richtung *Heller*.

Dort wartete Leopold bereits ganz hektisch auf sie. »Hast du alles? Fehlt nichts? Hast du sicher nichts vergessen?«, überfiel er sie mit einer ganzen Reihe von Fragen. »Hast du dich ordentlich von Erika verabschiedet? Hast du etwas gegessen? Weiß deine Mutter, dass du kommst?«, ging es in derselben Tonart weiter, bis sie endlich im Auto saßen und sich auf den Weg machten.

Leopolds Nervosität war nur zum Teil dem bevorstehenden Abschied von seiner Tochter geschuldet. Er machte sich Gedanken darüber, wie es sein würde, Rosi nach all den Jahren zu begegnen. Früher hatte er bei der Gelegenheit nicht viele Worte gemacht und war mit ihr im Bett oder in einer Scheune verschwunden. Die Zeiten waren vorbei. Sie würden wohl oder übel miteinander reden. Aber was?

Leopold erkannte Rosi, die vor dem Haus wartete, schon von Weitem. Sie hatte immer noch eine erstaunlich gute Figur und wirkte sogar schlanker als Sabine. Ihr graues Haar und die von der Sonne gegerbte Haut ließen ihr Gesicht ein wenig älter wirken. Aber sie hatte sich sonst kaum verändert.

»Da bist du ja«, grüßte sie ihre Tochter, als Leopold und Sabine ausstiegen. »Dass ich dich nach all den Jahren sehen würde, hätte ich mir nicht gedacht«, wandte sie sich an Leopold. Der Hauch eines Lächelns huschte über ihre Lippen. »Kommt herein!«

Ein wenig später saß Rosi mit Leopold bei einem Glas burgenländischen Weines. Sabine hatte die beiden alleine gelassen. Nach dem Austausch von ein paar Allgemeinplätzen kam Leopold schließlich auf das zu sprechen, was ihn am meisten beschäftigte: »Warum hast du mir damals nicht gesagt, dass du eine Tochter von mir bekommst?«

Rosi seufzte: »Ich war mir nicht sicher, ob du das Kind überhaupt willst. Hätte ich im Ernstfall mit dir darüber streiten sollen? Es hätte nichts gebracht. Du warst doch in erster Linie in dein Kaffeehaus verliebt. Du wärst nie hierher nach Halbturn gezogen. Ich wiederum hätte mich in der Stadt verloren gefühlt. Finanziell hatte ich keine Probleme. Die Landwirtschaft hat uns gut versorgt, und meine Eltern waren auch immer für Sabine da, wenn ich sie gebraucht habe. Später ist ein sehr lieber Mann dazugekommen, den ich geheiratet habe. Ich war auf deine Alimente nicht angewiesen. Also habe ich Sabine allein großgezogen und darauf verzichtet, dich auf das kleine Andenken aufmerksam zu machen, das du hinterlassen hast.«

»Aber ich hatte dadurch nie die Chance, mein Kind zu sehen und es zu besuchen«, beschwerte sich Leopold.

»Es war auch besser so«, machte ihm Rosi gleich klar. »Das wäre was gewesen für das Kind und mich! Unter Umständen wärst du andauernd vorbeigekommen oder hättest gar darauf bestanden, dass dich Sabine in Wien besucht. Nein, nein, mein Lieber, das hätte nur zu ständigem Unfrieden geführt. Und ein paar Flausen hättest du ihr womöglich auch in den Kopf gesetzt. Sei ehrlich: Hättest du jemals ernsthaft Verantwortung für das Kind übernommen? Von klein auf? In guten wie in schlechten Tagen?«

Auf diese Fragen ging Leopold nicht weiter ein. »Ein Haderlump war ich aber sicher nicht«, behauptete er stattdessen.

»Doch, doch«, widersprach Rosi ihm. »Ein lieber Haderlump zwar, aber doch einer, auf den ich mich nie hätte verlassen können.«

»War es notwendig, diesen Ausdruck vor Sabine zu gebrauchen?«

»Ich wollte dich und unsere kleine Romanze einfach vergessen. Sabine sollte während ihrer Kindheit nie darin bestärkt werden, dich zu sehen. In letzter Zeit habe ich es allmählich doch für keine so schlechte Idee gehalten, dass sie dich kennenlernt. Sie hat sich sehr darauf gefreut, und ich habe ihr auch viel Gutes über dich erzählt.«

Leopold schaute Rosi an und überlegte kurz. Sie hatte alles richtig gemacht. Es war ein flüchtiges Liebesabenteuer gewesen. Er empfand nichts mehr für sie. Nur gut, dass er in keiner Weise an sie gebunden war. Und Sabine …

»Sie ist jetzt erwachsen und kann tun und lassen, was sie will«, nahm ihm Rosi seine nächste Frage aus dem Mund. »Ich weiß, dass ich sie nicht ewig hier halten kann. Wenn sie tatsächlich nach Wien zieht, um zu studieren, wirst du sie öfter sehen, als dir lieb ist.«

Damit war alles gesagt. Es folgten ein paar höfliche Worte vor dem Auseinandergehen. Sabine kam und ließ sich von ihrem Vater in den Arm nehmen. Dann fuhr er zurück nach Wien.

*

Leopold saß im Schanigarten des Café Heller, ließ sich die Sonne ins Gesicht scheinen und schaute teilnahmslos in die Runde. Er fühlte sich nach einem gelösten Fall immer ein bisschen müde, diesmal war er richtig ausgelaugt. Das unerwartete Auftauchen einer unerwarteten Tochter hatte das Seine dazu beigetragen. Aber auch das Finale der Mörderjagd, bei dem er gegen die Anweisung seines Freundes Oberinspektor Juricek auf eigene Faust gehandelt hatte, war anstrengend und nervenaufreibend gewesen. Nur gut, dass es an diesem heißen Nachmittag die Leute vorerst nicht ins Kaffeehaus zog. Leopold konnte ungeniert eine Pause machen.

Jetzt allerdings hörte er die lauten Klänge einer fremden Sprache, die er nur mit Mühe verstand. Robert Almer und Alois Kerschenbauer waren gekommen und hatten heraußen Platz genommen. »Leopold, tua ned Daam drahn, sondern bring uns wos Gscheits«, forderte Almer ihn gleich auf.

»Ich danke euch noch einmal für die tolle Unterstützung vorgestern«, begrüßte er sie. »Darf ich euch dafür auf ein Getränk einladen?«

»Unser Bier zohln mir uns scho sölba«, machte ihn Alois aufmerksam. »Mir brauchn koa milde Gabe von dir. Oba hoffentlich erinnerst du di aun des, wos d' uns vor unserm Einsotz hoch und heilig versprochn host.«

»Wie meinen?« Leopold stand auf der Leitung.

»Mia zoagn's da daun scho«, versicherte Robert Almer. »Bring uns oamol unsere zwoa Flaschln!«

Leopold ging hinein, brachte kurze Zeit später zwei Flaschen Bier und zwei Gläser und stellte sie vor die beiden Steirer hin. »Bitte sehr«, sagte er noch.

»Die Glasln hättst dir dersporen kennen«, ätzte Alois. Robert Almer raschelte in der Zwischenzeit mit allerlei Papiersackerln und Alufolien herum.

Leopold schwante Übles. Er erinnerte sich nun dunkel an etwas. In der Zwischenzeit hörte er, wie Robert und Alois mit ihren Flaschen anstießen und »Prost!« riefen. Danach ertönte ein lautes *Plop*, bei dem sich seine Fußnägel aufrollten. Er sah, wie beide ihre Finger aus der Öffnung zogen und die Flasche anschließend zum Mund führten.

Alles in ihm wehrte sich dagegen. Aber es musste sein.

»Jetzt schmeckt die Speckjausn glei vüü besser«,

schmatzte Robert. »Geh, sei so liab und bring uns zwoa Töller.«

Auch das tat Leopold, mit einer gehörigen Portion Widerwillen zwar, aber er tat es. Vorsichtshalber brachte er ein paar Servietten mit, denn um die steirischen Münder triefte das Fett. »So kaunn's weitergehn bis in Herbst eini«, bedankte Alois sich.

Leopold war ja selbst schuld. Im Überschwang der Gefühle hatte er nach erfolgreicher Verbrecherjagd der Steirerpartie angeboten, bis zum Ende der Schanigartensaison aus der Flasche trinken, die eigene Jause mitbringen und sich notfalls im Arbeitsgewand heraußen hinsetzen zu dürfen. Frau Heller war darüber gar nicht böse. »Sie werden sehen, das belebt das Geschäft«, befand sie. »Diese lieben Menschen trinken so viel, dass es gar nichts ausmacht, ob sie für ihr Essen zahlen oder nicht. Das muss man in Kauf nehmen. Dafür kommen sie öfters. Sie sehen, meine Taktik, mit dem Schanigarten neues Klientel anzulocken, beginnt, Früchte zu tragen.«

»Aber wirklich nur, bis der Schanigarten abgeräumt ist«, bemerkte Leopold in Richtung Alois. »Dann geht's wieder aus einem anderen Ton!«

»Jo mei«, antwortete der und nuckelte zufrieden an seiner Flasche.

Integrieren würde er die wilden Leute aus der Provinz wohl nie können, das musste sich Leopold eingestehen. Aber in diesem Fall hatte er das Beste draus gemacht. Und wenn er ganz ehrlich war: Wer einem Mörder erfolgreich einen Kinnhaken versetzt hatte, dem durfte man schon für eine gewisse Zeit seine Trinkkultur lassen. Auch wenn es einem gar nicht recht war.

GLOSSAR

anbauen = hier: ein Kind zeugen

anspeiben = ankotzen

dersporen = ersparen

Gang = Flur

geschmalzene Preise = hohe Preise

goschert = frech

Goschn = Mund

Gscherte = politisch nicht korrekte Bezeichnung des Wieners für die Österreicher aus den anderen Bundesländern, angeblich wegen des früher extrem kurzen Haarschnittes der unfreien Bauern in der Provinz, der oft den Eindruck machte, die Haare seien abgeschert worden.

gwisst = gewusst

Marie = Geld

maunxmoi = manchmal

ins Narrenkastl schauen = auf verträumte Art geistesabwesend sein

Pantscherl = Affäre, Liebschaft

Papiersackerl = Papiertüte

pracken = schlagen, hauen

Schepfa = Arbeiter

Schmattes = Trinkgeld

Schnoferl = ugs. für einen beleidigten Gesichtsausdruck

siasslat = süßlich, übertrieben freundlich

soizn = »salzen«, verhauen

Spitzerl = leichte Alkoholisierung

tamelt = getaumelt

verkutzen, sich = husten, wenn einem etwa ein Getränk in die Luftröhre geraten ist

den Weisel haben = fortgeschickt werden, einen Ort nicht mehr betreten dürfen

Weiße Mischung = Weinschorle mit Mineralwasser

Weißer Spritzer = Weinschorle mit Sodawasser

Werdergwaund = grobe Arbeitskleidung

Wickel = Streit, Rauferei

zuwi = her

zuwigreifen = absichtlich berühren

*Weitere Titel finden Sie auf den
folgenden Seiten und im Internet:*

WWW.GMEINER-VERLAG.DE

Hein / Roth
Wien mit Bahn und Bim
Lieblingsplätze
192 Seiten, 14 x 21 cm
Paperback
ISBN 978-3-8392-2351-2
€ 16,00 [D] / € 16,50 [A]

Die fünf U-Bahn-Linien und die Ring-Straßenbahnen
sind die Schlagadern Wiens. Mit ihnen erreicht man
schnell und bequem alle Highlights im Zentrum, die
Anlagen von Schloss Schönbrunn, aber auch weniger
bekannte, doch absolut sehenswerte Orte in den äußeren
Bezirken. Clara Hein und Bernd Roth nehmen Sie in
diesem Band mit auf Abenteuerfahrten vom Stephans-
dom über Kaffeehaus-Klassiker und Geheimtipps bis hin
zu Kuriositäten, wie dem Circus- und Clownmuseum.
Ob Kulturfreunde, Gourmands, sportlich Aktive oder
Familienmenschen, hier kommen alle auf ihre Kosten!

KULTUR

GMEINER

WWW.GMEINER-VERLAG.DE
Mensch, Kultur, Region